一蓑煙雨

趙麗宏題

一蓑烟雨

宇杨

著

天津出版传媒集团

百花文艺出版社

图书在版编目（CIP）数据

一蓑烟雨 / 宇杨著 . -- 天津 ： 百花文艺出版社，
2024. 9. -- ISBN 978-7-5306-8931-8

Ⅰ . I267

中国国家版本馆 CIP 数据核字第 2024JV7723 号

一蓑烟雨
YI SUO YANYU

宇杨　著

出 版 人：薛印胜　**责任编辑**：张　雪
装帧设计：刘昌凤　**特约编辑**：翟玉梅
出版发行：百花文艺出版社
地址：天津市和平区西康路 35 号　**邮编**：300051
电话传真：+86-22-23332651（发行部）
　　　　　　+86-22-23332656（总编室）
　　　　　　+86-22-23332478（邮购部）
网址：http://www.baihuawenyi.com
印刷：三河市元兴印务有限公司
开本：880 毫米 ×1230 毫米　1/32
字数：230 千字
印张：10
版次：2024 年 9 月第 1 版
印次：2024 年 9 月第 1 次印刷
定价：89.80 元

唯有生活永恒

——宇杨散文随笔集《一蓑烟雨》序

◎沈裕慎

　　这是宇杨近年来创作的一部乡土散文随笔集，也是他老熟晚成所收获的丰硕成果。这本名为《一蓑烟雨》的集子，构思独特，立意深刻。他以独有的视角，细腻的笔触，风趣的语言，写出了千姿百态，缤纷万象，那么多的故事，那么多的世事洞察，那么多的山水美景，充满了理性思辨的哲人情怀；又以小见大，诗意盎然，勾起人们对往事的回忆和对新生活的向往，让人产生强烈的共鸣和思考，让我爱不释手。我很喜欢宇杨的文章，他这 50 多篇文稿，齐齐列阵，浩浩荡荡，真像一条由文字组成的波澜壮阔的大河，绵长里不仅是他的丰沛生活，还让我激发起了许多思绪。

　　值得一提的是，全国政协委员、中国作家协会全国委员会委员、中国散文学会副会长、上海市作家协会副主席赵丽宏先生题写了书名《一蓑烟雨》，为本书增添了光彩。

"琳琅满目，美不胜收。"宇杨的这本散文随笔集分为"岁月繁花""故土情深""旅途云霞""书缘抒恩"四辑。这本书的最感人之处，我觉得是他对生活的关注。紧贴大地，紧贴现实，紧贴生活，他的文章有着浓厚的生活气息，散发着尘世烟火气。悲欣交集，是生活的常态，也是生活的本质。书中的文章都立足于生活本身，他写的老战友阿德良，与他一起参军，一起退伍，在部队里结下了深厚的友谊。阿德良文化水平不高，识字不多，改革开放后，凭他做衣服的手艺，养家糊口都难。生活艰难，日子还得过呀，他改行开小拖拉机搞运输，又出了事故。身体好了后，他又买了卡车跑运输，后在医院看病时猝死，让宇杨悲痛不已。《品"辉"》中的徐龙辉，是个踏实干事的人。他种过田，经过商，后被推举为村干部，又逢城中村大拆迁，他秉公办事，在患癌症时，一面治病，一面工作。宇杨文章中的人物对生活充满信心，在人生低谷也活得潇洒，依靠保持乐观的心性，无论遇到什么都不会慌张。

"一蓑烟雨任平生"我知道，这份心性是不可或缺的，它支撑他们熨平生活的褶皱，走出困境、走向光明。这样的生活，才能变得有声有色，过得有滋有味，生命的边界就会更加宽广。宇杨如此直面生活，使文字也获得了力透纸背的力量。

当前，书写短小精炼的感悟式散文，似乎成了一种时尚。这一类的作品，大都为托物而起，因事抒发，很受喜欢。前几年，在上海市的书展上，汪曾祺、梁实秋及周作人等人写的这类随笔小品大受欢迎，销售一空。因为，这类作品与一般散文不一样，有种亲近、亲切之感，让读者有一种新鲜感，愿意掏钱购买和阅读。宇杨也不例外，但他自有特色。他的作品，来自于生活，来自于真诚，来自于真情。他所写的，都是他亲耳所闻、亲眼所见的人与事，打动了他，震撼了他，这才爱笔成文，呈献给大家。他写的《怀念外婆》《父亲杨金桃》《清明祭母追思》《忆表哥》《怀念庆叔》等文章，字里行间，皆体现了宇杨细致的观察、深邃的思考，以及他的眼界、他的情怀、他的悲悯、他的诗意，受人重视，令人感动，而这恰恰又是散文随笔的精髓。

"旅途云霞"是书中的一辑，写的是游记。旅游，是当今社会的一个热点，无论是节假日，还是平时，外出旅游成了最时髦的选择。旅游热，催发了旅游经济、景观建设及地方美食的发扬光大。赏山玩水，彼时彼地，业已成为一门营生，一种产业，一番事业。同时，也激发了人们对游记文学的创作热情，因为游记文学越来越受人喜欢。宇杨也爱好旅游，游历归来之后，也写游记。他的游记游踪踏实，记录翔实；抉微钩沉，史料充实；文字清新，可读可思；文思纵横，内涵丰盈。他不论写《青岛有片爱琴海》等国内游记，还是写欧洲四个国家等国外的游记，都会关注到别人容易忽略的事情，例如同伴的感受、导游的情趣及异域的神态等，这是非常难能可贵的写作态度。这些游记散文，色彩斑斓，质朴真诚，给人以知识的力量、悦读的享受、情感的交流、真切的感悟。

作家创作，苦乐相循。宇杨的文学之路，步履扎实，笔力绵绵，与生活同构，与生命同在，每一步都留下了鲜活的记忆。他沉浸于创作的艰辛与回甘，体现为一种长期熔铸性情，积贴感受，一朝绽放，四座皆春之甜美。我想，读书写作，亦复如是。

宇杨与我是同辈人，比我小几岁，我们自小都生活在农村，便有了相同的成长背景和时代烙印。我们都曾住在稀疏散布于小桥流水和菜园树丛之间那秦砖汉瓦的老式矮平房里，遇到雨雪天气，穿着蓑衣在田间劳动，生活艰难。中华人民共和国成立后，农民翻身当家作了主人，我们的生活逐步有了改善。现在，我们当年住的地方，都成了高档住宅区或办公大楼，高楼林立，气势非凡。他在"岁月繁花"这一辑中的许多文章，写到青少年时期的蹉跎与理想，而后为事业的打拼和努力，我都深有同感。年轻时，我们都在海军部队服役，他在海军北海舰队的青岛，我在海军东海舰队的舟山群岛，只不过我在部队的时间要比他长得多。我们退役后，他被分配到仪表局的下属工厂，我则回到了参军前所在的纺织系统下属的纺机厂。两个系统，两种职业，本应没啥关联，但共同的部队经历、共同的写作爱好，使我们成了好朋友。又因我曾参与创办《中国仪电报》，这份由中国仪器仪表协会主办的报纸（曾叫《中国仪器仪表报》），他也曾在上海仪表局和《上海电梯》杂志担任编辑，自然说起来话就多了，关系更进了一步。

这次，他要出版一本散文随笔集，在上海市社会科学研究院文学研究所研究员潘颂德教授的力荐下，叫我写个序。事实上，我很少为人作序，是怕自己不够分量，担负不起这份信任和责任。这次，我就试一下、勉为其难地写了，就算交个差吧！

时光在流，岁月在走，道阻且长，行则将止，宇杨经过勤学习、勤写作，以及不懈的努力，编就了第二本散文随笔集。综上所述，他在这本书里，站在理性的角度，深刻地透视人性、历史、民生、亲情及生命，创作视野开阔，关注生活，关注弱者。几乎每篇文章，都跳跃出一些鲜活而灵动的文字，文采与哲理并存。而这些文字出自他对生活的理解，正如人们所说，"对故土、对亲友、对生命的关爱，用真情、用眼泪、用一颗纯净的心灵，去热爱、去拥抱，为他们而歌，为他们而泣，洒一掬真诚的泪水，这就是散文创作的真谛所在、魅力所在"。宇杨是一位有追求的作家，他的散文总是在探索人与事背后的深远世界。我没有理由不相信，他会把日常生活题材，提到更高的层面进行创作，那一定会给读者带来更多的思考，也一定会受到人们的理解和欢迎！

是为序！

2023 年 7 月 16 日

（本文作者为中国作家协会会员，中国散文学会会员，上海市作家协会会员，《上海散文》杂志社社长）

读评：认识宇杨

◎梁爱琴

跟宇杨很少交流，但是他的文字，我是读了不少的，因此对宇杨有了一些认识，我知道这是因为对文字的敏感和对世事的洞察，我靠文字感受一个人的脾性、价值观和人生的境界。宇杨是比我年长的，但我相信他并不介意我这样称呼他，我自认为人活到一定年龄和境界，对称呼是不介意的，甚至更加喜欢被直呼其名，这样不仅意味着平等，而且更加坦荡，坦荡面对世界和他人，同样坦荡面对自我。人常常需要袒露自己，也需要别人袒露真性情，因为真实本身就是人活着的一个目的；虚伪的人心是累的，也会在没人的时候卸下伪装来休息，虚伪不能积德，更无法行善，虚伪惯常达不到人生目标，还要折损人生能量。

宇杨是活得很认真、很真实的人，因为保持着赤子之心，做事不丢良心、遵从本心，虽然踏实有才学，但人生之路还是遇到了很多坎坷、几多痛苦。我想这几乎是人生定律，但凡认真对待生活的人常常感觉痛苦孤独，因为不同流、不趋众、不苟同，而年轻的心还没有得道。人觉得受折磨，可知这受折磨正是得道之路，受不了就步入歧途，而受得了就归于正道。没有一颗坚定的心、没有大爱、没有勇气、没有智慧是很难得道的，所幸宇杨都有。

宇杨的文字是温暖的，带着自己对这个世界独特的感知，记录很多小事，诸如《那房那人那些事》《过年》《沉淀》等文章，字里行间表现出对亲友感同身受的善良，对世事沧桑的细微情怀，文章道义蕴含家国情怀、正义和慈悲，我想这是得道之人共同的特征：细腻而正直，宽容而善良。

宇杨的一篇《清明祭母追思》，我读过之后深受感动，我也找到了宇杨之所以是这样一个正直无私、富有同情心和社会责任感的人的原因，他有一个伟大的母亲，坚强、勇敢、仁慈、善良、乐观、宽容。母亲一句"爷有娘有不如自家有"培养了孩子们自立自强的个性；母亲冒着生命危险、巾帼不让须眉贩运大米，担起养家重担，培养了孩子们勇于担当的品质；母亲进纱厂，不畏皮鞭的严厉监管，不屈不挠，终于迎来中华人民共和国成立，成为一名纺织工人；结婚成家以后母亲风里来雨里去，在困难面前不低头，成为家里的顶梁柱、主心骨，养活着一大家子人；母亲的博爱宽容、不计前嫌，聚拢了一个和睦的大家庭，延续祖宗命脉维系家庭人丁；母亲乐善好施，却被小人算计，母亲权当"义赠""义捐"了断恩怨；母亲慷慨大度，无微不至，关怀后辈，付出不求回报。欺负这样的老实人，老天都会看不下去。福德深厚，自有上天保佑，母亲为人和善谦逊，笑对生活，尊重生命中遇到的所有人。宇杨的母亲认真而顽强地生活，身体力行，为孩子们树立了榜样，教会孩子们做人的道理，我深切感觉到宇杨母亲的伟大，也从内心敬佩老人。读到这篇祭母文，我找到了宇杨初心的源动力，赤子情怀的根！

优秀的母亲，必然造就优秀的儿女。宇杨不仅感恩母亲的养育，更是对母亲无比崇敬和赞美，他说："我的信念铸造有相当一部分来自母亲的影响。母亲就是我一生的榜样！"同时宇杨也在不断追随母亲，做像母亲一样的人，坚强、乐观、正义、勇敢。母亲年老，宇杨兄弟姐妹四人对母亲孝敬关照，亲爱有加，但老母亲还是像油灯慢慢耗尽，走完了她九十三年人生之旅。母亲已逝，后人传承着母亲的精神品德，那是母亲用一生铸就的"财富"！一篇《清明祭母追思》让我更深刻地认识宇杨，他饱经苦难，初心不改，执着悟道。

人若经历坎坷，觉悟开明，就会上道，道在那里，却不是人人都能得道。道不同不相与谋，朝闻道夕死可矣……都在讲道的重要、伟大和独特。人生如若浮萍，随缘而聚，平行而居，彼此安好，也是道；上善若水，水利万物而不争，君子当取之有道。朗朗乾坤，遵循天道，慈悲善良，日月可鉴，人生便多了很多喜悦，除却无尽忧愁。我想宇杨已然接近这样的喜悦，同在道上，这样的朋友是不必多言就会懂的……

（本文作者系天津散文协会、青岛城阳区作家协会会员）

目录

第一辑 ——

岁月繁花

壹

01

第二辑——
贰

故土情深

旅途云霞

第四辑——
肆

书缘抒恩

岁月
繁花

第一辑 岁月繁花

我眼里的七宝

　　七宝老街,如今俨然已成了上海近郊的一张名片,旅游的打卡地。最近我的两位文友(钱、殷)先后到此一游,写文颂扬老街的种种美感。这对于我——一个老七宝人来说实在感到汗颜。我曾经三番五次想写一篇关于七宝的文章,却几经酝酿不成文,至今不敢轻易下笔,总觉题旨不清晰,不合读者胃口。这也许就是"只缘身在此山中"的尴尬。太熟悉了,反而抓不住夺人眼球的景色。

　　"谁不说俺家乡好?"那是因为家乡的一砖一瓦、一草一木、一动一静都印刻在了骨子里。

　　我1953年出生在柴家湾,距七宝古镇三里地。1958年上海市成立的第一个人民公社叫"七一人民公社",其管辖范围包括环绕七宝古镇方圆三四里地的村庄、田野、水域、陆路,以及该区域内的物资、牲畜、人口。七一公社的办公地就设在七宝古镇老街上,现已成了供游人参观的一个景点。七一公社下辖10个大队,一个大队少则有4个生产队,最多有11个生产队。以七宝大队为例,有9个生产队,均紧绕老街四周,有不少人就居住在老街上。所以,老街上的人分成两类,一类是农民身份(吃口粮),一类是居民身份(吃皇粮)。像徐家弄、北西街、南东街、横沥港两侧,普遍为两类人混合同住。其实,真正的七宝人倒是那些世代农民,而大多数居民则为早期来七宝老街经商的苏浙移民。

清晨,太阳还没露出圆脸,农民们个个扛起锄头铁铔匆忙下地;居民们则懒洋洋起床,买菜买早点,吃罢笃悠悠去工厂上班,或开商店门营业。那个年代,老街上的商店(企业)也分为两类,一类是镇商店(或镇办企业);一类是供销社(或社办企业);这两类人的工资、福利待遇都不一样(镇、社由两套班子管理)。七宝那时有两张响亮的名片:上海市七宝中学和上海市七宝酒厂。凡在这两个单位里上班的人都非常自豪,隶属国有企事业单位。可是,当年的七宝老街那真叫老街,破旧灰暗,街面房屋东倾西歪,地面石板路凹凸不平,抬头看一线天上"五彩旗"飘扬,低头瞧每家每户门口都晾晒着一只只马桶。不仅七宝,城隍庙也不过如此。但小镇上商业门类齐全,南货店、糖果店、饭店、理发店、澡堂子、书店、书场、影院、菜场、农具竹篮店……满足人的各种需求。倘若哪家要办婚丧喜事,或来宾客了,"上七宝"(农民的口头禅),一趟就能采购到所需物品,然后乐哉悠哉,车载人提,心驰而归。

我记忆最深的是,小时候过年前,父亲总要带着我去七宝澡堂洗一次澡,大众浴一角钱,舒适浴一角五分钱,差别就在浴后躺椅和服务上稍有差别。父亲喜欢听书,常三天两头"上七宝"。进了书场在八仙桌旁一坐,一杯龙井茶(有人续水)付费二角五分钱,已包括听书费。一段说书(或苏州评弹)正听得来劲时,戛然而止!一句"后会分解",听众们依依不舍嬉笑怒骂分散离场,个别人仿佛还沉浸在故事里。那时去七宝菜市场买新鲜带鱼是三角五分钱一斤,买大饼油条,皆为四分钱。所有的物价都是固定的,只有蒲汇塘桥堍下船主兜售的鱼、蚌、虾、螺蛳之类的可以讨价还价。

　　1969 年，我断断续续念完初中课程，拿到了七宝中学的毕业文凭，便回生产队务农了，第二年年底我应征入伍，之后再到陕西上大学，直至 1979 年回沪，期间差不多有 10 年在外生活。一回到七宝这块故土，亲朋乡邻怀揣热心纷纷上门给我介绍女朋友。因这时我的同龄人一个个都已结婚生子。见我已立业（有了固定收入），父母也希望我早点结婚。经一有恩人说媒与一名在公社机关工作的女孩牵线，她家就住七宝老街。第一次见面，女孩约我去看电影《祝福》，片中的祥林嫂命运悲惨，激起女孩泪流满面。我觉得大多数女孩不免感性多些，少有理性之悟。分手之时，我不苟言笑，面带矜持，态度随意；一面之交觉察不出对方的优劣，倒是女孩主动约我下次见面的时间和地点。某日（我休息日）某时（下午两点）我沿着老街走到塘桥拐入北西街，如约来到第三根电线杆下，刚一站定，二楼北阳台上的她喊我进屋。我迈过门槛，听见她从木楼梯上咚咚咚下来，引我面朝蒲汇塘河的吃饭间临窗入座，我环视前后左右，老式的木结构两层三间楼房（公租房），一共住了三户人家，她家住二楼东侧大约二三十平方米、自隔的两间的木板房，楼下临河有一间公用厨房。她们家是解放前来七宝老街开店做小生意的苏州移民，现为镇居民，一家六口人都工作，吃的是商品粮。

　　我俩结婚后，1982 年镇房管所分配结婚户一室公房，就在新建的青年路西段 66 号。这幢四层筒子楼内共住了 24 户人家，一层六户公用一个厕所。那时候新婚户能分到 14 平方米的独门独户已经很不错了，可算幸运了。我在这里住了 8 年（入住时窗前屋后都是农田），之后单位调配，搬到青年路中段 53 号一幢 5 层楼的两居室，约 40 平方米，住了 13 年，再后来我自购商品房住到新七宝中学隔壁一小区。因此，作为"老七宝"，我大致晓得七宝社、镇合并后，老街翻新改造的全过程。

现在的老街正门，对面原来是七宝二小（七宝中心小学，分一小、二小），后来七宝一小、二小合并改成"七宝明强小学"，建起了新校舍。老街是1992年之后开始规划改造整修的（其正门小广场原来是民房），改造前已完成了镇商店及供销社的私人承包改制，大量居民公租房也完成了由租赁到买断、统一变成私房这一改革全流程。引资入股，再"腾笼换鸟"一番操作，如同在平静的江河里注入活水掀起波浪。"招商引资"使得七宝老街焕然一新，迎来新的生机。我原先同住一楼的邻居参与了老镇改造的整个设计与商业运作，他可谓抓住了天赐良机。还记得那句虚幻入心、响亮回荡、却禁不起推敲的广告语吗？"十年看浦东，百年看上海，千年看七宝"，就出自他们的原创。人呐，只要抓住历史机遇，就能名利双收。就看你把握准不准？人脉够不够？敢不敢试一试？历朝历代的弄潮儿，要么闯出一条兴旺之道，要么被一个巨浪击倒。然而，大多数中国人普遍愿意生活在平静的世界里，浸润在传统文化里的一代代寻常百姓，个个循规蹈矩，遵纪守法，堂堂正正做事立人。唉，老街表面上的繁荣和辉煌背后，隐藏了多少不为人知的故事？欲说还休。只有身在老街的人，眼见为实，甘味皆知。外来游客逛一趟老街看见的只是表象，吃吃喝喝拍拍照，嘎嘎闹猛休闲娱乐而已。冷不丁抬头一望牌匾上的"北宋遗址"，还真以为是千年留下来的故迹呢。其实那钟楼和七宝教寺都是新建的，连寺庙里的佛塔也是仿造的。还有脍炙人口的七宝羊肉、七宝大曲，七宝海棠糕，老街上热销的所谓"七宝特产"都已"狸猫换太子"。严格来说，一切现代史都将成

第一辑　岁月繁花

为历史，历史除了正史还有野史。我记述的文字终将是野史，信谁？无关紧要，重要的是，读史要使人诚真，获史不能伪善。

想当年，年关临近（我在《过年》一文中有详述），我站在五层楼上推窗眺望，青年路、民主路口人潮涌动，高音喇叭喧嚣刺耳，一遍又一遍播放着港台歌曲，噪音扰民实在让人不堪忍受，因此我搬离了老街，从此心情舒畅了许多。我喜欢宁静地阅读、写作（人静为安，事静为顺，心静为胜），现在一般没啥要紧事我不会去老街。看过许多人写七宝老街的逸闻趣事、风味小吃、繁荣景貌，我都不为心动，也没觉得有什么特别之处好写。比如，七宝地名取之"七件宝"，我小时候就耳熟能详（金鸡、玉筷、玉斧、神树、氽来钟、飞来佛、莲花经），可问大人们这"七件宝"都藏在哪儿了？个个语焉不详！传说久了变神话。欲问"七件宝"之一的"氽来钟"，是从哪里氽来的？谁也说不清楚。

我眼里的七宝真的没啥神秘，只是宋代江南众多小镇中的一个，千篇一律，小桥流水，青砖白墙，木质瓦房，沿河而建，那是因为古代，靠水路四通八达，船来船往，人货流通。进而文化交流文明融合，才形成独具一格的小镇风貌。现代社会，人货流转靠火车飞机，但凡通高铁站和飞机场的地方，人货流量最大。因此，交通发达便捷之地，城镇建设得迅速而完善。譬如，浦东临港的滴水湖，谁会细想它是人工湖？若干年后更无人知晓。再说，全国此类人造景观比比皆是，到处如雨后春笋般冒出来，真假混淆难辨，颠覆人的认知，还被视作一个时期的时尚之举。在我眼里，七宝古镇开发之初，有诸多的人工臆想捏造，酷似一老农，从泥土里拔起一根萝卜，用衣袖擦一段啃一段，馋相与不雅终因饥不择食顾不了文明及修养。

但愿，我的这篇纪实文字，不要给活在虚幻梦境中"安乐死"的人——被鲁迅喻为"关在铁屋子里的人"（或制造"铁屋子"的那些人），带来负面影响、愤懑和谴斥。

人要学会反思，求真务实，才能不断进步。

2023 年 5 月 27 日

第一辑　岁月繁花

▌ 沉淀

　　记忆需要沉淀，人物需要沉淀，认知需要沉淀……而我对沉淀还有特指（专业名词）——它是显像管制造工艺中一个不可缺少的环节，叫沉淀。

一

　　1979 年的春天，春光明媚，万物复苏，生机勃发。

　　刚过完年，我身着崭新的中山装走进延安中路一处深宅大院，这里是上海市仪表局的办公地。左边为两进四合三层花园式洋房，右边是草坪、曲桥、凉亭，树木葱翠，幽静神秘。我走过长廊踏入公寓，沿着宽敞的楼梯上到二楼寻找局组织处。接待我的是一名五十岁左右的干部（估计是处长）。我递上组织介绍信和密封的档案袋，他手指一旁的沙发，示意让我坐下。稍顷，他问："家住哪儿？"我答："上海县七一公社沪星大队，靠近虹桥机场。""噢，路挺远的。你学的是电真空啊！"他自言自语道。"这样吧，你去电子管四厂，他们有集体宿舍，专业又对口。"我一言不发，任其分配，并默认。初入职场，我不可能提要求和想法。于是，这位处长为我另开了一张介绍信，让我择日去上海电子管四厂报到。

那时为计划经济时代，生产资料、人事分配，都是从上到下一级级配置。人与物各种要素，其中包括能源，都是由国家统一调配。大学一毕业享受干部待遇，行政级别相当于25级，工资在42—45元左右，高于一般工人工资。

次日，我乘公交车抵达西宝兴路青云路，去上海电子管四厂入职报到。我完全可以在家里多歇几天，但第一份工作的新鲜感、渴望与躁动，强烈驱使我尽快自食其力，投入城市新生活，融入工人阶级。

西宝兴路是虹口区和闸北区的分界线，路东属虹口，路西是闸北。电子管四厂在路西，工厂大门设在青云路上，斜对着上海市第六十中学的大门。经厂门卫指引，我去厂组织科交了介绍信，组织科随即把我分到三车间当技术员。三车间在一栋宽敞的六层楼里，一到五层都是三车间的地盘，一楼沉淀，二楼装架，三楼封口，四楼排气，五楼测试。这是按显像管制造工艺流程设置布局的。车间办公室则设在副楼一层半一个不大的空间，支部书记、副书记、车间主任、副主任聚在一大间，工程师、技术员在一小间，生产调度员和统计员另一小间。三车间拥有职工二三百人，是全厂的核心车间。

我进三车间报到时，书记是老俞，主任是老金。那时的人称呼上都不带长和衔，最多叫师傅，同一办公室以"老"或"小"相称，均视为尊称。副书记程东海和统计员施黎君与我年龄相仿，也投缘，便直呼其名。技术组三男一女四名工程师各自分管不同工序的技术工艺。领导把我安排在老刘手下，在窄小的办公室增添一张我的办公桌。因刘师傅分管排气兼封口技术工艺，我跟随他长时间蹲点在三四楼，办公室基本上就早上和下班时待上一会儿。大家都忙各自手头工作不管闲事。

　　下了班我就沿着西宝兴路至东宝兴路步行 20 分钟到四川北路横浜桥的集体宿舍。宿舍有两层，住六七个人，分别在不同的车间里上班。记得同住的有一位慈眉善目的长者，是四车间副主任，姓许，老许家眷在常州，因此常年住宿舍。

　　星期六是厂休日，星期五下了班我就直接换乘三辆（有时四辆）公交车回家，至少要两个多小时。星期日一早又匆匆赶回厂里上班。尽管路途远，可当过兵的我只会早到，不会迟到。早到者自觉担起擦桌扫地烧开水的义务。我为人人，人人为我，在国营工厂蔚然成风，习以为常。

　　记得刚上班没几天，我让后勤科负责卖饭菜票和每月统一购买职工公交"月票"的一位快退休的老阿姨帮我买一张"月票"。由于我的本地乡音浓，"月票"和"肉票"吐字不清，她回答我"肉票没有的"。我又重复了一遍"是买月票"。还好老阿姨比较有耐心，连听了两遍，总算听明白了我是要买公交"月票"，让我交两张照片给她。不久这位老阿姨就帮我办好了。之后，我的"月票""肉票"口齿不清，成了我的人身标志——"三车间那个新来的大学生老实憨厚！本地口音重。"好些人是在她学我的"肉票""月票"声调中认识了我。同宿舍的老许更是当歌唱"肉票、月票"取笑我，弄得我脸红羞怯，挺惭愧。我感觉到不光技术上要学以致用，不断上进，随着身处环境的变化，观念也要转变！尤其乡语口音，转成标准上海话，更迫在眉睫，否则格格不入、离群索居，对个人成长是一种阻碍。

　　意识到利弊差异便迅速调整自己。很快我与三车间大多数青年职工打成一片。工作之余，年轻人精力充沛，学日语，参与各种娱乐活动，不亦乐乎。二十世纪七十年代末八十年代初，时代正在悄悄生发巨变。电影《流浪者》中的《拉兹之歌》年轻人个个会哼唱；草坪树旁卧倒的三洋两喇叭录音机里循环播放着邓丽君的绵绵情歌；工友们穿起喇叭裤，起劲地跳迪斯科舞；结伴同游苏州虎丘塔拙政园；携三两好友到七宝我家附近捉蟋蟀等。总之年轻时光酣畅欢乐，不知疲倦，样样参与。我参加了陈孟均的婚礼，那是好友中的第一个喜庆盛典，在著名的"上海大厦"隆重举办。望一眼苏州河黄浦江，霓虹闪烁，江水波涌，心情格外舒畅。婚礼典雅又时尚，新郎戴领结，新娘穿礼服，双双招待四方宾客……那番场景终生难忘。

年中我参加了厂党委组织的党员学习班，在分组学习讨论时让我担任记录员，组长是周家春——他后来升任一家大公司总经理。我在学习总结会上还受到了表扬。

参加工作第一年，我各方面铆足劲儿，表现优秀，年终被车间领导举荐评为厂先进，荣获去杭州疗养的殊荣，这是对年度先进工作者们的一种奖励。

二

上海电子管四厂前身是"上海灯头厂"，后来经过合并重组专业生产电视显像管。我刚进厂时正在生产9英寸显像管，到年底才转产12英寸显像管。当时显像管供不应求，电视机厂排队急需。三车间工人要么两班倒，要么三班倒，为多产出正品干得热火朝天，劲头十足，人人为国家做贡献。

依稀记得，大约半年之后，三车间又来了一名大学生。他是从电子管五厂调来的，年龄与我相仿，学历专业也与我相同。他是浙大毕业的李蒙信，毕业比我早半年。李蒙信来了之后，我们那个小办公室再增添了一张桌子。领导分配他的工作是与朱工一起负责显像管制造的第一道工序：沉淀。啥叫沉淀？简单来说，就是把荧光粉灌进清洗干净的玻壳内，在规定时间规定室温下沉淀，然后在沉淀的荧光粉表面涂上一层薄膜，烘干之后转入下一道工序：电子枪封口。

李蒙信瘦削、干练、机敏，家住上海县杜行公社。我俩同属一个县，很自然便有一种亲近感。他上大学前在卢湾区饮食公司下属的一家饭店工作过，有此经历，使他与人交往（识人头）游刃有余。不像我稚嫩直白，易被蛊惑愿作嫁。

有一段时间，经沉淀涂膜产出的玻壳，某一边角总有发黄的斑点（废品）。负责这块技术工艺的朱工和李蒙信都有点困惑，却找不到问题的根源。一天，我和李蒙信一起下去观摩整个沉淀流程，沉淀荧光粉时，一只只玻壳平放在一块硕大的海绵平台上，铺一层海绵是想保护荧光屏玻璃面不受损伤。我的大脑在思考，海绵的作用是起保护作用，但这样也会使温度传导不均匀，是否会造成边角发黄呢？我随口对李蒙信说，将玻壳搁起来不用海绵沉淀试试看。他听了我的建议做了试验，效果很好。后来又小批量做实验，效果比原来放在海绵上沉淀要好！发黄的问题在工艺小改进中解决了，李蒙信在领导心目中的地位一下提升，工资马上给他涨了一级（年终又被评为先进）。在一片赞扬声中，没有人知道这一工艺改进是我给他出的主意！直到今天，如果我不说，仍然没人知道。

那时候我和李蒙信还都单身，时不时有说媒者牵红线。厂组织科的老董捷足先登，或许他"近水楼台"看过我的档案履历：当过海军，名牌大学毕业生，共产党员。他非常热心地为我介绍了一位他老领导的女儿——一名现役军人，穿"四个兜"的年轻女孩。可我回沪后经人介绍刚接触一女孩，正在热恋中。我不能脚踩两只船，更不想作比较，这有悖我做人的道德准则。我只好一再婉言谢绝董哥的一片好意与赤诚之心。

李蒙信比我聪明，懂得权衡利弊。车间主任老金（金主任也是军队转业干部）为他做媒，他欣然接受。听说，那女孩患有先天性心脏病，但李蒙信毫不在意，敞开胸怀接纳。

年轻时心赤诚胸亮堂，我俩在一起无话不谈，谈工作谈生活，他还跟我说他大哥是县教育局局长……有一段时间，他下了班不回宿舍（他的宿舍在延安路原住地），我也不回宿舍，夜晚，我俩在办公室里各自铺一块黑板（展席或被褥）说到没话了才睡觉。一觉睡到大天亮，遇上陈副主任上早班，把我俩惊醒。于是起来赶紧收拾睡铺，草草洗把脸去食堂买早点，意气风发地又投入新一天的工作。

这样的生活起居，夏天还好，冬天麻烦，长时间总不是个办法。有一天夜里刚躺下，李蒙信说，我们去找厂领导，让厂里给咱俩找个睡觉的地方。我说好呀！让厂里安排个睡觉的地方，免得我俩来回跑宿舍或睡办公室了。他自告奋勇地说："我去说。"可是过了几周，厂领导无动于衷，没任何表示。又一个不眠之夜，我们躺下后李蒙信有点愤愤不平，"领导不给我们就近解决住宿，我们就一同打报告，要求调厂！"他想以此试探厂里对我们重不重视。我记得商量调厂这番话发生在1981年某日，这时我已结婚刚生子，他还没结婚，在恋爱或正筹划婚事。我由于婚后生活改变，以及生子后家庭起了变故，滋生了一些难解的矛盾，妻子常埋怨我不顾家。在这样的处境之下，我立刻响应李蒙信的提议，并马上写了请调报告。谁知，李蒙信却没写，按兵不动。我的报告交上去之后，领导依据我实际情况批准了我的请求。我调到了离家近，位于漕宝路桂林路上的电视九厂，属于公司内部调动。其实我心里很舍不得离开老厂，两年多来与大家朝夕相处，已培养出了感情，到另一个陌生的地方一下子有了失重和失落感。然而，为了维系婚姻、维系家庭作出的退让，并没有让夫妻感情好转，争吵、埋怨、矛盾让婚姻关系危机四伏。我懊恼自己的草率决定，顾此失彼非明智选择。

不久我得知，我调离后李蒙信立马升为车间副主任。之后他的媒人老金当了厂长，李蒙信的仕途突飞猛进。先是厂办主任，后到珠海分厂当厂长（技术总监）。那几年他风头正劲，三十出头正是干事业的最佳年龄段。他顺风顺水，是不是与他的权衡利弊、精心铺设有关？总之，从此我和李蒙信分岔，他走他的阳关道，我走我的独木桥，越过沧海桑田，人生沉淀之后慢慢分出红蓝白。

三

人的一生说长不长，说短不短，就看怎么设计怎么过。辉煌也好，暗淡也罢！富裕是过，穷困也得过，沉淀出峥嵘。

人生又如长跑！我常喻之为"龟兔赛跑"。一时跑得快，跑在前面，遥遥领先，不一定就精彩到终点。龟跑得慢，只要心态好，不疾不徐，依旧能抵达终点。人生从起点到终点是个圆，这个圆圈能闭环就圆满，不能闭环总显缺憾，闭环与否在于自己。福，在心不在物；命，在人不在天。时势造人，不是人造时势。人与时代合拍则兴，人与时代别扭则暗。

2010 年，我的最后一个单位搬入中山北路宝昌路口的申航大厦，离青云路西宝兴路只几步之遥。我惊呼这真是"上帝"安排，转了一大圈（从闸北、徐汇、松江、普陀、回闸北），时间跨越三十年，我又回到了原点。我坐在第六十中学旁边的小饭店里，透过玻璃窗，凝望马路对面老厂旧址浮想联翩。往事历历在目，泪眼怅惘。那些老同事们如今是否安好？记忆中有些人连名字也模糊了，记不清了。一张张青春稚嫩的笑脸，一排排工作台前的倩男靓女，此刻飞入我的思绪里，不断晃动闪烁……我仿佛置身其中，与他们同苦同乐，被欢声笑语湮没。程东海、章国良、陈孟均、万伯仁、俞洁玉、尤美琴等，这些人永久沉淀在我心底。尽管时代已变迁，国营老厂房早被拆平，这块空地闲置了二十多年，直到我 2013 年退休，再延续至 2018 年年底我离开，原四厂旧址上才刚刚像竹笋似的冒出一栋栋高楼。这些高档住宅楼，原来的居民和我们四厂的那些职工几人能够买得起？早在十多年前就听说支部书记老俞已作古，施黎君换了肾不知咋样，又在五六年前惊闻李蒙信也去世了。三十年一个时代，四十年岁月沉淀。生活抽鞭唤醒人，辉煌终将灰飞烟灭，实事求是，摒弃妄想杂念，疲惫的身心才会彻底得到解放。唉，信老子没错，善德厚道必有余庆！算谋权利必有余殃。

人生需要沉淀，沉淀之后咀嚼才有味道。

2022 年 3 月 16 日

第一辑 岁月繁花

岁月如歌

那天，一股冲动，一种情绪，说不清道不明；像心魔驱使，似意念指向，一心想找到你，一定要找到你。在你留给我的通讯录地址 11 号楼下徘徊许久，烟吸过好几支，怅惘驻足傻傻地等待，久久不愿离开，一次次按 203 室门铃，不见有任何回应。我自己对自己说，早干吗去了，现在才想起上门寻找。懊恼沮丧，却没灰心，晌午时分默然走出小区，又不断回头张望，怕错过人流中的你。实在不甘心呐，就在附近点心店里买了个韭菜饼充饥，再一次独步折返 11 号楼下，明知没有结果仍想碰碰运气，结果败兴而归，灰溜溜独自一人黯然神伤。

过了几日，第二次去 11 号楼找你。203 室仍没人应答，只好敲 204 室门，男主人正好在家，拉开一条门缝与我搭话："你说你的老同事姓 Y，她家原来就住 204 室，我们置换的这套房，前些年还不时收到她的信件。她们家早就搬走了，没留电话音信全无，不知道搬哪儿去了，你可以到退管会去问问，或许能找到她。"于是我请退管会老范帮忙，终于要来了你、的手机号，失联近二十年的你终于联系上了。

拨通手机的一刹那，熟悉的声音、灿烂的笑声、悦耳的话语又回响耳畔，令我感慨万千浮想联翩，仿佛失去的珍宝重回怀抱，唏嘘不已……青春已逝，真情永留！我眼前经常回放一幕幕你我在"上图""卢图"相伴阅读的场景……哦，还有你那件花格子两用衫永远印刻在我的脑海里。你是我青春的记忆，你是我学习的良伴，你是我同事中的闺密，你是我这一生最难忘的挚友！我们虽蹉跎了情缘，错过的时光换来的却是理性和情感的积淀！换来人生中最珍贵的情谊。

一晃，我们都已步入老年人的行列，可年轻时的无邪纯真总那么难忘！记忆存储越久越清晰。或许这就叫"印刻效应"——大学毕业第一个工作单位，第一批年轻同事中只剩下你与我成了莫逆之交。

三车间有近 300 名职工，按工艺流程分布于五个楼层。车间办公室管理人员也有近 20 人，你我只是技术员，常年不蹲办公室。你大学毕业晚我一年，与李一道负责显像管沉淀涂膜工艺，常与工人打成一片，同喜同乐同劳作。厂里那些活泼可爱、浑身散发青春活力的男女青工，他们上班一身工作服，下班个个穿戴时髦，勾肩搭背，嘻嘻哈哈，结伴去"撒野"。那时流行穿喇叭裤戴蛤蟆镜，便携式两喇叭录音机里常播放着邓丽君的歌曲，大多数人陶醉其中翩翩起舞。唯独你不被裹挟，不赶潮流，穿戴朴素，一件浅蓝色花格子两用衫显得"老土"。你身材柔美，脸蛋俊俏，清新脱俗，与众不同。我的兴趣爱好是追求知识积累和提升自身素质。然而，迷茫急促的婚姻羁绊了我前进的脚步，使我不得不离开投缘知性友伴。那短暂美好、充满朝气的三年像流星划过天空刹那消逝，而真正懂珍惜、延续情义的只有你。你给我寄来显像管优惠券，陪我去图书馆查阅资料，我俩并肩走在马路上，偶遇熟人急忙躲闪，生怕被人说闲话……心相吸，人相伴；同专业，同行乐。可就是中间阻隔了一道不可逾越的鸿沟。

还记得那次我去你家安装能看 20 频道的接收器吗？我第一次操

弄这玩意儿，心里有点忐忑，不知能否成功，还好因你家临近电视发射塔，信号极强。我拆开你家黑白电视机，取出频道旋钮开关，把预先准备好的接收 20 频道节目的条码镶嵌其中，调试拨弄几下就大功告成。然后再恢复电视机原貌（在原来固定的几个频道中增加了 20 频道节目）。那天你爸妈都在家，各自在做自己的事。当我起身告辞时，你妈还误以为我是你男朋友呢，夸了你几句老实本分、直爽之类的话，我顿觉羞涩，一句也不搭就走了。你执意要送我出小区门，路上你乐呵呵地夸我"真行！你真能干"。其实我是偷学的，瞎猫碰上死耗子，赶巧让我"献花"显能了。

从那以后，你休息日常来我单位门口找我，有两次我假借去马路斜对面的卢湾区图书馆查资料与你一道"幽会"。在寂静无声的图书馆里我俩埋头看书摘抄，心无旁骛，心思根本没往别处想。尽管你的举动心思我能猜出几分，但我已是有妇之夫，不该有不忠于家庭的想法。你是黄花大闺女，我不想耽搁和阻碍你的婚姻大事，心里祈福你找到比我更合适的郎君，默祷你的人生美满幸福。

不久，你真的结婚了。已三十出头再不结婚，家里外头（社会）压力都挺大。听到这一喜讯我着实为你高兴。得知你丈夫做技术兼销售，工资可观，加上你勤俭持家、服侍公婆、养育儿子，婚后日子过得很甜蜜舒畅，我更识相隐遁，不去打扰你的新生活。于是慢慢地，我们便失联了。期间你搬过两次家，并在电话里告诉过我新居地址和家里电话，我都不曾登门拜访打扰过。虽然我俩是好同事，心里坦坦荡荡，友谊纯粹日月可鉴，但我还是怕引起你丈夫及家人的不适和误会。

确有过一次，我因工作调动到志丹路上班，工作间隙我拨通了你家的座机号，本想告诉你我现在的单位离你家很近。不料，接电话是你公公，询问我是谁？与Y什么关系？我答，是过去的老同事。他说，不在！挂断了。我分明已听出电话那头语气有点不悦。都说，心中无鬼不怕鬼，心里有鬼怕敲门！验证一种心理。孔子曰："己所不欲，勿施于人。"现实往往是，己所欲愈加施于人。家风家教会潜移默化影响铸就子女性格。

我想起，你婚后第一次约我在徐家汇教堂草坪见面时告诉了我一个振聋发聩的消息。你说丈夫自从单位外派到甘肃（还是青海我记不太准了）期间出轨了。男人长期驻外忍不住寂寞，确实容易寻花问柳。"只要他每月不忘寄钱养家，看在儿子的分儿上你就原谅他一次吧！"我这样善意劝导你。老话说得好，"宁拆十座庙，不拆一桩婚"，我总不至于劝你去离婚。你思前想后，踌躇再三，姣好的面容陷入沉思迷茫，柔弱的身躯内藏着一颗善良温顺的心！这一点别人不知，但我非常清楚。终于，你克服了巨大的心理障碍，夫妻重归于好。更值得称颂的是，你甘愿牺牲自己，不让儿子成长受到影响。你倾注全部的心血把儿子培养得非常出色，大学毕业后继承了你家的传统做金融，现为一家金融投资公司的分析师，年薪不菲。

二十年后重续旧谊，我们相约在老厂旧址旁的一家简陋饭店见面，你兴冲冲地告诉我："儿子刚结婚，这段时间比较忙。儿媳是他的高中同学。高中阶段儿媳是有名的校花，根本瞧不上我儿子，可是也怪！转了一大圈他俩竟成就了姻缘，令班里众多男女同学刮目相看。"说这些话时你眉飞色舞，发自内心的喜悦溢于言表。我能体会到，"失之东隅，收之桑榆"是一种额外补偿！理所当然引为自豪。

自从加了微信，拉近了你我之间的距离。二十年前手机是个稀罕物。如今有了手机万物尽收眼底，距离和时间都不成问题，联系更便捷透明。

第一辑 岁月繁花

　　大约过了半年，某日你在微信中痛说丈夫又出轨了。我不信！一个人哪会重复犯两次同样的错误呢？你信誓旦旦说，"被我抓到了"。我只好无语。我简直无法相信，人已退休且有病，儿子也成家立业，马上要生下一代了，哪会这样不顾一切呢？难道真应验了"江山易改，本性难易"这句老话？我希望你一直笑口常开，生活中少些忧愁与烦恼，看来是一厢情愿。你刚见到曙光迅即湮灭！真可谓"旦夕祸福"常人无法预料。

　　我在微信里约你有空出来叙聊。可你一直忙于家务，后又侍候媳妇坐月子，还要照看小宝宝，故始终未曾见面。我知道你放弃自己的事业，一心扑在家庭经营上，住房宽敞不发愁，儿子儿媳是你心灵的慰藉，带好下一代是你晚霞里的"烛光"！却万万想不到丈夫再一次背叛你！这种精神上的打击造成的创伤是致命的。一个瘦弱的女子经受二次挫败，确实无颜面对！向谁去吐露羞耻呢？宁愿自己默默忍受慢慢消化。此后，连我俩的微信也渐渐沉寂，悄然无声了……

　　唉，人呐，内伤莫过于慈悲，哀怨无策又奈何！"人善被人欺马善被人骑"，我只想再劝你一句，一切都是过眼云烟！凡事看淡点，自己活好、身体健康最重要，其他都是别人的风景。你叹息道："身体已垮，命运不好！"我还能说啥？"命运多舛"真不该是女人的专用词。

　　再回首，背影已远去，旧梦终因善念错过而疚心自问……

　　夕阳下，秋风萧瑟落叶黄，孤影只为伊人长。热血早已凝固，初心渐行渐远……一切回归本源。

2017 年 12 月初稿

2022 年 6 月修改

年味·说慧

腊月二十九午后，慧萍的儿子和儿媳前来给我拜年，捎来了她亲手做的、还冒着热气的蒸圆，有肉馅，有豆沙馅，这是她的巧手杰作！现在的人呐，哪还有心思与精力手工制作年味？慧萍把父辈能工巧厨的技艺传承了下来。

咬一口皮糯汁鲜的蒸圆，一股浓烈的乡情弥漫在心头。少小离家老大回，乡音未改胃依旧。人的脾胃是有记忆的，小辰光（方言，指小时候）滋养的味道，年老了念念不忘总想尝一口，那是一方水土、一方饮食滋润的"印刻效应"，尤其过年吃的美味佳肴永远刻录在每个人的胃液里。

蒸圆的味道开启了我记忆的闸门。小时候过年，村里家家做圆子，象征一家人团团圆圆，幸福美满。那时候，人虽贫穷，但淳朴祥和。一到腊月廿三，大人忙，小孩跳，家家户户欢乐喜悦，一扫堵心的惆怅和憋屈苦闷，人人脸上洋溢着兴高采烈的笑容。

我家正屋场地前盖有两间草房，东间用来养猪养羊养兔子，西间除了堆放稻草农具杂物外，在南窗角落里安放了一只脚踏石臼。人民公社那会儿，一到腊月每家每户都事先准备了糯米，少则三四斤，多则六七斤，一家紧挨着一家轮流来我家草房内舂糯米。那砰砰砰的声响昼夜不息，人流往来不间断。夜晚没电灯时，就在一盏煤油灯下作业。村村通电后，父亲在两间草屋里各装了一只 15 瓦的灯泡，总比煤油灯亮堂。全宅人无论是来春臼，还是用电照明，都不收分文。我祖父，人称"洋盘"，意含"戆""傻"。人耿直，不愿巧取创造新生活，宁愿看家护院粗茶淡饭过日子，虽贫穷却不吃嗟来之食。譬如，外人来借用春臼、纺车、织布机之类的，明明可以收点小费，祖父、父亲从却无此心思，不但全免费还要贴上电费和睡眠时间（有时整夜睡不着）。也因此，我家与全宅人关系和睦，相处融洽。付出得到的回报便是深厚的民情乡谊。

那个年代水磨粉的制作工艺是这样的，把用水浸泡过的糯米倒入春臼内，人工一次次踩碎，再用筛子一遍遍过滤成粉状，拿回家用米粥和糯米粉揉成面团做圆子。除了水煮汤圆，就是隔水蒸圆，心灵手巧的人还会做筒蒸糕或方糕，馅嘛，都是自制的肉馅、豆沙馅。蒸圆、蒸糕需要蒸笼，一笼格一笼格叠起来放锅里，锅中存一半凉水，让自家小孩用柴木烧火，孩子们往往没耐心，烧了一会儿便跑出家门去玩耍嬉闹。年三十的傍晚，村里炊烟四起，一派过年的景象，燃起每个人心中的祈盼。过了除夕，大年初一孩子们穿上了新衣裳，又长了一岁。这样过了一年又一年，一直到我 17 岁参军离家，才告别了浓浓的乡情年味。立业成家后，每逢过年再也吃不到儿时纯真的味道了。我走南闯北，吃过饺子，吃过春卷，吃过八宝饭，就是再吃不到自制的蒸圆了。

慧萍是我老宅邻家的媳妇，心灵手巧，匠心独到，聪慧内秀，"上得了厅堂，下得了厨房"。这样的人现如今很难找，能娶到慧萍是我邻家宝弟的福气！慧萍的帮夫运确为邻家增光添彩。她是村干部和村民眼中的贤人！是妇孺皆知、老少和气的聪慧人。

一蓑烟雨

　　我有时在想，"人如其名"，名字里镶嵌"慧"的人，还真是秀外慧中的达人。近期嘉定文学群里冒出的一位九十高龄的徐慧敏老师就是个奇人。梨园世家出身的徐慧敏，小时候与梅兰芳同台演过戏，后改行当小学教师。1963年她响应国家号召支援新疆建设，退休后定居上海。她除了有扎实的戏曲功底，还每天写一首诗，诗韵幽邃，充满哲理，且形式多样，散文也棒，去年12月9日我到闵行区作协领证，宋海年老师赠我三本《四季》杂志，翻开一看，沈慧琴竟然名列编委之中，令我惊叹。我知道的沈慧琴（我更熟识她父母），是东苑房地产公司的开拓者、创始人、董事长，事业有成，艺术添翼。沈慧琴的大名在七宝乃至闵行区都赫赫有名。还有旅德华人王小慧，其超凡的艺术天赋当今无人堪比。是不是名字中有"慧"字的女性都这么神奇？个个能量无限，且深不可测。可谓，慧心巧思，灵心慧性，"上下融和开慧目，跃出心珠凝结"。对这样"耳聪心慧舌端巧，鸟语人言无不通"的人，我历来欣赏，另眼相看。

2023年1月26日

相帮吃喜酒

2023年春节之后，村里人一家接着一家办喜酒。按沪上村俗，凡婚丧喜事均办三天，并请相帮一起来吃喜酒。这一惯例，已延续了几十年，从未改变。

节后二月三月，我作为相帮已出席了两家从前一个村宅邻里的婚宴，下月还有两家相帮吃喜酒。说相帮，实际上是白吃白喝。域外人可能不理解，哪有这等好事？其实所谓相帮，是从前形成的邻里之间的一种互动机制。过去，村民同住一村，一家有事，大家相帮，渐渐形成了一种约定成俗的规矩，简称乡俗、村规。这样的规矩没有法律依据，却有道德约束。如果村里哪家人家有事，全村宅人谁不到场一定是有特殊原因的，否则就是不地道，会被全宅人唾弃瞧不起。

记得，我十五岁时已长成一个大小伙了，腰圆体胖，蛮力超老爸。我父亲生来瘦削体弱，又因染上血吸虫病，治愈后仍干不了重活儿。从此，村邻家凡有婚丧喜事都由我替老爸去相帮。若哪家办婚事，相帮的人要提前去做事，如清场、打扫、搭帐篷，挨家挨户借桌凳，备好火具煤饼，碗筷洗刷分内事，服务亲朋为首要。那时相帮不得闲，连好好吃一口饭都是奢望，常常忙里偷闲吃点残羹剩饭垫饥，一门心思为东家操劳尽力。尽管苦累活儿不停手，但是众乡亲搭档在一

一蓑烟雨

起干活儿也很开心，还偷听偷学到很多谚语习俗及旁门左道。一众相帮人中专设一"小工头"，他负责分派每个相帮人的活儿。此人一定是一个能干的、有辈分和威望的，并处事公正、忠诚厚道，是值得东家信赖的人。否则，难以服众，难免出纰漏，甚至造成无法弥补的遗憾。记得，当年"小工头"分派我的活儿，先是借桌子搬凳子，后去接嫁妆（用人力拖车），步行去回，或骑车迎送；再就是端盘子上菜，照顾就餐的亲眷朋友；最后收拾场子，帮东家物归原主、恢复原样，才算完工。因此，相帮总要不停地忙三天。

改革开放后，村民的生活状态一年一年向城里人学习改变。可是，但凡办婚丧喜事仍需三天，这已深深刻在农村人的骨子里，想改变确实难。曾经有个别人家学城里人，在大饭店轰轰烈烈吃一餐，被村民讥为"小气鬼"。再说，城里饭馆吃婚宴的价格可抵村里吃三天的价。既不实惠，又不闹猛。吃罢人散，一回头，互不相识。所以，村民都不愿意去宾馆饭店办婚丧喜事。如今千年村宅遭拆迁，可村民举办婚丧喜事的办事大厅仍没有拆（即使拆了还会重建），这里既是一方水土养一方人的根基所在，又是民心聚力、民意凝聚的精神家园。村民们个个钟情于这种简朴的农家乐酒菜。早餐羊肉烧酒咸菜泡饭油条，中餐和晚餐鱼肉荤腥海鲜贝壳满汉席。在这里宾客和乡邻可以从早吃到晚，连续吃三天，不吃白不吃。每顿餐歇，村民们自由组合，打牌打麻将下象棋，喝茶聊天嘎讪胡，其乐融融真惬意。人们忘记了疲倦，忘记了摩擦，相逢一笑泯恩仇，开怀畅饮赛酒量。这样的聚会不仅延年益寿增民谊，还能耳闻时势解民情。酒足饭饱后，个个红光满面，语无伦次，道喜道贺祝健康，温馨舒畅释情怀。

昨天，我刚吃了三天相帮喜酒的这家前村邻，老子为儿子办婚事时我曾相帮去拿嫁妆，一转眼孙子结婚了。孙子的婚礼今非昔比，隆重阔气闹猛，大厅里足足摆了四十余桌，专门请了婚庆来布景，花圃、灯饰、投影、司仪、主持、婚车、摄影、录像，摩登时尚不差钱，气势如虹，与城里人相比也毫不逊色。

如今相帮早已名存实亡，大厅里的桌椅是村里置备的，厨师加辅助，推车端盘子上菜都有一套班子，市场化运作一条龙服务。东家只需挑选合味的厨师，选定合胃口的菜谱系列就行，根本用不着相帮做啥事。叫你来相帮就是请你来吃喜酒，既不用你掏钱也不用你干活儿，就是吃吃喝喝白相相。依然设有"小工头"，他的职责只剩下分发香烟（相帮一天一包），召唤一两个相帮负责放炮仗、迎新娘等不多的一些零活儿。大多数相帮无事做，围桌而坐吸烟喝茶闲聊，或看打牌溜达逛商店。

这一次我遇见了主办方的娘娘，阔别五十载重逢，双方皱纹爬上眉梢，相貌只剩下从前的轮廓，但记忆仍然清晰。她是我参军那年出嫁的，大儿子已五十二岁，小儿子也近五十，子孙绕膝，坐一起正好满一桌。从她的笑容里我看见了幸福。忆及青少年时期一段苦涩的岁月，一个爱岗敬业不知疲倦的仓库保管员在脑海闪现，一个活泼爱笑、勤俭持家的阿金妹在我眼前盘旋晃动……自阿金妹出嫁后，在"拥军优属"政策下，我爸接替她当上了仓库保管员，一直延续到改革开放，生产队集体仓管使命终止。唉，五十年一瞬间，五十年沧桑巨变，物是人非。

吃了三天喜酒，人挺累，也高兴。酒席宴上各类山珍海味平时一般人都舍不得买舍不得吃，是一次难得的"开洋荤"。

办婚宴实力有高低，家境有差异，菜肴有区别，可三天情意悠长，若干年还会残留在记忆中。

　　今年是提振经济之年。在这个春光明媚、万物复苏的日子里，人们积极释放消费热情。后面，我还有两家村邻叫相帮吃喜酒。从真正的相帮做事，到纯粹相帮吃喜酒；从贫困时互帮互助，到富裕后互惠互利；乡村的振兴、人情的冷暖，均藏在一杯酒里，纯酿酒抑或勾兑酒饮者自知。

　　　　　　　　　　　　　　　　　2023 年 3 月 18 日

过年

从前，年关临近，户外响起噼噼啪啪的爆竹声，时疏时密不间断。三两成群的孩童噼里啪啦燃放小鞭炮，冷不丁让走过路过的人吓一跳。玩得高兴时，孩子们总是不知疲倦，点炮捂耳追逐嬉闹。噼啪声烟火味，喜洋洋迎新年，这才是传统的过年味，农家乐。

记不准从哪一年起，国家规定禁止燃放烟花爆竹，包括孩童玩的噼啪单响炮也在禁令内。过年前后的爆竹声没了，孩子们也不去户外耍了，安安静静待在家里，冷冷清清的与平常没啥两样。除旧迎新，欢天喜地的过年味变得越来越清淡。

2022 年，又临近年关，马上要过春节了，可梁彬却总是难以忘却 1993 年，他四十岁过年时的那番场景。

那时梁彬一家居住在小镇的一栋五层楼公房顶层的两居室里。倚窗瞭望，景物与行人一览无余，尽收眼底。

除夕那天下午，妻早早去了娘家，按惯例每年的年夜饭都在丈母娘家团聚，因而三个出嫁的女儿都会去帮厨，准备一桌菜肴。十三岁的儿子一路放着鞭炮也随他妈去了，他想早点去与表妹们一起玩耍，燃放烟花。家里只剩下梁彬一人。今年过年不同以往，梁彬心里一点也高兴不起来。被社会、家庭边缘化的他，心事重重，困惑失落，心结难解。接近傍晚时，梁彬倚窗斜望，边"腾云驾雾"

吸着烟，边俯视往来穿梭的人群。吆喝声叫卖声，噼噼啪啪的鞭炮声，商店门口大音箱播放的歌曲声，沸腾叠加，使整个街面像一条游动的龙脊，起伏汹涌，流光溢彩。

梁彬回想自己半年前下岗的经历，唏嘘不已。下岗后的某一天，梁彬正巧遇见原住筒子楼邻居韩山胖。山胖说，他"下海"了，现在做水泥黄沙生意。不如你来和我一起做，一起发财。梁彬被山胖巧舌如簧的铮铮言辞鼓动了，回家后翻箱倒柜找出当年参军时穿的绿军装，信心满满想再体现一把自身的价值。他没日没夜跑工地（当初工地上一片废墟！如今成了古美新村），因为卸水泥黄沙通常要整夜等守，辛苦倒不在话下，想当年梁彬在工程兵部队经受过锤炼，吃苦耐劳的精神还在，就是没有消费预支，连吃饭喝水都得梁彬自己掏腰包！更不要说上夜班补贴这档子事了。干满一个月梁彬去结工资，山胖说，要等业主结账款到了再给你。"现在我哪有钱啊，我的钱都垫进去了，我也没工资呀！"那业主什么时候结账打款？不结账就永不发工资了吗？眼看要过年了，梁彬只好腆着脸再去问韩山胖要钱。韩山胖一副囧态，装善良，装无辜，装无奈。梁彬心软，设身处地一想，强逼，与山胖撕破脸，又能咋样？只好默默忍受，自认倒霉！最多不干了。

没钱怎么过年？妻子的埋怨、责怪、叹息、冷漠，使梁彬遭遇前所未有的犹兽困斗。齿语间的贬损，恶言直刺梁彬的心。那句看似不经意的话，"当初我如果嫁给了顾某某，现在他已经是总经理了。"这样的话，梁彬能听不懂吗？而且，离婚两字常挂嘴边。梁彬终于醒悟："夫妻本是同林鸟，大难临头各自飞。"现在还没到生死大难的紧要关头，就开始埋怨责怪想离婚了。看来，这样的婚姻只能"同甘"，不能"共苦"，奢望"白头偕老"？痴心妄想，省省心吧……越深想梁彬的心里越凉，全身在瑟瑟发抖！悔不当初心善想得简单。梁彬决定不去吃年夜饭了。兜里没钱腆着脸白吃，别人还会给你好脸色看？！虽败不屈的军人脾性，瞬间弥漫了梁彬的胸腔。如果去遭受嘲笑和挑衅，梁彬会更加无地自容，跳楼投河也说不定。精神一旦分裂，死是最好的归宿。还好梁彬没有失去理智，不能求同，不能存异，那最多是分道扬镳！俗话说，退一步海阔天空。大不了，一切从头来过。"雄关漫道真如铁，而今漫步从头越。从头越，苍山如海，残阳如血。"伟人的诗句凄凉又豪迈！充满了不服输的英雄气概！也唤醒了困囚中的梁彬。

夕阳西下，街上的行人稀落。商铺门前的霓虹灯和居民楼的灯光陆续亮了起来。梁彬离窗转身回屋，拉亮自家的灯，屋里无一丝暖意，疲惫的心无港湾栖息。梁彬静坐在沙发上呆思，反复在想，去，还是不去？心里还在纠结。梁彬的眼神落在茶几上的电话，多么想听到"丁零零"声响。这一刻如果有电话来催邀他，梁彬还会动身。然而，半个小时，一个小时，时间在慢慢流逝，电话铃声始终没响起过。梁彬看墙上的挂钟，时针指向七点。他知道，这个点往年的年夜饭早已热闹开场，碰杯畅饮开怀喜庆，个个都进入醉酒梦乡，谁也不会去想，梁彬为什么没来。或许妻子早已向她家人搪塞说，"梁彬到他娘家去吃了。"这样的谎言是善意的，是"会做人"的表现。对此梁彬早已领教过不止一回两回了，已经无数次了。她家人总信自己人不信外姓人。人性的弱点是不爱听真话。认定梁彬不对！一切都是梁彬的错！一错百错，一损俱损。梁彬思前想后，难道婚姻就这样孤单下去？慢慢地，梁彬似乎理出点头绪。在梁彬心里，钱固然重要，但觉得人比钱更重要。一个人如果成了钱的俘虏，这个人的脊梁骨会腐朽挺不起来。

人的生活理念，秉持什么样的价值观很重要。梁彬认为，穷有志，不失骨气则可敬；富丧骨，贪钱跪舔实可悲。

全家人团聚过年虽热闹，但人心游离不一定真快乐；一个人过年虽寂寞，但心里坦荡也舒畅。于是，平时不喝酒的梁彬起身拿出一瓶七宝大曲，点上火炒了把花生米，自斟自饮，自我消解寻乐，把所有的忧愁烦恼通通随烧酒吞噬消失抛脑后……

这时，楼外又骤响起一阵阵爆竹声，噼里啪啦；嘭啪、嘭啪！火光冲天五彩缤纷，燃红了夜空。绚丽多姿的烟火示意祥和喜庆，溢满美好祝福："今天是个好日子""明年一定发大财"。

喧嚣过后，梁彬一人歪倒在沙发上睡着了……

醒来已是大年初一晌午，梁彬揉揉眼、洗把脸，回忆起昨夜的梦境：他在不停地跋山涉水，像掉进山坳深坑，使尽全身力气，在挣扎着爬呀攀呀……突遇一老翁，前额光亮穿袈裟似老和尚，眼里射出一道霞光。老翁说，变，才符合自然规律。你等会儿看，东方逐渐泛红，曙光照亮大地，黑夜白昼轮回是天道……他急切地想问老翁，我何时能爬出深坑？一转眼，老翁不见了。他也被一束光亮惊醒了。原来太阳光已照射到屋内把梁彬唤醒了。

时间过得真快，30年弹指一挥间。转眼2022年除夕将至。虽少了铜臭的烟火味，但大地微微暖气吹，人心慢慢聚拢回归正道。

2022年1月27日

寻求纯真

人与人之间的关系，亲疏、远近，随岁月积淀心底，波澜不惊，沉默不语，似无字履历贵贱分明。有的人虽近心远，有的人虽远心近。家在溧阳的寻梦（微信名）是我时常牵挂的一个人。

与寻梦已有十年未谋面。他是一家电梯公司的项目经理，为养家糊口四处奔波，居无定所。这些年高铁车站建到哪儿，他人就在那里蹲点守候。他的职责是为电梯安装工程与甲方、总承包商三方沟通协调。他从连云港一路南下，一个车站到下一个车站，途经射阳、盐城、泰州、黄山、景德镇、衢州……一路延伸，他常年奔走在人烟稀少、寂寞荒凉的施工现场，经他负责安装完工交付使用的电梯、自动扶梯足达四十多个高铁站。这样流动性大、四处漂泊的工作势必顾不了家，生活总会遇到许多坎坷遗憾。2021 年，寻梦的父亲——一个刚过七十的老人，患有心脏病，因没人给他配药而骤然离世。这对寻梦打击很大！回家奔丧料理完父亲的后事，寻梦独自思忖良久，毅然决然辞去大公司的工作，回家乡创业发展。这样一方面可以照顾孤独的母亲，另一方面可关照小儿子读书。若再不回来，大家小家恐怕都要支离破碎！忠孝不能两全，赚钱顾不了两头。他决定做一些事情补偿家人，弥合缺憾，只有这样他的心里才会平衡，才会平抑心中的愧疚。

唉！改革开放让中国经济高速发展，高楼一栋栋拔地而起，新区一幢幢连片，商贸新城一座座崛起，高铁纵横交错，呼啸穿行于山野之间……所有的建筑、高楼大厦都凝聚了众多农民工为之奋斗付出的血汗与泪水，可有谁记住了他们的名字？他们中有很多人背负妻离子散的痛苦，忍辱负重，仅仅只为了赚钱吗？不！那是舍小家为大家，为国家繁荣和现代化建设做出了贡献！历史不应该只记得名人，不该忘了像寻梦这样的农民工都是实现"蓝图"建设的功臣。

我和寻梦相识于 1998 年。那时他二十出头，一米七三的个儿头，英俊憨厚。当年我四十五岁改行学电梯，他比我早入行一年。我俩是同一届某电梯安装培训班的学员。听完课堂教学后做实操，他比我熟练，懂得多，带着我一件一件认识电梯配件，一步一步拼接组装，最后安装完整部电梯，经调试可上下运行。经过一个多月的培训，让我从一个"半路出家"的外行，粗浅学会了电梯安装的知识及作业步骤。随后在实践中不断摸索，探寻其中"奥妙"，逐渐掌握电梯技术性能及安装作业规范，再自编讲义给新学员培训上课。这一过程非常艰难，我靠着背水一战的决心，苦练心志磨炼毅力才度过了难关。今天回想起来，寻梦无疑是我的第一任电梯安装实操师傅。

自那以后，我与寻梦一直保持良好关系。我们相互尊重，感情融洽，几十年友情不变色。尽管我俩年龄上有差距，心灵上却无隔阂。

寻梦先后在四家电梯公司任职，他任劳任怨，无论在哪儿都勤奋工作，深受老板、同仁喜爱，从没听说和谁结下"梁子"，相反，他走后老板同事都念及他的工作出色。

我与寻梦在徐州的相见一直定格在我的记忆里。那是十多年前我第一次携妻旅行。先飞抵烟台游览市区、海滩，惬意玩耍；后去威海登刘公岛近距离感受甲午海战悲惨历史；再游蓬莱仙境，观海市蜃楼景色。回程乘火车到济南游"天下第一泉"趵突泉。本想登泰山体验一览众山小的感觉，终因恐体力不支放弃。之后，我南下徐州与寻梦会面。那几年他一直被公司派驻徐州，负责电梯安装维保。我到徐州后他始终陪伴我左右，带我们参观淮海战役纪念馆，招待我俩吃当地特色名肴。我预订了凌晨的回沪车票，一看时间还早，寻梦便带我们去洗脚（洗尘洗疲劳）以消磨时间，然后把我们送到火车站候车室他才安心回去睡觉。身处他乡一片茫然，受到寻梦细致入微的款待亦格外温暖。故徐州之行，深深烙在我和妻心里，与寻梦的纯真友谊更是难能可贵。

2012年中秋节，我自驾来到寻梦溧阳老家，看望他和他的家人，顺便游山玩水。在溧阳我们再一次受到寻梦的热情招待。

一晃十年又过去了。在这十年里，寻梦虽然不常居溧阳，可每年春茶季节他总会托友人或家人给我寄新茶，一年不落，这份坚持与真纯每每令我感动，同时也于心不安！古人言"礼尚往来""来而不往非礼也"，这份情这份礼我总要还的呀！否则我心心念念牵挂着，难以平复。

2022年，我经历了很多事情，世故人情真善伪劣一并凸显。寻梦却一如既往关心我，又寄来新茶问候。眼看9月中秋节临近，秋高气爽，晴空万里，正是旅游的好季节。我毅然决然再一次驱车去溧阳，纯粹为了报答友情。去之前，我深怕十年车龄的自备车出行不安全，特地做了一次深度保养，换了四只新轮胎，换了刹车片，这样跑长途上高速才放心。我已接近"七十古来稀"的年纪，想趁现在腿脚还算灵活，了却一桩心愿！只怕以后再不会自驾跑那么远的路了。

9月6号早上6点半，我从家出发，按照提前规划好的路线，走G50转京杭高速，一路顺畅，9点半就到达寻梦老宅。接到我电话的寻梦马上放下手头工作赶回来与我会面。久别重逢，我们兴奋地畅聊，不知不觉到了吃午饭时间，我建议就在家里随便吃点，他坚持说饭馆已订，只好客随主便，开车去就餐。餐桌上闻名遐迩的溧阳鱼头汤必不可少！美味佳肴非常丰盛。餐饮毕，他领我们到隔开一条马路的假日宾馆入住，这也是他提前为我们预订的，宽敞明亮、设施齐全。休息了一会儿，他开车带我到宜兴的大觉寺逛一圈。大觉寺坐落在一座山坳里，占地足有几十公顷，大雄宝殿、方塔、长廊金碧辉煌，气势宏伟，是这几年新造的佛教圣地。由于疫情原因，游人稀少，冷冷清清，更显神秘幽静肃然。

晚饭就在寻梦家吃有机菜，他特地杀了土鸡，大家吃得有滋有味有烟火气，叙事聊天无拘无束。人是需要多互动交流的，真所谓"流水不腐，户枢不蠹"。人与人之间长期不互动就会渐行渐远。尤其退休后人际关系一直在做减法，原先的朋友知交无互动就逐渐疏远。其实老年人聚会不在于吃喝玩乐，而在乎心与心的交流；不看重身价多少，重视灵魂契合，心纯德厚亦相吸，心机奸诈则相斥！走南闯北几十年，晚年只求幸福安康。

溧阳与苏浙皖三省接壤（鸡鸣三省之地就位于南山竹海），是著名的"鱼米之乡""丝绸之乡""茶叶之乡"。改革开放后又得一名号叫"电梯之乡"。因为遍布全国的电梯公司老板、安装技能人才多是溧阳人。寻梦，大名豪迈，为人豪爽，重情重义，吃苦耐劳，任劳任怨。虽是名不见经传的小人物，但他的格局超出一般人。我愿意结交寻梦这种心底坦荡真诚不虚伪，靠自己的勤劳建功立业去实现人生梦想的人！与这样的人交往，一是机缘巧合上苍赐爱；二是契合我生命中追寻的纯真，荣哉！幸哉！

2022年9月17日

▎电梯人生二十年

　　我常感叹，一生工龄 40 年，有幸做了 20 年电梯人。20 年虽一晃而过，却难以忘怀。20 年的经历及悟道，则留给后人去思考。

　　20 世纪 90 年代沪上电子产业正遇上前所未有的"剧烈阵痛"——"关停并转"。本人就在这一时代背景下迫不得已转行进入电梯产业，开启了一段电梯人生之旅。

一

　　1998 年 2 月我正式进入合资（独资）企业——"××机电设备有限公司"。由电子转行电气，别看一字之差，专业领域天壤之别，隔行如隔山。本来在从事的领域已得心应手，小有成就，现在需要一切从头学再起步。

　　"从头越，苍山如海，残阳如血。"四十五岁到施工现场学装电梯，到维保现场学习识别故障、保养要领，然后结合理论知识慢慢进入状态，知道什么叫 VVVF，什么叫交流直流变速、加速度、震动、晃动等专业术语所包含的量化知识。

　　可是，半路出家总不被他人视为同道。当然，经过 20 年的磨砺，我也看破了其中的许多道道。其实，电梯技术并不深奥，也不是什么高精尖技术（这从电梯专家群中出不来一个院士可以佐证）。它仅仅只是外部高新技术应用于电梯，或集成于电梯上而已。如果没有IGBT 的出现，变频电梯则遥遥无期；如果没有互联网和智能科技的发展，电梯的智能化、门禁系统刷脸技术以及物联网故障诊断等都无法实现。

二

2013 年我有幸去日本参观了三菱电梯制作工厂，观摩了东芝超高速电梯，真正亲身体验了高技术电梯产品。这么多年过去了，我始终不能忘怀的有两件产品，一是日本三菱新开发的弯道自动扶梯，二是安装于东京"晴空塔"内的超高速电梯。实际体验之后无法不赞美那精湛的设计工艺制造及超前技术（超高速度下舒适度好），我多么希望在"环球金融大厦""上海中心"这样的超高建筑里也能安装我国独立研制生产的超高速电梯啊！

最近读了铁道部副部长、工程院院士傅志寰的文章《我国高铁发展引进与创新的思考》，感慨良多。傅志寰在文章中写道："高铁核心技术，日系、德系都拒绝转让。'心脏'牵引系统来自'两株团队'的自主研发，与'引进'无关。""外方不教你设计方法，只教你读图。也就只告诉你是什么，但不会告诉你为什么。"这段陈述，与电梯行业的现状如出一辙。那些在外资企业工作的技术人员有多少人知道"芯片"（集成电路）里的秘密？看图纸只能知道大概不知道究竟，因此碰到复杂一点儿的电梯故障就换 PC 板。

傅在文章中还说，"买得来技术，买不来技术创新能力。""引进—消化吸收—自主创新"的方式看起来非常合理，但风险很大，一旦消化吸收中出现障碍，不能完全消化吸收或者无法在消化吸收的基础上实现创新，那后果只能是不断地重复引进，永远步他人后尘，为别国的高新技术产品研制开发买单。傅一针见血地指出，"引进中我国得到的主要是生产图纸、制造工艺、质量控制和检验方法。外国公司在人员培训上相当保守，只教你怎么做却不告诉你为什么，对于原始设计分析、研究实验数据、软件源代码则严格保密。"

在外资公司生存不需要你"自主创新"，只要你按照公司的行为手册做事就可以了。我就亲身体验过，在培训员工时自己慢慢摸索出一套浅显易懂的培训教材（吸纳精华、讲清要点，尤其是告知受训者为什么这样，不能是那样），其中安装培训教材一度被作为"作业基准"流传于施工现场，人手一册。然而，这样的消化、吸收、改变，还谈不上创新，最终还是被否定扼杀。可以想象若牵涉电梯核心技术的"消化、吸收、创新"，不是更"要命"吗？也因此要命者陆陆续续一茬又一茬逃离"要命"之地，寻求"自由自主"的生存空间。

三

创新是国家战略，也是企业生存之道。

不久前（5月8日），我去国家会展中心（上海）观摩了"2018中国国际电梯展"。自2004年至今，我观摩过多次"中国国际电梯展"，感觉大同小异，似"搭台表演"。有实力的电梯企业展厅气势非凡，没有实力的配件企业则偏于角落。此次要不是《中国电梯》马英俊老师力邀我还真不去了。参观之后有许多思考，收获也不少。

首先，电梯展应该展示什么？当然是高精尖产品。可我看到的"高大上"都是采用新技术的新产品，如智能刷脸技术、VR技术在电梯上的应用、钢带在电梯上的应用、旧楼加装各种方案，以及360度圆形全观光电梯等，没有多少新意和真正的创新产品。倒是躲在角落里的上海巨龙橡塑公司展出的一款新开发的聚氨酯扶手带引起我的兴趣。聚氨酯是一种新材料，首次做成扶手带。其产品特点一是比较环保，可再利用，且没有污染性；二是耐用性、耐磨性强，使用寿命长；三是外观光亮度好，色彩美观且不褪色，还能在上面做各色广告类图案。引起我注意的还不止这些，主要让我感到，一个规模不大的民营企业，老板文化也不高，却把心思和资金用在新产品开发上，仅此足以赞赏！徐总深情地对我说："杨工啊，公司要生存发展不投入新产品开发，就无立足之地呀！"都在说"生意难做""材料涨价，企业难以为继"，这困难，那艰难，却少见发力于产品的创新与研发上。"巨龙"的想法和提前布局让我看到了小企业的希望（"巨龙"能不能"腾飞"，要看有没有创新活力）！

说到底，创新是企业的根本，生存之道。"道可道，非常道"，人人都在寻觅不同的道！有一点是肯定无疑的，那就是"思路决定出路"，人是这样，企业是这样，国家也是这样——发展思路决定生存之道！

四

从实践的角度看，人都是时代的产物（适者生存）；从理论对实践的指导来看，一个时代的变迁都是理论影响实践的产物。人在其中，顺应时代发展，可能会避免大起大落。但凡大起大落者都与时代不怎么合拍，具有超前意识或固执己见（坚守），是福还是祸，还真说不准。人决定行事原则和行事方向是一致的，又往往具有一定的风险和盲目性，正确与否，一靠运气二靠实践检验。

20年后，回过头去看看想想，自己进入电梯行业，偶然性中藏着必然性。那时候整个电子产业萧条，连"仪表局"也被撤销了，人该往何处去？只能背水一战，在绝境中求生存。当然，我失去了很多，得到的也不少，学习了很多新知识，结交了很多新朋友。可不管怎么样，人总是要往前走的，艰辛也好，沼泽也罢，哪怕荆棘丛生没有路，也得上下求索，踏出一条通途。后来我发现，电梯行业确实是个朝阳产业，不愁失业！只要能吃苦耐劳，积累知识和技能就不怕没饭吃，且"越老越吃香"——这是我对那些入行学子培训时说的话，虽有夸口之嫌，但更是一种激励。

诚然，"滴水穿石非一日之功"，创业创新人是载体（创新型人才）。人的能力与智慧源自于自强不息的精神，有时候确实是环境逼出来的！"人无压力轻飘飘，井无压力不喷油"，道理一样。只要目标坚定耐得住寂寞久久为功，也许能够实现"弯道超车"。可我，夕阳西下人近黄昏，精力衰退，早已不敢奢望！仅希望年轻人目光长远，不要去计较一时得失，静心磨砺心志。"九层之台起于累土"，能力靠一点一滴积淀，是长期修成的正果。急功近利、急于求成只会无功而返。

总之，创新（不仅仅是科技，还包括理论、思想、人文创新）需要体制机制革新。学有所长，发挥专长，需要良好的外部氛围（公平公正的人才评价机制），人的聪明才智有了依托才会茁壮成长。"千里马"不仅取决于"伯乐"的慧眼，更需要时代的召唤与培育，才能"春风得意马蹄疾"。人在不同时代背景下受不同的命运摆布！辉煌与悲惨，全仗价值导向，不能同日而语，今为鲜花，明日黄花，欣赏品味上存在差异，否定不了其固有价值。

　　以上心路历程、视角思考不足为训！只是一个"多吃了几年饭"的人唠叨，自言自语，有益与否，各人自由评说。

2018 年 6 月 1 日

第一辑 岁月繁花

圣殿陶冶，灵魂洗尘

人生有无数第一次。第一次总会刻骨铭心。

那天（2022年1月11日）下午1点40分，我第一次走进上海市作家协会的大门，心里有一种神秘忐忑的感觉。如同第一次进考场，第一次进教堂，第一次进市政厅……心情凝重且战战兢兢。我知道这里是大师巨匠的门第，前辈有夏衍、巴金、茹志鹃们，今辈有王安忆、叶辛、赵丽宏们，他们在我心中个个都是可望而不可即的名家。

我走进这座老式花园洋房的院落，一拐弯是庭前草坪，中间有一喷水池，池中立一圆盘，盘中托起高洁的圣母，盘边上四童绕母玩耍，神态各异，妙趣横生。这座爱神雕像，连同别墅，年代久远，是西方建筑与艺术融为一体的文化作品。在这里，上海作家们驻足聚会，用文字勾画万千世相，诗文远扬，代际相传。

跨上台阶，步入大厅，这里正在举行由上海市作协、文学报社、《上海文化》杂志社主办，禾泽都林建筑与城市研究院、华语文学网承办的第九届"禾泽都林杯——城市、建筑与文化"诗歌散文大赛颁奖典礼。参会获奖的作家陆续到场。我抬眼望去，看到了熟悉的中国作协会员、《上海散文》杂志总编沈裕慎夫妇俩，诗人花诗棋在尽情照相留念，他俩都是本次优秀奖获得者。于是我就紧挨着他们

一袭烟雨

落座。随后颁奖嘉宾也一一就座。我有幸见到了仰慕已久的一批著名作家、文化精英。他们是：上海市作协党组书记、专职副主席王伟先生，上海市作协副主席、《上海文学》杂志名誉社长、"禾泽都林杯"组委会主任赵丽宏老师，禾泽都林建筑与城市研究院院长、"禾泽都林杯"组委会主任宋建良，浙江省作协副主席、原《江南》杂志主编袁敏，以及《文学报》总编陆梅，《上海文化》主编吴亮，华语文学网总编刘运辉，上海大学教授张烨，作协文创室副主任杨绣丽等人。

典礼由《现代领导》杂志副主编、"禾泽都林杯"组委会副主任兼秘书长余志成和青年作家舒曼客串主持。中间还穿插著名歌星江琴（她被誉为大陆邓丽君）演唱助兴！第三首歌则是由余志成作词，江琴现场演绎的《属于你》，情感深沉，唱韵悠扬。确实，艺术家现场展示歌喉与多媒体播放出来的声音是完全不一样的。就像我身临其境参会与看视频或文字报道相比，效果不一样是很明显的。

本次，诗歌一等奖由山东女作家陈秀珍摘得，散文一等奖则由上海女作家陆萍捧得。聆听一等奖作品评介及作者获奖感言，字字入耳提神醒脑，直指文学创作的方向。

噢，陆萍女士原本已是沪上很有名的老作家、诗人，我孤陋寡闻实在汗颜。她最早是国棉二厂的纺织女工，诗作出名后，调任《上海法制报》编辑，直至退休。她把这次获得的奖金回购她的第一本散文集《床上有棵树》赠送给现场每个人。我也有幸捧回一本。其实我心知肚明属滥竽充数，既没入作协，又不是获奖者，只是个受邀观赏者。故自知自明"不逾矩"，集体合影时我躲闪，自惭不能比肩，不能阿Q也不当孔乙己。我敬仰文学，并怀有一颗虔诚若愚的心，向前辈同辈晚辈圣贤学习。

我欣赏陆萍的发言和她的著作。她说，对写作始终怀揣一颗宗教般的情结，就是不停地写、想写，写作已融入生命，不写难受。翻阅她的新著散文集《床上有棵树》，其中"恩师谢泉铭"一篇令我动容。恩师的教诲："特别是那句'自己不倒就不倒''不要看重发表，写作比发表重要得多'的名言，更让我笑对挫折受惠无穷"。我虽没陆萍那样的天赋，但与她对写作的挚爱、韧劲，"执着是种幸福"的感受，对文学赤诚透明的心似乎有点相近。从她诗意浓浓的文字里，我读取到很多感悟。

尤为兴奋的是，在盛典上我见到了从年轻时就一直仰慕的吴亮。他一开始默默坐在第三排靠右边的座位上，留一头长发，黑白掺杂，凸显文人雅士潇洒风范，乍一看，还以为是哪位著名画家或书法家。待主持人报请颁奖嘉宾吴亮上台时，我十分惊愕！原来这位就是烙在我心里几十年的文学评论家吴亮啊！

二十世纪八十年代，吴亮风靡评论界，对文学作品的评论可谓一针见血！文字犀利，逻辑严密。读他精灵般的文字是一种欣喜，一种享受！以至于我买书时不看原作，先看他的评论，才决定是否购买。九十年代末，他的文论犀语，不断遭到作者的无理抨击。加上时代的变迁，吴亮便慢慢消沉黯淡了。最后，我买了他四卷黑封面的著作（或许是他的告别杰作），就再也不见他的文论佳作。可他一路奔泻、情感真挚、实事求是、击中要害的行文风格已穿透我内心！后来再也见不着如此优秀的作品了。一种遗憾、一份期盼，一直缠绕着我的心。哦，原来吴亮去任《上海文化》杂志主编了，想必经历过沧桑巨变的他对博大精深的中国文化有一种独特的认识！

正巧我也爱文化研究，倘有机会愿与他探讨请教。

在作协浓郁的文化氛围里，我第一次见识了沪上那么多著名作家和诗人；第一次与闵行区作协主席宋海年握手（他的散文《旧州：诗意地倚石而居》获三等奖）；第一次心受陶冶，魂如朝圣，灵欲洗尘，对文学愈加热爱。

这第一次入"圣殿"，将深嵌我命脉，必然是永恒的记忆。

2022 年 1 月 20 日

理发师与小剃头

一

　　小时候常听大人说，头发长了不去剪就像个"犯人"。那时"法"没那么多，但一听说像个"犯人"就有一种罪恶感，被人唾弃或看不起。也许那时的犯人给人一种蓬头散发的印象，可现在犯人的标配却是个个剃光头。可见，犯人也有年代感。人不可貌相，但邋遢人人拒之。男人一两个月不理发，头发老长，会遭人讨厌。

　　我是 2015 年才搬入现在的小区。有一天我刚理完发去派出所办点私事，巧遇在此工作的老陈，攀谈时惊讶发觉我俩原来住同一小区，他向我介绍说："小区里有个理发师，并且手艺不错！我是她的常客。"于是一个月后我按老陈说的楼号去理发。我这人对理发要求还是蛮高的，毕竟一个月理一次发，理成锯齿形则无颜面对人，所以认准了一个人的理发技术就不轻易换人。平生我认可的理发师也就一两个。随着年龄增大，我对发型要求也逐渐降低，抱着试试看的心理，我第一次在自家小区理发。嗨，还真不错！那娴熟的刀技妙不可言！之后我就认定她，不再去镇上了。在小区理发既方便又省时，想理了走几步路就到了，也不用等候浪费时间。五六年下来，我和理发师慢慢熟悉，通过交谈了解，她从 20 岁学徒起步，做这一行已有 30

一蓑烟雨

年了。1997年机缘巧合来此小区开理发店，刚开始在小区车棚边上设店，到现在居家理发足足已有25年。她手艺精湛不亚于名牌店理发师，只是一直默默无闻不渲染，全靠老客户口口相传。我相信民间自古有高手，并亲身体验方认同，不相信商业广告和虚假宣传。

小周（我一直这样称呼她）圆脸大眼中等身材，年轻时美丽窈窕，楚楚动人，眼睛清澈有神，肤色白皙，加上熟练的手艺，剪刀喳喳、电动嗡嗡、刮刀吱吱，听着她悦耳动听的话语，在她那里理发是一次绝佳的体验。而且小周人正直善良不失矜持，善于察言观色识人头，既有商人的精明又有淑女的风范，是个自强不息好学上进的手艺人。最初她在小区里租房开店，靠手艺和劳动一点点积累财富，七八年前买下了现在居住的这套两室一厅二手房。这对于一个靠打工谋生的外来户来说，终于梦想成真在上海立足，那是多么不容易啊！我对于这样守本分、靠勤劳拼搏克服艰难、安身立命的人总是刮目相看，由衷敬佩。改革开放政策确实为一大批有志向的人创造了历史机遇。"知穷之有命，知通之有时。"他们抓住难得的机会，并付出常人难以想象的艰辛劳作，使自己的人生呈现与祖辈不一样的光景。从小周身上我看到了"有志者事竟成"的真实范例。人与人的区别就在于志向愿景，那些无志且慵懒的人永远见不到属于自己的一方天地。

小周跟我说，她最初是想学裁缝的，阴错阳差学了理发。这里曲折离奇的故事就省略了。现在看来，尽管当时学理发不是她心所愿，可结果远比学裁缝要圆满。如今裁缝师手艺再好也一个个偃旗息鼓，早就"没饭吃了"，而理发师却依然光鲜靓丽"有口饭吃"。学一门手艺，能否吃一辈子饭或传承下去，一开始谁也无法预测把控！但是若能做到精致，做成品牌，才是检验一个手艺人匠心的标志。

于是，我想起了"小剃头"——一个农民剃头匠。

二

在我们大队有十个生产队（现在叫村组），只要一提起"小剃头"，像我这个年龄段的人无人不知无人不晓。他的名号方圆几十里都知道，只因他是个拎包剃头匠（至今不知他真姓大名）。他走村串户，从年轻学剃头一直剃到年老，大人小孩都叫他小剃头。小剃头这一响亮的名号伴随他走完了一生。如今人已亡故，可一提起小剃头，他的形象还是会在人们的记忆中浮现。

我祖父和父亲都是小剃头的主顾（其实小剃头比我爸只小五六岁）。小剃头家住邻村，我小时候每隔一段时间就会看到他轻健的身影，走路飞快，提着个包，里面装几样简单的理发工具，有嘎刀、剃须刀、剪子、梳子、围兜，加一条刮刀布。我祖父因不出门，是小剃头的常客，小剃头总是算准了时间来给他剃头、刮胡子、修面。祖父坐在一张长凳上，小剃头给他围上围兜，先将热毛巾盖在他头上（或先洗头），随即在挂起的刮刀布上将刮刀哗哗来回擦几下，之后就麻利地把祖父花白的头发全部刮光。然后，让祖父换坐一张竹椅剃胡须。用热水蘸上肥皂涂在上唇、下巴处，将刮刀又在刮刀布上哗哗来几下，使刀刃变锋利了再刮去祖父脸上粗糙坚硬的胡须。整个过程大约半小时。小剃头一边刮一边不停地自说自话，天南地北，这村发生了啥事，那村有什么奇闻，滔滔不竭。一歇会儿工夫头剃好了，他便收拾起工具奔另一家。祖父会给他一角钱酬劳。那时到镇上正规理发店剃头也就一角五分或二角钱。为了省下那五分一角，村里老老少少都是小剃头的顾客。人民公社那会儿，小剃头白天参加生产队劳动，只能抽早晚或不出工的时间剃头，赚取一点点"外快"。手艺人的这点微薄"外快"，犹如农民在自留地里种点新鲜蔬菜，自己吃不完或舍不得吃去卖掉贴补点家用，不违法，也合情合理。

曾记得我小时候也让小剃头剃过头，长大后要好看了便不再认可小剃头的粗糙手艺了。老实说，小剃头的技艺一般般，一个走街串巷的剃头匠要他技艺上乘也是奢谈。但是小剃头确实为一帮面朝黄土头顶星月的农民兄弟解决了生活实际需求，节约了他们忙种忙收时的宝贵时间。再说那时的人哪有美容的概念呀，光头、小平头、西装头，剃得好坏无所谓，只要头发长得不像个"犯人"不遭人讥笑就心满意足了。

我难以忘怀的是，祖父骤然离世后，家里仍请小剃头来最后一次为他剃头、刮胡子，然后下葬。此刻给死者剃头修面凸显了小剃头技艺熟练。那时还不兴另加小费，小剃头愿意为老顾客送别，剃完后就匆匆走了。而轮到小剃头过世时，他那么多老顾客都没去送他最后一程。时代变迁，人情淡漠，小剃头被许多人遗忘了。但我相信，凡熟悉小剃头、仍还健在的人，如看到此文，一定会在脑海里浮现出小剃头乐呵呵、啰里吧唆的样子；他侧身奔走，常年不知疲倦的样子；他心善憨厚、常被人奚落调侃的样子；一幕幕往事如电影画面般重现。

唉，岁月催人老，时光不留人。由理发想到剃头，生活宛如一部真实话剧，喜怒哀乐，扮演的角色早已注定。

2022 年 5 月 15 日

第一辑 岁月繁花

动迁

春节前，黄浦区"高福里"地块的居民动迁正紧锣密鼓热火朝天地展开。邵凌花一家盼望了十几年的动迁梦想终于成真了，凡熟知她居住条件窘迫的人都为她高兴！

过完节我电询邵凌花家动迁状况，得知百分之九十六的人家都已签约，剩下百分之四没签约。年前轰轰烈烈的动迁组已撤离，邵凌花家又恢复了往日的平静，再无人上门不断地磨嘴皮子了。问她为何不签约，邵凌花趾高气扬，唠唠叨叨说了一大堆理由："这种乡下地方好去咯？周围全是荒草野地，勿要吓死人噢！……"听出来了，实质上是她的心理诉求与现实差距太大。"那你怎么办？"她说："拖呗！能拖多久则多久，反正用电用水都不花钱。"难道就为了占这点小便宜，一家三口情愿蜗居在10平方米的斗室内？哎，人的想法千奇百怪！

邵凌花家住底楼楼梯间旁的一个窄小空间，上面自搭一小阁楼让儿子睡觉，夫妻俩则睡下面。除了炒菜烧饭有一处公用间，吃喝拉撒睡全都在这10平方米内。这在外人看来如此逼仄的日子终于熬到头了，而且政策透明，还犹豫什么呀，应该抓紧去实现新生活。可邵凌花不这么想！她仍在磨等盼，奢望再争取一些利益（或叫特殊优惠），以填补心中依恋不舍的"贵族"情节。明明是丫鬟的命却一直做着小姐的梦！委实是，一种心态养成一种生活常态。

早在十年前，邵凌花居住的弄堂里已动迁走了一部分人，动迁新居在松江泗泾，邵凌花嫌远不愿挪动。十年后的今天动迁新居比泗泾还远，交通更不便（地铁松江新城站下再转乘公交车），她怎么能乐意呢？听她述说，如果同意签约去松江新居，能分到70平方米的电梯房，还可以拿到100万动迁装修款。第二种动迁方案是货币分房。按房主户口实际面积结算，她只能拿到250万，就这点钱去近郊买40平方米的二手房都难以买到称心满意的房子。

唉，早知今日，何必当初。当上海市第一批经济适用房认购时，有同事就提醒过邵凌花，按你现在的住房面积和家庭合计收入完全符合条件去申请。可邵凌花说："如果我现在申请了'经适房'，怕以后动迁会受影响。"小姐的脾气性格，患得患失，一厢情愿的多虑及思维定式，这种长期养成的习性想改变相当难。现在回头看，她当初的想法多愚蠢！故步自封，不想与时俱进，不想改变现状，坚守"上只角"的心态，才是她最真实一贯的内心想法。

照理说，当年邵凌花（戏称"一枝花"）作为"老三届"去过淮北插队落户，对农村的艰苦生活应有所认识和体验。而这种亲身经历，会产生两种结果：一种是积极向上体察民情化作智慧；另一种是刻骨铭心的伤痛辗转反侧。邵凌花回沪后，从组建家庭到对儿子的培养教育，均反映出她对农村的厌恶和对城市的眷恋。"上山下乡"的经历对于她收获的恰恰是后一种认知。"宁要浦西一张床，不要浦东一幢房"这种二十世纪八十年代的陈腐思想还盘旋于她的脑际，在进入二十一世纪，又过了二十年她仍不思改变。

这种偏执的想法，首先表现在她对儿子的疼爱上，亦极不明智。

　　邵凌花对儿子十分溺爱，一切都围绕儿子转！可她的儿子天资并不十分聪颖。他在一所私立学校大专毕业后，好心人引荐一家制造业的质检岗位。该公司地处闵行与松江交界处，邵凌花和儿子都嫌离家太远不去，情愿找了一份居家附近一商厦当耐克品牌销售员。邵凌花还自鸣得意："我跟儿子讲，侬拿了工资我是不要侬咯，侬要把自己先包装起来，'行头'要挺括，否则哪能寻女朋友。"什么叫包装？"行头"包装只是人的外表，不注重人的内核（德智学养）包装，在一个人才竞争激励的生存环境下，恐怕难以展现优秀光彩。况且，年轻人一开始就贪图安逸、寻求舒适的环境，是锻造不出"好钢"来的。从这一点来看，邵凌花没有把当年"好男儿志在四方"，插队历练的内核思想传承。让刚踏上社会的儿子去追求享受和外包装，家底又不是很富有殷实。明明是平民百姓的命，非要做将军贵族的空幻梦，这种不想拼搏、不切实际的幻想会贻害无穷！"躺平族""啃老族"就是这样产生的。

　　社会在不断变化，可是就有一些人始终活在固定不变的模式里，自我陶醉，迷恋于"小姐""小开""老克勒"的"贵族"生活。即使求之不得，也自我感觉十分精良，活得逍遥销魂，时髦又时尚。

　　有这样一幅场景：过去，郊区农民夜晚送菜至城里各个菜场。农民兄弟用自行车带拖车装着一千多公斤的各种时令蔬菜，哼哧哼哧爬坡过桥，沿途马路边闪过乘凉的城里人，不仅不帮搭把手推送，反嘲叽叽喳喳"阿乡阿乡"调侃戏谑这帮做苦力的农民。殊不知，郊区农民不分昼夜种菜、摘菜、卖菜，就是靠着这种吃苦耐劳、勤俭节约的精神盖起了新房。如今又遇上了好政策，现在一家家日子都过得滋润起来了，至少住房不用发愁。可几十年过去了，城里那些"绅士"心底里仍看不起乡下人，甘愿蜗居却还傲慢自大。现在虽然没人当面喊"阿乡"了，可有些城里人自视文明素质高，优越感爆棚，在说话的腔调中仍不时闪现。这是什么心态？是城市贵族心态！即便有的已沦为城市贫民，心却依然清高张扬！

一次动迁展示各种人心态，哭的、笑的、闹的，明的、暗的、搅的，尽显其中！几家欢喜几家愁。政府为贫困户改善居住条件，只能以郊区大空间换市区小空间，个人只是牺牲点路途往返时间，两全其美，人人满意不太可能。因为人的欲望各式各样。"鱼儿离不开水"，水是万物之源！"水"代表平民百姓，而偏偏有人不喜欢水！《不与水合作》（朱健国著）是继"伤痕文学"之后，个别精英又一歪嘴吟唱。不明就里（真相）的人容易被感染。无脑跟风和固执己见，都属于心态有问题。

秉持一种文化造就一种心态。人若故步自封，缺乏包容互鉴，不能与时俱进，不进取不提升自己，容易被时代淘汰。反之，能权衡利弊，善驾驭时势者一定是熟透规律的人。

几十年来，我见过形形色色的各类家庭，有的人家在原地踏步（甚至倒退）；有的人家在小步慢行（好歹在运动）；有的人家在疾步如飞（面貌大变样）。而像邵凌花这样的一再错失良机，一步跟不上、步步跟不上、与这个时代严重脱节的人家也不少。须知真理和谬误一念之差，判断准确或错误立显高下。"财富靠劳动创造，梦想靠奋斗实现"，是任何时代、任何家庭、任何人生颠扑不破的真谛。

若执着一种心态，只相信一种说教，往往会被蝇头小利遮住慧眼，真理也会被拒之脑外。

机会稍纵即逝，就看当事人如何去把握！抓住或放弃结果肯定不一样！孰优孰劣让时间去评判。瞻前顾后，犹豫不决，亢奋懊恼，喜悦焦虑都于事无补，归根结底日子乃自家过。

　　人生苦短，人生灿烂，抉择迟早会分晓答案。

2022 年 2 月 27 日

梦牵魂绕勿忘侬

一晃，你走了三年。一回头，你的容颜仿佛还在眼前，凝望你炯炯有神的双目，往事在脑海中时隐时现……清晰、迷离、空荡荡。

今年是你的本命年，你却没迈过六十九岁这道坎。

你走得突然，仰倒在工作台边。你身着白大褂，手握锉钳，在精心制作牙胚，突然一阵头晕目眩，你重重地摔倒在地上。当时诊所竟空无一人，路过行人也没在意。之后被一停车收费人发现，急打120救助，可为时已晚。你就这样悄无声息地猝死在寄托你一生情怀的齿科诊所里。

都说，当医生的不知自己患病，亦治不好自己的病。这或许是一种悖论。

你在诊所时，我常不定期登门拜访，喝茶闲聊解闷，你不在了我再也没迈进过那块伤心地。

你是我生命中，从年少到年老仅剩下的二三知己之一，是志同道合的战友加兄弟。

童年我们住两村，属一个大队。参军后我俩才有了联系。你比我幸运，分在团卫生队学医。你勤奋刻苦，成绩优异，年年获嘉奖。你用一根银针成功治愈一名聋哑女孩，轰动整个团队，并因此荣获三等功。我为你骄傲，视你为榜样，不断激励鞭策自己，积极上进永不懈怠，争取与你步伐一致。

　　复员后，你命运颠簸，恋爱不顺心，工作无进展。一开始你在一家社办厂当厂医，但你不满足于平庸，碌碌无为，决定跳出体制束缚，独闯一片天地。几经磨难，折戟沉沙，你靠着军人特有的坚韧不拔，一股不服输的劲头，才慢慢积沙成塔，逐渐崭露头角。期间，你苦学医学知识，以超常的毅力考取了医师证，摆脱了"非法行医"的阴影。你最后定位专治齿科类疾病，并开设齿科诊所，终于把你的潜能发挥得淋漓尽致。你的医术和优质服务，经口口相传，渐渐远近闻名。

　　你 365 天不停歇，你把整个生命都融进了齿科技艺里，不光为赚钱，更是一份责任。你医德高尚，医术精湛，耐心细致，态度和蔼可亲，吸引无数人前来寻医问诊。你见父老乡亲来拔牙大多免费，补牙装牙只收取成本费。你总是设身处地为他人着想。可人心不足蛇吞象，有的人得了便宜还卖乖，背后嫉妒眼红贬低你。都说"墙内开花墙外香"，而闻不到花香、不知花为贵、任意践踏花草的往往是你熟悉的身边人。你经历的折沉、曾经的落魄、面壁十年磨一剑，"墙内人"均视而不见。你夜以继日，没星期天没节假日，甚至放弃旅游吃喝玩乐，每天自带简单饭菜，空隙时就餐，工作长达 12 个小时，这种苦行僧般的生活，"墙内人"哪能体会？你长年累月辛勤劳作，累弯了腰累垮了身体没人同情。倒是你曾爱恋过的人（蹉跎机缘），一直在默默地关注着你，理解你的付出与成就。她不无遗憾地说："当初我如果嫁了你，至少生活上会无微不至地照顾你！会让你无忧无虑专心工作，你就不会走这么早。"然而，世上没有如果，只有后果和结果。席慕蓉说："人生，是一场有规律的阴差阳错"。人一旦错过了姻缘，"过了这个村，也就没那个店了"，伴随的将是终生悔恨。

君今离世撒人寰，牙痛镶补问谁去？三年里我掉落了半口牙，辗转镶牙不如意，咀嚼不灵念叨你。去你墓地献过花，生死相对诉衷肠；命殇情深总难释，聚散离合空悲欢。

你一走，诊所易名，人去楼空。挂在墙上的奖章奖牌奖旗不知去向，那是你智慧能力贡献的见证啊，是你不朽的精神丰碑！而后人只继承你创造的物质财富，至于你的精神和你获得的荣誉哪会去珍藏。

曾经品茗笑谈人生，目睹人世喧嚣；如今空叹虚名，有谁相思呼唤你的名字？此刻，我想用文字为你立碑，以寄托对你的哀思。

你是我生命中的拐杖，一个眼神就了解心意的人。我高兴你为我举杯，我受挫你为我提劲，我痛苦你为我消解，我烦恼你为我分忧……我俩一直相互激励相互拥抱，说好了要一起相伴到老，你却突然离去！我知道你心中有万般不舍，还有遗愿未了，猝不及防打碎了所有憧憬与愿望。我俩曾商定一起去延安看窑洞里那盏点燃信仰之光的油灯，看延河水是怎样洗涤灵魂的上善之水，看宝塔山是如何远超七级浮屠的圣塔。可梦想啊，往往身不由己，生命流逝不重回。哀哉、惜哉、怨哉。

2022年，我实现了文学梦——取得了梦寐以求的作家资格证。可除了你，谁为我高兴？谁会知晓其中的酸甜苦辣？只有你懂得这是我用多少汗水换取的功名。可在普通人眼里一钱不值！闻不到花香，乃不屑一顾。

蓦然回首，从你略带忧伤的眼神里，我看到了你无奈的真诚。你嘴角边微微扬起的笑容，我能体察到你为我喜乐。放在以前，你一定会奔去老街买好下酒菜,将杯里斟满酒,陪我畅饮,陪我聊天,陪我一同庆祝。

国雄啊!你一走,我失去了一位精神上的友伴,暗自神伤,寂寥怅惘,踽踽前行。你一走,阴阳相隔,灵魂守望,杯觥交错时我仍未忘侬。你是我人生搏击的偶像。

2023 年 2 月 15 日

那房那人那些事

当我听说金娣一家搬到松江九亭去了，刹那间心头掠过一阵悲凉！我为金娣深感惋惜！本该避免的搬迁，由于她的助人善举而自讨苦吃！金娣的遭遇，赖金娣太实诚，吃了哑巴亏。可又能怪谁呢？要怪只能怪自己，"打掉门牙血往肚里咽"。

然而，在金娣看来却不算啥事。她不以为意，逆来顺受，旁人也不能说啥。有人问："金娣是谁啊？"我说："金娣就是'妖怪'！"那熟人必定恍然大悟："噢，你说的是她呀！"

确实，发生在金娣身上的变故无几人知晓。她的遭遇，一直积郁我心中二十几年难平息。如今我觉得是时候公布于众了，从中可窥见很多生活的真谛。

大约二十世纪八十年代末，金娣家原先在静安寺胶州路附近的简陋房遭动迁，经几年民居过度，终于以四十万元结算，自行购房。金娣看中了位于城郊七宝青年路上的一处商品房。那时，只要有钱，房源任意选。金娣挑选了23号三楼的一个楼层左右两套房（两室一厅和一室一厅），多余的钱除了装修她分给老三五万，老二则与她同住。搬新房时金娣父母都已过世，儿子还小，一家四口人住两室一厅，把对门一室一厅出租掉，日子过得还蛮滋润！相比同厂职工，早一步改善了居住条件。

后来，小鑫（小三线返沪职工分房）也入住七宝，金娣、小鑫和我的住房呈三角状（各家在阳台上或推窗都可瞭望），串门照应都方便。

金娣家楼下是商场，当年手头只要有 25 万，就可以购得约百平方米的门面房。门面房的买主是启东人石老板，他是一个精明的商人，已淘得第一桶金。石老板一家四口人（老夫妻俩加儿子儿媳）分别住在楼梯左右两边 4 平方米的窄小空间里（与店铺隔离，居民区进出）。石老板将店铺出租，一家人虽然住得寒酸（一间 4 平方米上方搭阁楼睡觉，另一间 4 平方米供吃喝拉撒），却有大把的租金收入。加上石老板儿子儿媳日夜轮换开出租车，很显然比一般工薪阶层要富裕得多。

金娣家人及楼上居民进进出出，总要与石老板一家人照面，互打招呼，互聊家长里短，时间一长，彼此混熟成为好邻里。

石老板，中等身材，五十来岁，背有点驼。看上去慈眉善眼，脑瓜子好使，精明算计一般人可及不上他。

金娣，心善好哄，不设防备心。天长日久接触，金娣那颗单纯的心早已被石老板摸透。

大约在 2005 年左右，政府颁布的新政——凡购商品房（一次性付清）可获上海市蓝印户口，已接近收尾。许多外地来沪打工或已经做了老板的，顺势抓住机遇，一个个成了"新上海人"。石老板当然不甘心落后，千载难逢的翻身立足机会他不会白白失去。可是一次性付清房款不够，又不能去银行贷款，怎么办？他打起金娣的主意，向金娣借钱。金娣说："我没有那么多钱。"石老板为了一己私利竟鼓动金娣把一室一厅卖掉，然后把卖房款借给他购新房，并承诺多给金娣 2 万元作为补偿。石老板凭那三寸不烂之舌口吐莲花，一遍又一遍周旋。金娣还真信石老板的话，同情他的急愁盼，乐意帮他解决难题。人一旦被灌了迷魂药，一根筋就会搭错，就会被对方牵着鼻子走。当年她以 16 万房价出卖了她打算给儿子娶媳妇用的一室一厅婚房，再把这笔卖款借给石老板，圆了他儿孙成"新上海人"的美梦。

当我们知晓后，无人不说金娣傻！做事太妖！区区两万怎抵得上后势房价一路上扬。可她总是诙谐地说："愿者上钩！都是成年人，怪不着人家。"从此"妖怪"这一绰号越叫越响，成了她的别名。现如今"妖怪"不得不为她先前的认知偏差和错误决定再一次承受换房搬家的烦恼，而且越搬离市区越远，还要克服生活中的诸多不便。

然而，金娣的心态真好！大大咧咧没心没肺，过往不纠，知足常乐。即使火烧眉毛的事，她依然笃悠悠不急不躁。可当她拿定主意又极难撼动她。

有一种活法叫固执己见，随遇而安。金娣就是这样的人。

金娣原是国有申光厂金工车间的一名冲床工。做冲压件好歹有一把椅子可坐，不像做车、钳、刨那么累，要八小时站立、弯腰、测量。所谓"职业病"，即一类工作做久了，便养成了一种特性。金娣的肥胖、敦实、散漫（爱坐不爱动）或许也是一种"职业病"。

她对人友善，对己迁就；乐意助人，没有心机；取悦别人，委屈自己——这些都是她身上的美德。

在这个充斥着世俗与浮华的时代，她的善良纯洁仍未被环境污染，尽管做事仍会被评"妖怪"，但她的内心晶莹剔透纤尘不染，说傻也傻得可爱！

我对她的为人处世，既欣赏又酸涩！又敬又怜！更不忍心看到她的善良被人利用。

想当年我被贬入金工车间，无缘无故遭陷害，回忆那一幕仍然毛骨悚然！还多亏金娣相助才平息，避免事态进一步升级。

唉，虎落平阳被犬欺。那天我在岗位上做事，突然进来一位彪形大汉，嘴里自言自语，我听不懂他在说什么，没等我反应过来，他竟挥拳要打我，真是莫名其妙。瞬时，金工车间同事都围上来劝架，你一言我一语，说有啥事非要动手？金娣也在其中，因为她与彪形大汉熟，终于问出个名堂来。说我在领导面前"钳轧侬"，讲他坏话，使他的既得利益被我搅黄了，气不过，所以要打我！嗨，真是冤枉！我跟他无冤无仇无来往，何况我身在底层，哪还有资格跟上层说话。没脑子的人被人一嘌一挑就当真，一激怒就一气冲天，明明上当受骗还不知觉！总听信旁人说的话，把挑拨离间也当真。在金娣等人为我仗义执言下，才平息了这场风暴。事后我才知道，这件事是某人故意挑起的。这种煽阴风点鬼火是某类人的嗜好专利。这些黑伎俩一般人识不破！一辈子蒙在鼓里，孰好孰坏分不清。

不经一事，不知一人。金娣的善良正直还体现在日常细节中。例如，厂休日、逢年过节，我、小鑫、阿茅或方培经常会聚在金娣家里搓麻将。人说，麻将台上识人品。好几次我输了钱问金娣借，说好等下月发了工资再还她。金娣总是二话不说慷慨解囊，她那嘻嘻哈哈不计较的神态稀释了我借钱的压力。还记得，我搬新居时，金娣携蒋带赵一起来帮我打扫房间，她总是有求必应，无求也相帮！细小事不足挂齿却映见人性。那些年是我人生低谷期，低眉恭顺、无声无息、蛰伏生存，是金娣、方培这些人慢慢平复了我内心的伤痛。

直到进了合资公司，我才逐渐增强了自信，挣脱了羁绊束缚，更上一层楼。

如今金娣住九亭，小鑫住安亭，我住航华，我们虽仍呈三角形状态。只是此一时彼一时，三角形的边长也放大了无数倍，来去串门搓麻将没以前方便了。直至今日，金娣搬了新家我还没去登门造访过呢。

生活历练让我懂得："人善被人欺，马善被人骑"。要生存、发展少不了智力搏击，石老板们就是凭智力战胜善弱！"马无夜草不肥，人无外快不富。"若想富，就要"摸着石头过河"去淘金——石头下面有黄金。若问，已经"过河"的石老板会感念金娣的相助和牺牲吗？不会。说不定心里美滋滋得意得很，嬉笑调侃金娣又傻又蠢。总之，后来我们再也没见着石老板一家人的身影了。当然，金娣不图石老板啥回报！她也不求怜惜。她有着时代铸就的工人品性：善良豁达淳朴，天地无私、大爱无垠，忠心耿直、天变人不变。即便遭受了坑蒙拐骗，初心使命仍不改！自我疗伤后，人生旅途再出发。

生活慢慢过，是非留身后。

2021 年 3 月 22 日

第一辑　岁月繁花

▎ 四十年别离话母校

　　梦牵魂绕的"653"啊，那是我青春与激情燃烧过的地方，是我求学获取知识、认识社会、展示生命价值的发源地。在离别40年之后，2015年5月12日我重返母校，虽已物是人非，却勾起我记忆深处点点滴滴的回忆，恍如昨日星辰闪闪烁烁、似幻似真，脑海中浮现众多人影。从那一刻起我决定写点散文，哪怕只为自己留一份念想，也要挖掘整理这段难忘的人生经历。当然，我记录的是我的价值观，可能会与他人不相符，正如北大先驱辜鸿铭说过"人的记忆确实有优劣之分"。但我写下的所思所述尽量符合历史真实，若有失偏颇或不当之处，还请老师同学多多包涵。

——

　　"653"是北京大学汉中分校的代号，现为陕西工业大学。1965年3月，北大为执行三线战略，在位于汉中与勉县之间的褒城新建了分校。周培源先生考察了校址，并作为主要负责人完成了分校的建设任务。如今一走进653大门，就可以看到周培源的全身塑像（过去我们在校念书时是没有的），以纪念这位开创者。

　　褒城位于褒斜古道山口，西傍汉水上游支流褒河，传说西周美

一蓑烟雨

女褒姒出生于此地。褒姒本是农家女子，被周幽王掠去做妃子，心情不好，幽王为了博得美人一笑，不惜烽火戏诸侯，导致西周灭亡。这里应该是出美女的地方，可是我们在周围却没有看到过漂亮的女子。这里还是成语"明修栈道，暗渡陈仓"之正宗发生地，五百里褒斜古道依江曲折而建，穷尽地势奇峻险要，通向长安。当年没有炸药，隧洞是用"火焚水激"法打通的，可见工程多么艰苦，工期多么漫长，不知累死多少百姓。古栈道的残迹，后来因修建石门水库全部沉入水下，现在已无法看到了，这次我去时这里已成了旅游特色景点。

我们是1975年10月到达分校报到的（属75级），这时校区已具规模，基建已完成，包括宿舍楼（教师楼、学员楼、乙型楼）、教学楼、实验楼、食堂、校医院、室内体育馆、游泳池等，一应俱全，就剩分校附属中学楼和技物楼正在建造中，可图书馆直到我们毕业仍未落成。

在我们之前653分校已招收了三届工农兵学员（72级、73级、74级）。653共设三个系，技术物理系、力学系、无线电系。每个系下设三四个专业，如无线电系下设雷达专业、电真空专业、半导体专业、频标专业。分校校长马石江个儿不高，背头，戴一副黑框眼镜，经常见他手扛一把铁锹在校园里转悠。

二

我们班25人，10女15男，来自黑龙江、天津、北京、河北、陕西、甘肃、贵州、上海等地。40年前我们刚进学校时，青春洋溢，充满朝气，质朴傻愣，性格各异，毕业照上那一张张稚嫩的脸尽显那个时代的特征。如今，一个个成了老头老太太，腰圆体胖，岁月的痕迹烙在每张脸上。这些同学后来有的走仕途，官至局长；有的搞学术，升教授提高工；还有的是时代的弄潮儿——当上了董事长，可如今个个年过六旬，已到了国家法定的退休年龄。当我们聚在一起回忆大学生活时，总是温馨又苦涩，有些往事甚至不堪回首。那时，汉中还不通火车，我们都从宝成铁路阳平关站下车，再坐学校接新生的解放牌卡车颠簸 3 个小时才到达 653 校内。我是因为从上海先到北大总校再到分校，所以是全班第 11 名报到的（学号 011）。那时候我们 5 人一间寝室，先前到的 10 人均是男生，因此朝南的两间寝室已住满，我和小田只能入住朝北的一间，一步之差"阴阳之隔"。后来，胜文、平曾、弘达加入，寝室立刻变得热闹非凡。

3275 是我们班的班号，含义是第三系第二专业。班主任是教我们数学的蒋曼英老师（她从初等数学到高等数学一直教到我们毕业），专业课老师有好几个，我印象最深的有张兆祥老师（教真空技术）、张肇仪老师（教微波技术）、龚中麟老师（教量子力学）。当然还有教半导体技术、化学、英语的老师，除了喻老师董老师夫妇俩其他都记不太清楚了，或者说这些老师在我脑海里印象不深刻。印象不深刻有两个原因，一是所学的这门课我不感兴趣，如化学、英语；二是我想学可老师的教学方法我无法学深学透，如半导体。现在想想学不扎实或放弃对某些课的钻研，最终吃亏的还是我自己，老师是无辜的。但那时我们底子薄，要全部学懂弄通确实难，所以只能"择优获取"。后来我自己也当了老师，才体会到在教学过程中，循序渐进和讲课的逻辑十分重要，否则学生总是一头雾水，云里雾里，所以说某些课程学不好、学不扎实那也是情有可原的。相信能在北大三尺讲台上立足的老师个个知识渊博特别优秀,可是能否把原理阐释清楚,把知识传递给学生,就要看各位老师的表达能力了。无疑有的老师适合上讲台,有的老师则适合做科研,两者有很大的区别。

我们班 25 名同学的基础参差不齐,有的只有小学基础,有的初中水平,有的已读完高中。像我,说是 69 届初中生,其实就是小学基础,刚开始连代数都忘了,是蒋老师帮我一点一滴补起来的。每天晚上 105 教室灯火通明,晚自习的同学遇到难题时,蒋老师总是一个一个解惑释疑。我的数学水平从低到高蒋老师付出最多,多亏了她的悉心辅导,才使我慢慢跟上全班的步伐!我从心底里由衷感激蒋老师,并且记恩一辈子,她教书育人的精神是我终身学习的榜样!有同学说蒋老师对我有偏爱,因为同是上海人。这一说法我不认可。在 653 上海籍的老师有好几个,我记得化学老师也是上海人,可她却没有像蒋老师那样成为我崇拜的偶像。其实蒋老师不仅对我耐心传授,她对全班每一个同学都一样循循善诱,诲人不倦,师德高尚,可敬可嘉!因此,我毕业后每次到京城总要去拜访她和徐老师。2008 年他俩 80 大寿,正逢我侄女婚庆日,我仍赴会祝贺!来去匆匆一表心意。

专业课老师张兆祥给我们上的第一课很特别,我至今记忆犹新。我们到校才一个月,他就带领全班同学到汉中灯泡厂实地体验什么叫"真空",直观了解真空泵排气及工人操作全过程。他和我们一样睡在一间潮湿的房间里,地上就铺一层薄薄的稻草,打开被卷席地而睡。张老师那年恐怕已过四十了吧,不像我们二十多岁的年轻人无所谓,万一落下风湿性病根可咋办。张老师身体力行与我们同吃同住又传授知识,那个场景那番体验我这辈子都难以忘怀。我们上学期间处处体现毛主席的教育革命思想，学工、学农、学军贯穿整个教学过程。如果只学书本上的真空技术，我怎么也想象不出真空（负大气压）状态下灯泡发光的原理，当初的学习为我若干年后实际解决 3K 电影放映灯发黑这一技术难题打下了坚实的理论功底。知识是老师们传授的，最终应归功于母校的培养。

至于微波技术、量子力学等课程，自我踏上社会后在工作实践中几乎没有用上，但张肇仪老师、龚中麟老师的教学风采依然存储于我的脑海，尤其是龚老师，能把那么高深的理论、玄虚的概念讲得如此清晰通俗易懂，本人非常钦佩！

三

这次去汉中，飞机至咸阳机场转大巴穿越秦岭隧道，6 个小时即可到达，比从前在阳平关转车方便多了。我记得汉中县城原来只有一条街，从西走到东也就半个小时，如今城区扩建，高楼林立，道路交错纵横，走路很容易迷失方向。现在从汉中乘公交车可以直达学校大门口，可我仍在河东店下车，想再体验一下步行到学校的感觉。河东店（集市小镇）满目疮痍，比过去更破旧，危楼东倒西歪，路面尘土飞扬。我穿过褒河坝堤绕过山丘，走了好长一段水泥路，仍不见 653 的影子，感觉以前走这段路不长，几乎每个星期日我们都要到河东店步行一个来回。显然，我的体力和耐力不如从前了。哦，终于看见母校了——它镶嵌在连城山下的一个丘陵地带，不走近它绝对看不见，很隐蔽，这是个战备安全、求学安静的绝佳之地，目标不易被发现，连飞机也无法抵近侦察。同样，为了战备需要，褒河东岸建有许多三线厂,如汉江机床厂一二三厂(都是内迁来的)。

　　走进校区,一栋栋青砖平楼依然原样原貌,教学楼还是那个教学楼(包括东阶梯西阶梯教室),宿舍楼仍然是甲一、甲二、乙型楼,校医院、体育馆、足球场、游泳池一成不变,左侧的一排排教师(家属)楼鳞次栉比,还是原来的样子,只是多了防盗窗和隔离栏,像笼子一样孤傲独立。想当年我们常去徐老师、蒋老师、喻老师、董老师家串门。我们怀念那个时代师生融合的情谊,遇到老师家搬重物,学生会自发自愿帮助,节假日里,师生一起包饺子、一起下厨,其乐融融,那才是人间最珍贵的财富。我们那个年代没有送礼、请吃喝的习俗,却有人间真情,他们的心灵非常纯真、纯粹,不受半点污染。师生间相互帮衬,同学间的互相帮助,他们的感情洁白无瑕。2011年,我出差贵州,特地去了黔东南(凯里),与胜文举杯对饮。他深情地对我讲,在校期间,他因家境贫穷暑期都不想回家,是平曾偷偷资助他路费(也许还资助了其他人)才得以回趟家。这种隐埋在心里几十年的真情往事,我想还有很多很多,只是没有发现表露而已。

　　情到深处言语都显苍白!我一路上坡,走到原先我们观看露天电影的地方。这里已经被改造成篮球场,我凝视许久不愿挪步。眼前闪现熊兴慧和秦怀芬两位女同学的脸庞,一个梳两条短辫,一个齐耳短发,她俩都来自贵州。前一位分到南京,过早地离世了;后一位分到成都,却杳无音信,四十年别离难诉衷肠。我记得特别清楚,有一次学校放映露天电影(片名忘了),小秦主动帮我搬凳子,提前占好了位置;还有一次是在去天水学军的火车上,小秦主动帮我倒开水。要知道那个年代男女有别,如楚汉分界,绝对不会主动献殷勤。

学军这两次举动深深刻在我心里！她一双浓眉大眼，圆嘟嘟的脸，话语不多，常常默默注视着我，直到临近毕业我们马上就要各奔东西了，双方谁也没有去捅破这层心中的谜团。但是我非常清楚小秦对我的关心和好感，只是我没有回应。1986年，我出差去成都开会，会议一结束，我就乘车直奔"成光厂"看小秦同学，谁知她已调回黔西南老家了，听她的同事说她去从事税务工作了。我问有没有联系电话，接待我的人说，与小秦要好的同事今天休息，你明天来吧，或许能打探到她的地址和电话。可是第二天会议主办方包车去游乐山、峨眉山，我只能与小秦的消息擦肩而过，从那以后再也联系不到小秦了，而且全班没有一个人知道她的音信，像人间蒸发了一样。

我收起发呆的神情，继续往上走，一座崭新的图书馆耸立在眼前，显得格外耀眼恢宏。当年我们可是完全享受不到课外读物的广博资源，仅靠有限的书本啃研，是那样的艰苦卓绝，"口渴"又可怜！还好勤能补拙，师道、校风诚朴，使我们悟得要领，完成学业，开拓事业，各自开辟人生一片天地。这就是母校的魅力！母校永驻每个学子的心中！没有母校，就没有我们的今天！

653送走了我们这一届（1979年1月毕业）之后，便全部撤回到北京总校，从此就不存在了。可它永远都在老653师生的记忆中，永远都不会被抹去！我到达母校这天正巧遇上技术物理系一行十几人也返校，重温旧梦！并以最新学术报告回馈"陕工"，报答653的培育之恩。

四

我经常想一个问题，我能进北大全托毛主席的福，没有他老人家我这辈子仍然是个不出道的农民。所以我的书桌上始终摆放着一尊毛主席铜像——那是我托人从韶山请来的。就像沙洲坝人一样，"吃水不忘挖井人，时刻想念毛主席"。

毛主席给了让工农子弟上大学的机会，让他们也能成为国家的栋梁，为社会为人民作出贡献，培养千千万万无产阶级革命事业的接班人。

2003年，我与北京几个同学搭乘广森的车去北京丰台专门看望病中的李宝山，宝山兄对我说的那番话，至今刺激着我的心。他说："蒋老师教给我的统计数学我把它全用到了麻将上。"也许他是一句玩笑话，可我听了总不是滋味！结合他的人生，谁不相信他说的就是真话！人生如果没有正确的价值观学啥也没用！既不能改变自己，更不能改变社会，只能随波逐流自生自灭。记得，当年一次期末考，有三名同学不及格，蒋老师还专门放弃暑期休假，为他们补课补考。其中就有宝山，另一个是德明，现在他俩均去九泉之下会面了。人生当然需要平台，但没有平台就无所作为了？"有道则见，无道则隐"，这是古人的自律法则！我们何不学习辩证法，学点哲学！大道至简，若不照亮自己，至少不带给他人黑暗——此乃读书人应有的气节。

一个人的性格形成有社会因素也有家庭个人的因素，性格的形成都有一个过程，他随着一个人的生活环境、社会环境的变化而逐渐生成、固化。在这一过程中，读书能起关键作用！如果价值观正确就会提升自我价值，创造业绩，如果价值观不正确就会走上歧途。我自己也曾一度迷茫过（失去工作，失去家庭），差一点丧失自信。最终我转换环境，加强学习，扭转了人生方向，成为一个自信、自强、自律的人。后来我又通过不断读书学习，看懂了社会、看懂了人生、看懂了世间万象，且不被裹挟、不被忽悠、不人云亦云，也不管别人怎么看，真正活出自己的精彩。

现在回想起来，当命运不济时，我也曾去求神拜佛算过命，后来读冯友兰的《中国哲学史新编》给了我启迪。冯在书中说："'命运'的定义就可说是一个人无意中的遭遇。遭遇只有幸和不幸，没有理由可说。譬如说现今的时代是伟大的，我'幸'而生在这时代；也有人说现今的时代是受罪的，我'不幸'而生在这时代……"幸的遭遇比不幸的遭遇多，是命好，反之不幸的遭遇比幸多，叫命不好。什么是命运？"命和运不同：运是一个人在某一个时期的遭遇，命是一个人在一生中的遭遇。""努力而不能战胜的遭遇才是命运"，即当你为之付出百分之一百的努力仍没有改变，那就是命运。从此我做每一件事就会想，自己是不是百分之一百努力了？当然不是，那么就应该去努力做到百分之一百，一定会有转机，一定会有收获！所谓"天道酬勤""一分耕耘一分收获"，读书确实让我受益匪浅，悟道明志！我几次搬家最不愿意丢弃的就是书！书是我一生的伴侣，连续几年"双十一"我总是以购书为乐。去年购得范文澜著的12卷《中国通史》，今年购了一套4卷《毛泽东读书笔记精讲》，书海无涯学无止境，活到老学到老，不断读书，用知识来充实自己的内涵。

五

值此，北大即将迎来120周年校庆。我终于释放了郁结心头很久的一些话！也算是给自己一份喜悦。若是在20年前，我还真不具备这份底气。那时我正遇到前所未有的坎坷，差一点把我击碎。

北大100周年校庆时，妻儿都反对我去参加，我郁郁寡欢，失魂落魄，像掉进了深谷，挣扎着正从谷底慢慢爬起。在上海到北京的火车上，我巧遇校友杜仕菊（她如今是华东理工大学的系主任），我正躺在下铺翻看一本《蔡元培传》，她睡在斜对面的中铺向我借阅，并互相搭话，才得知是同去参加校庆活动。她至少比我小10岁。当年她以浙江省第一优等生考上北大哲学系，毕业后被分到华东理工大学（前身"华东化工学院"），她是如此优秀，使我从她身上看到了自己的努力方向。她给了我奋斗的动力，是我学习的榜样！她一步一步从硕士念到博士，而且都是在职攻读，这番毅力、这种攻坚克难的劲头着实感动我、激励我，甚至影响到我后来的人生。的确，人与人之间是有差异的，环境和人群就是"土壤"，接触不一样的人和生活在不一样的环境下就会长出不一样的"果实"。

想当年，我们也是万里挑一通过层层选拔上的北大，全上海（县）就我一个。但不可否认的是，我的基础知识、学业涉猎不及杜老师她们一辈！尤其是英语，我口笨不善言语，单词总是记不住，老师也没有传授好的方法，靠死记硬背终究难以学成。

人生短暂，无论活得精致、平淡还是沧桑，四十年一晃而过，能留住的物质是有限的，精神才是无限的。2009年，命运多舛的女同学王建荣欲购经济适用房缺首付款，到处借款无望，最后是平曾和广森慷慨解囊才度过难关！这年头见多了锦上添花，雪中送炭、助人为乐且不留名很少见！这种精神，一方面体现了同学之情，另一方面更是体现了人性的光辉！也可以说是我们那个时代人文环境下培育的"特产"。

从653回汉中顺便看了两处历史古迹，汉台和拜将台，过去读书期间我可从未涉足过这些地方。回来后我思绪良久，我们的文化遗产究竟要传承什么样的精神？如今不分青红皂白，古的、洋的通通塑造，连传说神话也当真实去膜拜，这种乱象其实是价值观混乱，是真正失去自我的一种表现。都说"读史明志"，那读乱史呢，不仅会迷志，还会以假乱志。希望大家有兴趣不妨读一读范文澜的《中国通史》，那可是严肃的治史巨著。大师就是大师，必有其过人之处，你不服也不行！

2018年，我正式退休了。这下我有更多的时间整理我过去陆陆续续写的一些文稿——那可是我的精神财产，其中有意义的结成书，无用的则销毁。若能给读者一点收获，那首先得归功于北大的人文熏陶！

最后祝全体3275师生晚年幸福快乐！健康长寿！

2018年元月12日

"奇人"其事
——关于我的名字

　　昨天，北大同学平曾在微信里让我确认："你入学报到在册是杨福祺，还是杨福琪？"我当时身在福利院陪护老妈，即回复平曾："入学报到册上可能是'祺'，我晚上翻毕业证上的名字再确认。"晚上，我一回到家急忙翻找毕业后基本没用过的毕业证书，一看自己也吓一跳，手写体的名字竟为"杨福其"！当初不知是哪个老师写的，已经把"祺"的偏旁去掉了。我连忙拍照传给了平曾。

　　我记得，老爸给我起的名字是"棋"；后来上小学、中学时老师无意中写成"祺"，我觉得也无所谓，用用也习惯了，所以直到上北大注册时仍用"祺"字。大学期间，同学赵广堃提议改写"琪"。我不解其意，也许他觉得我姓名三个字用三个不同的偏旁好看。那时我未采纳他的建议，直至 1997 年年底转行去电梯合资企业报到时我就真用这个"琪"了。其实在这之前我已经用没有偏旁的"其"了。原因，一是觉得有偏旁写起来烦琐；二是婚后一直不顺，连续调了两个单位还是不顺心，这时候社会上流行"福"字倒写或倒贴，我心想，祈福是一种意念，那我干脆就用"福其"——"福在其中"之意来为自己祈福，写起来方便又有意念。殊不知，当初老爸起"棋"字是有含义的，说我"五行缺木"，所以棋字有木字旁——这是我后来才听说的。知道了缘由也就知道了原意，但要想改回去就难了，身份证上的名字已成事实！这年头改名字又成了非常严格的一件事，不像当初那个时代那样无所谓，随便怎么写都行。从名字只是个符号到名字代表一个真实的人（实名制）丝毫不能随意改动——这个社会是进步了，还是在退化呢？"五行"说代表中国传统文化，同时也为了老爸的初心，总之不能有悖"老话老理"，不能什么事都由着自己的性子来。因此，我现在常用"易梵"作笔名。曾有人问过我，其意是什么？是不是你信佛？我笑笑不答。今天我就解释一下，"易"就是容易，杨的一半；"梵"有人想到梵蒂冈或佛教梵圣，其实不是。我的真实想法，"梵"上面为双木，我不是缺"木"吗？这样就弥补了，下面是"凡"，我就是个平凡的人！不想沾佛的光！"易梵"就是一个简单平凡的人！

平曾复我微信："哈哈！棋、祺、其、琪，真是奇人啊！是用毕业证书和身份证上的'其'还是用另外哪个'QI'，请尽快确认，谢谢！"

我回复他："不去管它！学校当初怎么注册的就怎么用，无所谓。"是的，我这人一贯秉持无所谓的态度，可是较起真来又十分较真，这要看什么事什么人，绝对有区分！也许这就是平曾说我是"奇人"的含义吧。

完全是受平曾的激发，饶有兴趣写下一段奇思奇想，权当消遣！哈哈！

2018 年 4 月 6 日

抒怀反思寸心知

　　一篇拙作《"幽邃"的"指纹"》在《文笔精华》微刊上首发，之后在《诗文阅读》《上海散文》杂志上陆续刊登。继而，《上海散文》杂志社长、总编沈裕慎老师又将此文推荐给"第五届中国当代散文精选300篇全国大赛"，荣获二等奖。又获悉，闵行区文联主办的《四季》杂志2023年第一期又将刊载。

　　一篇文章获如此多殊荣，出乎我意料！并不是我的文章写得有多好，而是众人抬爱礼遇。我心里很清楚，我是借了赵丽宏老师的光，才被众刊簇拥重复推出，没有赵丽宏老师的光照，文章的色彩就会减半！不会有那么多的阅读量。

　　诚然，在写之前我思忖良久，怎么下笔？从哪个角度展开？写书评，我资历太浅；写读后感，我感悟不深，铆足劲想了很久……从一开始我极力避免让读者觉得我在傍名人发光！没有，这样的企图杂念丝毫不存在。我小心翼翼用平视的目光看待赵丽宏老师，尽管他是我仰慕的同龄人，人生经历又差不多，但他非凡的创造力及人格魅力深深打动了我，"使不轻易崇拜人的我躁动不已"。赵丽宏的言行举止对照我见过的其他文坛名人，他的温和、低调及平易近人的大师风范，正契合我内心的价值标杆！因此情感上油然升起一股冲动，像电影镜头在过去与现实之间来回放映一样，用文字记述了两次见到赵老师（其实三次）内心涌动的真实感受。不夸张，不逾矩，实事求是，任凭情感流淌。抒情夹议是我写文的格调。要说这篇文章的形成，还得感谢上海作家周劲草老师，没有他一而再再而三地邀请我参加他举办的一系列文学活动，也就写不出这篇像样的文章来。

认识周劲草，跟他交往已有两年。最初读完他的纪实文学《人在路上》，我写过一篇《恒思善·书乐斋·知劲草》，对他钟爱文学，立志成为作家，并一路付出努力和艰辛表达赞美和欣赏。特别是对他从"下只角"到"上只角"的奋斗精神尤为敬佩，将他视作榜样。文中一段话："恒思疾书几十年，长懒不怠锻造自己。小草虽平凡，叶不美，然吸露水，接地气；除不尽，春风吹又生。'不爱做装饰'，在'明与暗，生与死，过去与未来'之间挣扎！受挫踩踏又奋起，不断增强自信心，方才长出一片绿茵茵的芳草地。"正是我对周劲草为人、为文精神个性的概括。

两年过去了，我在与周劲草的接触交往中，对他又有了新的认识。首先，他成了赵丽宏的"铁杆粉丝"。两年里，他把全部精力投身于编著《走近赵丽宏》《赵丽宏书画作品选》《文缘》三部大作上，又一次筹备开新书发布会。其次，在庆祝建党 100 周年和迎接党的二十大召开之际两次组织征文活动，并将好的作品结集成书：《庆祝建党一百周年作品集》和《喜迎党的二十大——主旋律征文作品集》。他对党的热爱与拳拳之心跃然两书中。读后无不感到这位有着五十二年党龄的基层工作者，骨子里浸透了红色基因，对党的信仰坚定不移。就以上两件事，一般人难以有动力去实现它。可周劲草觉得很有意义，乐此不疲，全身心投入。人的差异在于价值观差异。

有人以钱衡量价值；有人以精神衡量价值。周劲草把那有限的退休金都花在了传递真善美、弘扬正能量上。他这种精神可敬可佩！我自叹不如，故愿意接近，傍他而行。

在刚认识周劲草时我有点儿不屑拘谨——他说话直，不拐弯，是容易得罪人的性格，因此我唯恐避之不及。可一个人总有优点和缺点！要看他的行为是真善还是伪善。对那些表里不一的人我总是敬而远之。刚开始，周劲草邀我参加他的读书会，我总逃避，因身份不对称！实在逃避不了，勉强参加一二次，发觉每次周劲草都自掏腰包助人为乐，行为豪爽，人特真诚。慢慢地我接纳了他这种率真性格的表露——无矫揉造作、虚头巴脑地掩饰。他的这种率性，即做事认真，追求完美，见不得瑕疵，可往往招人误解，令人不爽！就有人要抬杠。非要争是非清白，公说公有理，婆说婆有理，许多事情是无法争明白的，历史上还存在冤假错案呢！何必为一时输赢争个脸红脖子粗呢？不值。譬如，某作家主张"以作品说话"；周劲草认为"作品本身说不了话，还是要靠人说话"。我认为两种观点都在理，都没说错，各有千秋。前者的意思是，只有写出好作品才是硬道理；后者的逻辑是，所谓好作品，要有人宣扬，没人读评，无人问津，谁知道好坏。就历史和现实来说，我更倾向于周劲草的观点。当然，作品好与坏还受时代价值观影响，过去曾埋没，今后若辉煌。总之，评一部作品好坏的因素有很多，客观来说，抬爱能补拙。所以客观公正的文学评论是助力作品"时来运转"的燃火剂。如鲁迅的作品，有说好，有说看不懂，这都与作品本身无关！与时势和阅读人的品味有关。我眼里的好作品，不仅事关作品本身，而且与作家人格相关。我喜欢周树人和他的作品，不喜欢周作人和他的作品。

必然，不同的爱好，爱好不同的作品！无须为此高兴和沮丧。

回到我的拙作《"幽邃"的"指纹"》，之所以"出彩"，完全是众友捧场抬爱！其中有沈裕慎老师、朱超群老师、周劲草老师、宋海年老师等众多作家提携栽培鼓励的原因。在此，我要向文学上的前辈们道一声"谢谢"！我将不断努力，写出大家喜爱的作品。

2023 年 1 月 29 日

一蓑烟雨

心中抹不去的那片云彩
——追忆如歌的年轮逝去的光阴

　　老党员碰头会，一群白发苍苍的老党员、老干部步履蹒跚，一个个老头儿、老太暮色苍茫孤景驱影……夕阳西下，有谁会记得他（她）们曾经意气风发、激情燃烧的青春年华？有谁还会忆起他（她）们为党奉献、为民服务，身先士卒改变乡俗村貌，不屈不挠、矢志不渝的昂扬精神？

一

　　那天，我蓦然回首，不经意在人群里发现了老丁（桂英），并主动上前与她深情地握了一下手！之后，老丁的形象在我脑海里一直翻滚，挥之不去……

　　记得，二十世纪七十年代中期，老丁的身影不断出现在我眼前——那时的她身高一米六五，身形俊俏挺拔，瓜子脸，大眼睛楚楚动人，显得沉稳内敛。晨曦中霞光下，她那靓丽的身影时常出现在高堤坝主渠道上，戴着一顶宽边草帽，一条白毛巾挂在脖子上，脸色红润，衣角随风扬起，着实是一道独特的风景！那是一条修建于二十世纪五六十年代的高坝高堤主渠道（主渠道的水流入分渠道再流向稻田灌溉农作物）。它像一条巨龙南北横卧，分隔东西。自那时起，以堤坝为分界形成两个生产队，堤东10队，堤西3队，老丁即担任3队生产队长。

当年，老丁估计也就三十岁刚出头，大我约五六岁的样子，按习俗完全可以称姐！叫她"老丁"显然不合适。可当时"文革"如火如荼，革除封建习俗提倡"破四旧立四新"，社会风气大改变。又倡导"农业学大寨"，大寨村人人称陈永贵为"老陈"。

老丁（那时称"老"属尊称，不以辈分论高下）年纪轻轻就被推选为生产队长，一定不是个无能之辈！我知道，3队是鱼龙混杂、藏龙卧虎，能够脱颖而出非等闲之辈！一定是群众基础好，为大家公认的榜样和领头人！同时也说明那时候风清气正，老实厚道、默默奉献者是党重点培养的对象！

我和老丁最初只是在一次大队支部生活会上见面，但只是眼神会意，没有言语交流！更多见到的，是她在高高的堤坝上视察田间农作物的倩影！麦浪涌动，油菜花、蒲公英相映生辉，那一幅幅、一帧帧的画面，像彩云飘进我心里，成为永恒的定格。

想当初，要当好一队之长，一定要比别人更辛苦，雨天酷暑、寒冬腊月，皆起早贪黑，要调查掌握农作物的生长规律，才能每天分配社员去干紧扣季节的各类农活儿！若自己不切实际，不亲力亲为，光发号施令，肯定当不好队长。不像后来，"学小岗"时代变迁，夸夸其谈、愚弄百姓者"登峰造极"，亲身经历前后变化者，不免感到不寒而栗！

如今几十年过去了，眼前的老丁仍不显苍老，依然朴实无华！不畏浮云遮望眼，不沾亲情谋私利！一个真正共产党员的高大形象仍耸立我眼前！

还记得电影《我们村里的年轻人》吗？一部反映新农村、新气象、新面貌的佳作。就如同当年她站在高高的堤坝上，旭日霞光下舞动手臂，风起云涌，战天斗地……这些类似电影里的镜头，不断在我眼前回放。这正是那个时代的真实写照！尽管这部电影现已封存，犹如她的形象已无人知晓。可萦绕的记忆，梦幻的画卷，仍难以从我心里抹去！

二

老张（彩英）是我们 10 队的生产队长，同样是一位受人尊敬的老同志。

老张经历丰富，待人和蔼，处事公道，顾全大局。老张在嫁到我们生产队之前已经在邻村担任过大队支部副书记，她不计职位高低，一步一个脚印，从一个普通社员重新起步，凭借才能踏实做事，深得大家的喜爱与信任，做了多年队长之后又升为大队支部副书记。

有一次她布置的任务是割草积肥，有的人知道是论斤两计工分，就在箩筐草丛里夹带泥土，她在过秤时却毫不客气地扣除泥土重量，而我箩筐里的青草，就像平时喂牲口割的嫩草一样，蓬松不含泥土杂质，因此她在过秤后给我加斤两计工分。从这一件小事情，可以看出老张慧眼识金、守职守信。

老张的宽厚诚信一定程度上消除了她丈夫盲目自大、目中无人的性格带来的负面影响。人们总以信赖仰慕她而不计较她丈夫强词夺理、尖酸刻薄的言行。她是电影《李双双》中李双双的现实版。她没有李双双的泼辣，却比李双双更智慧。

在老张眼里，谁真心实意、真干实做，谁虚与委蛇、言行不一，她一目了然。一队之长，没有慧眼如炬，没有气度和谋事方略，以及赛过能工巧匠的领军才能，又怎能服众？哪能轻松当好领导？常见她当众一站，口才出众、思维缜密，上传旨意、下达任务，干净利落，不拖泥带水。

老张是我的长辈，又是我的领路人及志同道合者。她入党早，觉悟早，是农村农民中的一代佼佼者！她信仰坚定，视野开阔，超凡脱俗，为女中翘楚！当年我偷偷报名去上大学，唯有她坚定支持我，并且在"政审"时说了堆赞扬我的话。这就等于默默给我加分！这一内幕我是从别人嘴里知晓的，直到现在，她仍守口如瓶没告诉我真相！所以我对她心存感激又始终放在心里，哪怕婚姻走歪也没有一丝一毫怪罪于她！在我看来，她确实是一个心底无私天地宽、挺直脊梁挡风雨的巾帼豪杰！

如今她已八十多岁高龄了，仍自食其力，不求照应。每次看见她拖着病痛的双腿来参会，一种钦佩从心底油然升起。她们这一代人铮铮铁骨，如松柏一样挺拔，如梅花一样耐寒！"待到山花烂漫时，她在丛中笑！"这种境界已深入骨髓！岁月如歌，光阴流逝。追问，"不忘初心"的共产党究竟要弘扬哪种精神？追寻，只属于她们的那份无怨无悔、赤胆忠心！以及她（他）们为人民谋幸福、为国家图振兴的锲而不舍的奋斗精神！实乃中华民族最宝贵的精神财富。

三

每次开会，我一抬头总能看到徐雅丽正襟危坐专心致志地听讲，那虔诚的姿态、认真执着的精神还像从前一样。她的背影勾起我无限遐想……我一直敬仰雅丽的品学兼优、才貌双全。

年轻时我们曾经在一起工作过（或许她已经不记得了），但与她从没说上一句话，我总是默默注视她却不敢走近她。那时她靓丽的外表、优雅的举止吸引无数人的目光，于是她也很快名花有主——一个挺拔英俊、才貌出众的小伙子。

雅丽是 67 届初中生，赶上"知青上山下乡"的大潮，"插队落户"来到了沪星 3 队。与其一同下乡"插队"的知青不少，但 20 年后真正"落户"的唯有她。可见她是真插队，身体力行践行毛主席的号召！同时，她还深得广大村民的喜爱，是融合度最好的知青榜样。

在雅丽身上找不出自诩清高的字样，相反朴素、谦虚、厚道、本分，这些词于她最贴切。许多知青自命不凡，从下乡开始就看不起农村、看不惯农民，而这些表现在雅丽身上不曾有过。即使知青都一个个回城调入政府机关或国有单位，雅丽仍保持本色！每每看到她上下班行走在沪星路（当时还为机耕路），以及她随夫到村里参加婚丧喜事，那大方出众的身影、谦逊的态度，真让我觉得雅丽不容易！不简单！——平凡小事见心智，大雅之举见拔萃。

其实，文明是包容渐进的。城镇有城镇的文明，乡村有乡村的文明，只有互学互鉴、相互融合，才能进步。不要以为自己"文明"就高人一等，看不惯这看不惯那，故步自封，文明就永远进步不了。文明及修养不只要看外表，还要看内心。比如清末的"八旗弟子"用镂花金顶笼玩鸟；抗战时期汪伪汉奸西装革履；民国的"小开"丝葛马褂中分头；现代的"老克勒"礼帽优雅鞋锃亮……哪一个不称自己是"文明人"？瞧不起"乡下人"（一些上海人眼里的"乡下人"

还包括外地人），即使几十年住"亭子间""小阁楼"，骨子里仍孤傲，总觉高人一等。物质文明与精神文明完全两码事。文化是内敛而有深度的——"大勇若怯，大智若愚，大善若恶"，是很难准确理解的。

因此，对于雅丽的付出——相夫教子、维护家庭，很多人不理解也不欣赏。毕竟文化价值观不同，各人眼里的好坏亦不同。不管怎么说，雅丽的生活不缺宽敞的住房，不用背负沉重的房贷包袱！这就是她坚守的幸福！她的人格魅力来自她独立的思考与坚定的信仰。

人一辈子总在追求自己的价值和目标。那些逝去的辉煌、岁月的烙痕化为一道道年轮沟壑，堆积成代沟欲说还休（人的分野已成趋势）——后生理想追求"道亦道非常道"，后辈"站在巨人肩上"举目远望，"一览众山小"，道路选择非此即彼！是耶非耶实践出真知！功过成败任人去评说。

回眸深思……耳畔总有一首歌在低吟回荡，这就是孙楠的《追寻》——

"抹去岁月厚厚的封尘／敞开心的世界记忆的闸门／一副副一帧帧不能忘却的画卷／引领着我／默默地前行／追寻／我生命的那份纯真／心中／抹不去的那一片云彩／追寻那永远／属于我们的那份无悔的忠贞／忠贞／抚平冉冉逝去的光阴／又见过去岁月如歌的年轮／一页页一篇篇刻骨铭心的画面。"

2018 年 4 月 18 日

迎春花

　　班里女同学中就数张春华阳光！她对生活充满信心，对同学始终热情，像一朵永不凋谢的迎春花，历经秋霜寒冬，仍朝气蓬勃，惹人喜爱。

　　早就想写写这位老同学了，一直困于素材不足，灵感千呼万唤出不来。辗转反侧、思来想去：以什么样的题旨开篇呢？始终琢磨不定！那就随意识流牵着笔奔泻吧。

　　在校读书期间，我和张春华接触不多，除了上课，男女生均不往来，偶尔班里搞集体活动我俩也没半句交流，整个学期每人都紧盯着学业，无暇顾及旁人，能记住对方的名字，并能对上号就算不错了，其他一概不问不知不了解。

　　第一次对张春华有好感是在全校召开的运动会上。千米长跑比赛中张春华取得了优异成绩，为我们班争得了荣誉。好像是获得第三名。毕业后大家分道扬镳、各奔东西，直到 1998 年北大 100 周年校庆时，我们才有机会深入交谈，共同回忆在校时那一段纯真无邪的流金岁月，我注视着她：语调抑扬顿挫，举止温文尔雅，满脸洋溢着灿烂的笑容。

　　时光改变了人的容颜，却难以改变人的心态与性格。张春华依然是那个张春华，岁月没有磨去她的纯洁、坦诚，反而使她变得更加楚楚动人了。

2012 年我逮住机会去了趟天水，去之前我与张春华进行了几次电话沟通，她为我联系了天水市职业技术学院，为我出差定下目标——为电梯行业招培电梯技能人才（很遗憾，由于校领导短视保守，错失机缘）。她帮我预订了住宿，又亲自到车站来接我。在天水逗留的几天里她始终陪同我工作、洽谈、游历！并由她和她丈夫陪我第一次去麦积山观赏了石窟艺术。

麦积山高 142 米，是西秦岭山脉小陇山的一座孤峰，形状犹如麦垛而得名。麦积山开凿始于四世纪，至今已有 1600 多年的历史，现存 221 座洞窟、10632 身泥塑石雕、1300 余平方米壁画。

我们攀爬上去驻足观摩了一番，因我对佛教石窟研究不透、了解不深，故兴趣不大，仅到此一游，没留下深刻印象。

据说天水是伏羲故里，每年都隆重举办大型祭祀活动。张春华兴致勃勃地向我叙述祭祀的盛大场面，我没太大兴趣，也不明白祭奠伏羲对现世究竟有何意义？倒是在她孜孜不倦阐述她国有老厂的那些人、那些事时，我听得出神，思绪翻卷、心潮涌动。

她手指眼前的"天光半导体有限公司"大门，深情款款地对我说，它原来是"国有天光电工厂"，是属于国务院第四机械工业部管辖的八七一厂。

张春华对"天光厂"充满感情，她目睹了它兴衰改制的全过程。光荣与梦想，辛酸和无奈，时时牵动她一颗驿动的心。这是我们这代人都经历过的欢乐与痛苦，及转制后留下的怅惘与失落。

张春华从北大无线电系电真空专业毕业后被分配到"天光厂"，当时该厂在甘肃省秦安县，位于甘肃东部天水以北。报到那天，她

一蓑烟雨

从兰州坐火车到天水，再乘厂里大巴翻越一座高山，经过一小县城，再往西行驶三四里才抵达厂区。她说："我被分配到六车间——做半导体芯片、管芯制作的车间。第一天，车间主任领我参观了生产线。该车间是生产半导体集成电路的关键车间。分配给我的工作是搞扩散——即对导体硅片进行掺杂。这道工序技术要求很高，带我的师傅是个北京的老技术员。她经验丰富，知识充沛，毫无保留、一丝不苟地教我，并有意识地让我独立操作，发现问题帮我及时纠正。我嘛，虚心学习、积极肯干，很快掌握了扩散技能。不久，车间又派我去参与 10K 系列亚毫米秒双门和单 D 触发器新品研制工作。1980 年厂里生产双门电路、TTL 电路，荣获国防工办重大科技成果奖。我 1984 年参与了在当时属于高精尖的大规模集成电路存储器 ECL256 和 ECL1024 芯片的制作，该产品用于运载火箭，试射太平洋获得成功……"她情不自禁，娓娓道来，话匣子一打开，像钢水出炉滚烫炽热。

由于张春华的突出贡献，她多年来一直被评为厂先进工作者，以及省电子公司先进工作者，成了"天光厂"获奖最多的女中豪杰（"三八红旗手""先进女职工""五好家庭""技术进步奖"等）。之后她从纯技术岗位转任车间副主任，负责产品工艺和测试。她严于律己，以身作则，深得厂领导和一线工人信赖。后来军工企业面临"关停转"的窘境，在自负盈亏求生存下渡难关！"天光厂"不得不为广东民企"小霸王"做民用芯片。后来市场受内外夹攻，"天光厂"连职工工资都难保，经常拖延不兑现，国企开始人心浮动，主人翁精神渐渐被金钱击垮。在"天光厂"危难之际，张春华率先提出自己少拿工资，先确保一线职工养家糊口。张春华此举深深激励和感动了不少人，只要是她吩咐加班加点，量和质均不打折扣按时完工。然而那一部分少拿的工资直到她提前退休厂里仍没给她补上。唉，老实善良往往吃亏！可这是一代人的无私奉献精神，极其可贵，恐怕今后不会再出现这样的"傻大姐"了。为了厂里芯片试制工作，张春华没日没夜地全身心扑在工作上，以至她对儿子的学习辅导督促极少，造成儿子没考上大学，找工作受限，这是她迄今为止最遗憾的一件事！可她认真做事，真诚对人（后来为民企做事也一样）始终没改变。她这种全心全意的工作态度，与她的成长经历及厚道朴实的家教密切关联。

　　张春华出生于陇南一个普通农民家庭。父亲的言传身教，及家庭成员之间的和睦相处，对她的品性塑造起到至关重要的影响。她说："我在家里最小，上面一个哥哥、五个姐姐。我从小就懂事听话，从不犟嘴，更不会惹事。从我记事起就干活儿劳动，背个小背篓往庄稼地里背粪，或挖野菜喂猪。天不亮就起床往山上地里送粪，那时候没有化肥，就是有也买不起，只能靠养猪积粪给庄稼下肥料。记得有一次我在睡梦中被爸爸叫醒，稀里糊涂穿上衣服背着粪篓跟在爸爸后面上路了。月亮星星不眨眼，天黑漆漆的，没手电筒，路又窄，走着走着一不小心脚踏偏了，身体一下滚落至两三米远的一块坡地里，幸亏背着背篓，粪的重量使我再没有往下滚。父亲急忙跑过来扶我起身，随手捡了两个小石子塞进我衣兜，再把倒散的粪捡起来让我继续背着走，边走他边喊着我的名字'回家啰回家啰'。当时我不懂啥意思？后来我长大了才懂得点压邪的'道道'，那是父亲的钟爱。另外，我还记得小时候随姐在收割完的地里捡遗漏的麦穗和洋芋，拿回家给家人充饥。爸爸知道后叫我们通通交到队里去。

开始我想不通，这不是偷来的，是捡来的。可是爸爸教我们做廉洁奉公的好孩子！所以我们六个子女包括我大嫂在内，事事处处先想到别人，一大家人和和睦睦，从不为一点私利闹得不开心。"

农家孩子因劳动而耽误学业，故事基本雷同；农家孩子廉洁奉公，家教各不相同。农家子女勤劳善良，与大自然融为一体的个性在张春华身上尤为突出。她不怨天不怨地！事在人为，干啥都努力争取干出好成绩。学习上的艰难她咬紧牙关挺过来，工作上的困难她努力攻关熬过去。在她身上始终充满着阳光朝气，看不到愁眉苦脸、焦虑困惑、消极发蔫的模样。譬如，儿子三十五岁了婚姻大事悬而未定，她不愁不急也不催促，顺其自然；为民企干活儿不小心摔了一跤，卧床半年，她不怨不怒也不要求理赔。

没有啥事能让她烦躁郁闷想不开。她依然活在充沛的阳光下，且越活越年轻，焕发出无穷的个人魅力。嗨，这个年纪仍活力四射，真让同学们刮目相看！

我联想起迎春花，耐寒有韧性，开花早于梅花，迎着太阳，枝条纤长尖细低垂！全身黄灿灿，没有桃花娇艳，也没有杏花洁白，但它的浓郁、淡雅、清香，让人特别钟情喜欢。

迎春花有六片花瓣，很像张春华六兄妹，没有大红大紫，却瓣瓣淡然幽香，一个个小太阳似的照耀着春华秋实的人生。

2022 年 10 月 14 日

书生言商

1988 年，国企办"三产"，破墙开店经商热一浪高过一浪。我受命参与筹建厂"三产"，经半年多筹备，营业部对外开张。开张日庆典隆重，鞭炮剪彩霎时闹猛，商品像模像样，轰动内外民众，掀起一阵购物风潮。

开门营业后的第一单大生意就是贩卖冰箱。经朋友牵线，给我介绍了一个卖家，他手上有 50 台单门冰箱正想出售。冰箱那时是热门货、紧俏商品，没有一定的门路是批不出来的。搞经济，信息即财富。我回到"三产"，几人一商量，决定去采购售卖。大家拍板立即行动，"机不可失时不再来"。会计去银行开了承贷支票 6 万多元，这可是刚开张的"三产"的全部流动资金！第二天我怀揣着这张沉甸甸的承贷支票与驾驶员小丁，开着厂里 5 吨半挂车一路驶往杭州去拉货。另一名同事则乘火车前往。我们俩约定在杭州某宾馆碰头。我俩驾车先抵达，与卖家会面。他是一个三十多岁的小伙，瘦削干练，带一随从。他首先看了看承贷支票（按原先谈好的 50 台价格总金额），没疑问，便带我俩去市郊接合部一仓库验货。就在临出发前我另一同事才匆匆赶到，我吩咐他就在宾馆里等候。我们到达仓库亲点了冰箱台数，准确无误后，当场互换出货单和承贷支票。然后，我和驾驶员分别行动，他去把车从停车场开进仓库，我则陪卖家去附近银行验证支票。当我俩返回仓库着手装运冰箱时，发觉刚才明明白白清点的 50 台冰箱,少了一台,变成 49 台了。这真是"眼睛一眨,老母鸡变鸭"。我急忙找仓库管理员,得知就在刚刚有人凭出货单提走了一台。我立刻打电话到卖家下榻的那家宾馆,找等候在那的同事问卖家是否回去了,他说,他一直在大堂等候,没见回来。我告诉他,你等他回来问他,为什么一眨眼冰箱少了一台?不一会儿卖家回到宾馆准备退房,被我同事揪问(他压根儿没想到我还留了一人),让他打电话与我联系。电话接通后我说明情况,他支支吾吾不承认。我说,那好我还没装车呢,劳驾你过来再亲点一下数量。卖家其实心知肚明,说不过来了。于是,我让同事缠住他退还一台冰箱的货款!并再三叮嘱他,一定要拿到他的退款凭证承诺书后,才可回沪。经过一番节外生枝的折腾,天色已渐晚,我决定把 49 台冰箱装车先运回来。一路跋涉颠簸,至次日凌晨,车载货安全回到厂里。看驾驶员辛苦,我就让他回家休息一天。我因心里装着事,则和衣打了个盹儿。上午 8 点职工一上班,见整车冰箱欲购热情高涨,49 台远不够售卖。可"谁知盘中餐,粒粒皆辛苦"呢?此番采运冰箱突发波折、及时止损付出的所有辛劳,被湮没在一片赞扬声中!欲启齿又言止,心头除了感叹,多少还有些欣慰。

　　人生第一次经商历练,挑战我的智慧和应变能力,我临危不慌,沉着处置(两个月后,收到了对方的退款),这弥足珍贵的经商第一课,教会我的不是光明正大去淘"第一桶金",而是品尝人性的诡秘与奸诈。它深深扎根在我脑海里,并时时提醒我与商人打交道要格外小心谨慎,稍有疏忽就会上当受骗栽跟头。

　　后来,有一个人渐渐转变了我主观上的这一扭曲执念。这个人就是蒋中裕。

　　我和蒋中裕相识于 2002 年,迄今已有 20 年。时间和真情,确能改变一个人的偏见。

那时我已在一家电梯公司任培训师，他送手下员工来培训附带缴费。我们初次见面，晓得他是电梯代理商，是一家安装维保公司的老总。一开始我就比较排斥和冷淡。缘起这家公司之前来接洽的人我有点反感，本能又不愿与商人热络。况且，我还是个慢热型人。从那以后，一回回、一年年与蒋中裕促膝攀谈，慢慢发觉他不像一般的商人势利，"无事不登三宝殿"。且不管有事无事他总是那么热情，不做作不夸张。说话轻声细语，慢条斯理，不急不躁，温文尔雅。关键是他从不有求于我，而我确又是无职、无权、无资源的人。那么他为何又对我那么好呢？噢，原来他和我一样，也是个书生。"书气相投"缘于此。

蒋中裕，二十世纪九十年代初毕业于上海同济大学，因学习优秀（连续三年被评为"三好学生"），被留沪分配进上海仪表局下属的一家研究所。有大学履历又同为仪表局经历，为我俩的情感无形中增添了黏合剂！聊的话题彼此熟，心灵上沟通快。最可贵的一点，不沾商人味，是纯粹的灵魂相吸。我这样说，有点儿抬高自己。其实，虽说我们脱离商业味，纯友谊交往，但在现实社会里不可能做到十分纯粹。蒋中裕还是帮我挺多，我却无力回报他。

一次，弟媳托我为她一个朋友的表弟找份工作，我试着开口请蒋中裕帮忙。他马上允诺，迅即把该农民招进他的公司。

另一次，已跳槽的好同事，需要找人安装一台刚研发的新品、用来测试的家用梯。我电话里问蒋中裕能否接此类活儿，他二话不说（不谈报酬多少），随即派手下人去干活儿。等安装完后，我陪着他去结账，他没多要，仅仅算帮忙。

哦，还有一件事感动我，烙在心里难熄灭。

一蓑烟雨

2008年我已在电梯协会工作，有一天走访完一家公司，例行走访下一家公司，随即选定蒋中裕公司。我开车抵达他所在小区的门口，天上下着毛毛细雨，我车已刹停，不料一位撑雨伞的女子扑到我引擎盖上。明明人撞车，说是车撞人。还好副驾驶座位上，我的女同事可以作证。但人车相碰，警察来了首先关注人，送到附近医院去验伤。蒋中裕闻信赶来陪同我处理这起车祸。连验伤费都是他掏的腰包（大约四百多元，我至今未付给他）。医院诊断无大碍，就擦破点皮，消炎包扎一下就各自回家了。谁知过两天那女子又去另一家医院验伤，说伤到膝盖骨，还打官司诉诸铁路法院，毫无疑问，官司一定是我输。除保险公司承担理赔外，我自己再掏五千元才结案。

老话说得好，"不经一事，不知一人"。人本质上是实践的动物。马克思说："人是社会关系的总和。"人在社会实践中认识事物，在比较鉴别中认识人。像蒋中裕这样，身在商场没有商人铜钱味的，如今社会少之又少，为稀罕物、奇葩、珍宝！人生得蒋中裕这样的知己，我值了！

可每每思量，又常常疚心。尤其每当收到蒋中裕寄来的春茶——几十年如一日！特别感动。退休后这四年里，他仍一如既往关照我："喝点茶，对身体好！"真正的不图回报，润物无声。我却真有点羞愧面对他！感慨感激，又无释怀之地。我何功何德？令蒋中裕如此长期惠顾！想一千道一万，实难接纳他的深情厚谊。他让我见识了什么才是真正的商人。孔子曰："君子爱财，取之有道。"道不同，财亦不同。哪些该取？哪些不该取！取道为大相径庭又充满智慧学问。而那些只相信"人为财死，鸟为食亡"的人，思维仍僵化在动物状态，根本没进化到人的高层次。与动物为伍？还是与高层次的人为伍！就看自身进化程度去做选择。

　　想想我和蒋中裕之间唯一的契合点，是泡一杯清茶，天南地北、海阔天空，书生穷聊。这两年，除了会文友我哪儿也不去，总会抽空去一趟他的办公室闲聊：从战争聊到商战，从芸芸众生聊到伟人精英，从哲学聊到音乐……其乐无穷又回味无穷。在茶禅过程中，我逐渐体悟到蒋中裕人善品直，学识渊博。他的才气修养，让我想到雪莱的诗句："浅水喧哗，深水静默"。他阅人无数从不夸夸其谈，并有自己的定见，不随风摇摆。公司业务避虚务实，脚踏实地一步一个脚印，摸准规律谋发展。关心家庭关爱子女，注重艺术培育。他自己爱好宜兴雕塑，一些小物件如花生、核桃、菱角、栗子等，沾满泥土味，经他巧手捏造，再涂色烧制，活灵活现！以假乱真，会迷惑你的眼！其功夫和妙趣盎然双辉。同时，他的文笔也很棒，文章在《常州日报》《溧阳时报》上时有刊发。值得一提的是，蒋中裕二十岁的女儿也才气横溢！经他从小精心培养，又送到国外进修学习，现已成为一名出色的青年钢琴师。

　　综观几十年与蒋中裕的交往，我得出一个结论：他身在商海，情在书艺！书浓、艺浓、商不浓。比起那些整天在"铜钿眼里翻跟斗"的人来说，层次不知要高出多少阶。可见，书生在商言商，全神贯注，不仅仅只是钱和利，而是交友觅道，成就另一番艺术。道不同追求不同。

　　诚然，蒋中裕为人善良，人缘深广，家企兴旺，且子女又都特别有灵性。正应了那句世代格言："厚德载物"。厚道善人必天佑福报。

　　写此文，乃寻道，交"三观"相同之友。

2021 年 8 月 17 日

| 职场

前两天去母亲所在的养老院探视。三个月前养老院换了新院长，是一位约四十出头，韵味十足的女士。这类人大多学历较高，懂策划，也善于写报告。

在中国传统文化里有一门讲"明修栈道，暗度陈仓"等谋略的学问，其实是古代的一门"心理学"。懂得现代心理学的人，常常能在职场上混得如鱼得水。

有人说，老板心里最大的盘算是利润，他会聘用为他创造最大价值的职业经理人和技能职员。这话表面看上去没问题，但细究其更深远的含义，利润和价值就有许多讲究。是眼前利润最大化，还是长远利益持久化？是企业价值，还是社会价值？哪个先，哪个后？这就要看老板的价值观导向了。心理学就是研究人的这种导向心理，不同的老板心里的价值判断是不同的。

以这个养老院为例。养老院前一个院长是个经历了计划经济时代的人。在她心里，老板既然信任她，她就要事事处处为老板省钱，尽量节省不必要的开支。以至于她一人承担了几个人的角色。比如，本来她可以设两个助手，为了替老板节省职员工资就一人担责。她每天穿梭于 15 个楼层处理事务，每周给护理工轮流培训，亲力亲为，还每日每夜处理老人家属的来电投诉等，忙得心力交瘁。养老院在她的带领下，从上到下规范运行，没出过什么大事情。这样的人过去在国有单位是名副其实的"劳动模范"，可民企不兴这一套。

"聪明"的职场人是善于揣摩老板心思的人。都说老板口袋里的钱像核桃仁，不敲出不来，可怎么敲，又非常讲究，要分析老板的需求，然后对症下药。养老院的新一任院长在这一点上就比老院长"智慧"。她拿着精心策划的关于养老院未来的建设方案，一遍又一遍地给老板演示讲解，慢慢灌进老板的心坎里。于是，"核桃仁"终于裂开一条缝。一旦方案经老板拍板通过，就可以实施，想要实施取得成功，就得赋予职业经理人权力。有了"尚方宝剑"，方可大展宏图。于是她就大刀阔斧地"改革"前人留下的不合理的规章制度、用人标准、资金流向等，总之一切按自己的意愿。旧貌换新颜，旧瓶装新酒，"新官上任三把火"。

职场，对员工来说是竞争，对老板来说是决策。回头看养老院，我发觉新院长的"三把火"越烧越旺。她增设了两名副院长、两名主任，这四名亲信为她实现宏伟蓝图鞠躬尽瘁。那新增的人力成本用什么去填补呢？减少护工加班费，扩大护工的职责范围，每个楼层缩减清洁工，安装摄像头从而减少人力等。确实，这些措施比原来"有花头"，并且跟上了时代"前进"的步伐。可在对入院老人的管理、护工的培训上，并没有什么改进。那些纸上谈兵的花架子一到具体实践就现了原形。

比如，关羽这个人和士兵的关系搞得很好，但同士大夫的关系没搞好，结果败走麦城时，士大夫打起了吴国旗帜，不接受他。张飞恰恰相反，他和士大夫的关系很好，礼贤纳士，但他对士兵非常粗暴，后来被士兵砍了脑袋。

　　职场文化，其实就是老板传输给下属职员的个人价值观。职员想要在职场中求生存，不熟悉、不支持老板的价值观，基本上都难以为继。初入职场者可能会被那些看似华丽的表象迷了眼，辨别不了的人还会被牵着"使知之"，不能"使由之"。等你"使由之"后，就不会再去那种地方"嘎闹猛"了。

　　职场是人生必经之路。春去冬回，输赢、伤痛、委屈、悔恨……均烙在每个人成长的经历中。

2021 年 1 月 15 日

故土
情深

我的父亲杨金桃

　　我的父亲杨金桃逝世已经三十年，走时六十三岁。要不是当时病急乱投医，送错医院，父亲不会那么早离开我们。

　　我陆续写过两篇关于母亲的文章，恍然想起也应该写写父亲了。因为熟悉父亲的人对他的记忆开始模糊了，继而产生偏识——认为父亲身上的优点比母亲多。

　　大家都说父亲是个老好人，这没错。父亲忠厚老实，做事一点一画，踏实勤恳，细致入微，舍小家顾大家——这些看似为优点，却与我心中的父亲形象相去甚远。

——

　　父亲出生在一个叫"杨垓头"的贫苦农民家里。祖父兄妹四人，都在贫穷中长大。因为穷，祖父母就生养父亲一个，从小还供他读书（读完初小），希望他以后有出息。

　　父亲二十岁与母亲（当时十八岁）完婚，正巧赶上"杨垓头"被虹桥机场（1950年第一次扩建）征用拆迁。一大家子拿到政府给的房屋折算补偿款后分家各自寻巢安置。

　　一开始，祖父母跟着父母临时住在陆宅堰我外婆家里。我父母亲自然习惯（此时他们都在厂里工作，上下班路途方便），可我祖父母却不舒服、不习惯，有一种"寄人篱下"的感觉。于是，祖父四处寻找合适的房源，想尽早搬离。祖父最后看中柴家湾中行三间旧屋，决定买下来。

这三间破平房，前后宅基地只能容纳两间（靠西头一间房前屋后均不属于我家宅围圈）。这跟我祖父大弟家简直没法比——他们自己购买了宽敞的宅基地，建起了四间新平房，敞亮又气派。那我们家除了购置三间破房，多余的拆迁补偿款都用来干什么了呢？从柴家湾地主手里买了几亩地，还买了全新的农具，准备一门心思自耕自足、安居乐业。不料后来土地入社归公，买地的钱相当于打了"水漂"。家里从此矛盾频发，埋怨纠纷不断，祖父怪罪我母亲，可就算是我母亲决定要买地，想过农耕足饱的生活，在当时也没错啊，几千年延续下来的农耕文化不都是这种想法吗？再加上我母亲不识字，根本意识不到社会变革前后有啥区别，只知道勤劳种地，置产养家。一家人不比别人过得差，就是她最大的心愿和人生目标。而作为有点文化、懂点世道变化的父亲，在这其中又扮演了什么角色？显然是思考缺位，缺少了应有的担当。男子汉大丈夫，一个家里的主心骨、顶梁柱，遇事缩头缩脑，不愿积极谋划、尽责尽心，那他在家里的地位逐渐下降、位置逐渐边缘化也是必然的。一个人在家庭中所扮演的角色，一开始是自选的，慢慢随着一件件与家庭发展相关的大事尘埃落定，这个角色最终形成了一个人的真实性格特征。

二

　　之后，父亲觉得按时上下班的日子很不自在，于是就不去工厂上班了，干脆在家干农活儿。成立人民公社那会儿，父亲因有点文化，会算账，就担任了食堂出纳。他整天背着个包进进出出，十分惹眼，不久被人举报"贪污"，被临时羁押。一家人顷刻六神无主，祖母哭丧着脸求住在我家里的工作组王同志帮忙，王同志也不了解情况。无奈，还是母亲出面去打听原委。那时我还小，心里害怕。母亲硬拉着我的手一定要我陪她一起去。我记得，我们在羁押父亲的精神病院门口隔着大铁门见到了父亲。我怯生生地躲在母亲身后，母亲与父亲说了些什么话，我一句都没听进去。我幼小的心里只知道父亲犯了错，被关押不能回家。这件事对我的刺激很大，一辈子提醒我，不能做违法乱纪的事。

　　没多久，父亲放出来了。组织说账查清了，没问题，属于诬告。但从此以后，父亲没有以前那么张扬了，做什么事都小心翼翼，谨小慎微。记得我家老屋漏水了，半截地板蛀霉了，需要修缮。那时修缮需要用的木材、砖瓦、石灰等建筑材料，都要先报批，领导同意后才能购得。母亲一次次催促父亲去办，他就是怕跟领导开这个口。多次费口舌无果，母亲只好利用休息时间自己去找大队长，述说家里的实际情况和尴尬处境，想不到领导爽快地就答应了批给咱家修缮材料。这些建筑材料都要到镇上建材商店一一买回来，父亲就要我帮他一起用拖车一点一点徒步运回来。那时我最多十一二岁，体格还不够强壮，心里埋怨父亲无论做啥事总强拉着我。后来，他担任了生产队推销员，每天下午三四点钟去推销蔬菜，他总要我帮他推到大马路上，再用足吃奶的力气加速小跑一阵猛推，他手握车把，右脚一踮一踮跨上挡骑稳远去后，气喘吁吁的我才能回家。

父亲的性格是偏内向保守型的，眼光向内挖潜力，而不是眼光向外求发展。

有一件小事，母亲曾对我说起："纺织厂工会发电影票，一次我多要了几张给你父亲，让他跟邻居好友一起去看。后来才晓得，你父亲竟然收了他们的电影票钱，一点儿'人情'也不会做。"

就说他当推销员，这本来是生产队里的公事，完全可以让队长再派一个人帮助推车，他非要自己儿子帮他助力。或许他求过人帮忙，但别人没在意吧。平时的人缘好坏，一到关键时刻会显露无遗。

久而久之，我发现父亲还真不是个做大事、有雄心、善规划的人。

照理，他读过几年书，在儿女学习上应该经常督促帮教。然而，他非但没有悉心关照过我的学习，相反，一看我在翻书写作业，就立马喊我帮他做这做那，抑或一脸凶相催促我去割草喂兔羊。在我的记忆里，父亲着实没有母亲对我学习重视和支持。他的那点文化对儿女没起到什么传承作用。因此除了踏实工作，父亲的形象大体上在我心里没有留下什么高大伟岸、值得依靠的印象。

三

我爱看书学习，善察言观色，勤思考阅人，这一点也没有继承他的基因。倒是母亲及母亲的闺密"大阿姐"的帮助，让我满足了求知的欲望。

记得有一次母亲的两个闺密来我家做客，看见我坐在一边看闲书，父母呵斥我去干活儿。大阿姐不紧不慢地走到我身旁，看我究竟在看什么书，她一看是《鲁迅杂文选》，连忙对我母亲说："翠娣啊，你儿子爱看书就不要阻止他，我看这是本好书。"

大阿姐说的话，父母都当"圣旨"。为什么？一是大阿姐对我们家来说是"功臣"，我家无论是房子修缮，还是遇到其他困难，她都会伸出援助之手，解我家燃眉之急；二是大阿姐自家的两个儿子都培养成了大学生。大阿姐不仅在自家邻里的威信很高，在工厂班组中也是个受人尊敬的人物。我妈更是对她佩服得五体投地，念念不忘她的恩情。只可惜后来大阿姐搬家后杳无音信，父母报答无门，追悔莫及。

我小学毕业那年正赶上"文化大革命"，学校停课，我只好回乡务农，帮父亲挣得 5 个工分贴补点家用。后来断断续续复课，勉强算作 69 届初中毕业生，然后我正式成为一个名副其实的农民。记忆中，每天清晨父亲催我上早工，像"周扒皮"似的一次次叫醒我，每次都令我心惊肉跳、头皮发麻，心有不甘又无可奈何。我一边参加劳动干各类农活儿，一边观察社会学习各种技巧。毫不夸张地说，论干农活儿，除草、插秧、割麦、挑担等，我样样都不会输给同龄人。

1970 年年底，我一听到征兵的消息，便偷偷去报名。体检合格后我仍不告诉父母，等到"喜报"送到家里，全家人才喜出望外——惊喜又意外，但"生米已煮成熟饭"，不让去已不成了。

我参军走后，父亲的工作调整为仓库保管员（军属照顾）。大约两年后父亲来青岛看望我。那是父亲第一次坐船乘火车出远门，我陪他游览了青岛名胜：栈桥、鲁迅公园、海洋水族馆等。我平生第一次与父亲合影留念。

养儿祈福，倚儿养老，恐怕是父亲心里根深蒂固的老思想。但我萌生出另外一种思想，那就是我一定要超过父亲，活出一个不一样的人生。不学父样，一代胜过一代。如果走父亲的老路，"端父亲喝过的粥碗"，那一定破不了旧框，创造不了新未来。这不是钱多钱少、日子过得富裕或贫穷的问题，而是思想建树、思维突破、重振家风家教的问题。向内看还是向外看，绝对是一个人、一个家庭"百年树人"的大问题。

四

父亲的仓库保管员一直做到"拆社建乡"后土地承包生产队消亡。经历几十年风风雨雨，他一心扑在对集体资产的保管上，是社员们公认的"老好人""老实人"。有人叫他"金桃阿哥"，有人习惯喊他"老杨"，他都不在乎，整天顾大家不顾小家，忙忙碌碌从早做到晚。一袋种子、一把农具、一部拖车，他都精心呵护，翻晒稻种，维修器具，天天、月月、年年连轴转……工作后期，他几乎都是一个人不知疲倦地"看家护院"，确有一种"老黄牛"精神——闷头实干。

但是在我看来，父亲任劳不任怨，平日的言语之间常流露一些抱怨，所以付出和回报总不成正比，也得不到应有的尊重。这叫"不讨巧"。可话说回来，这和他的性格有关：话语琐碎，分不清事情的好坏和轻重缓急。

从父亲身上我体悟到这么几点：

第一，读书不得要领，还不及不识字有悟性的人。有句老话说得好，"不识字不要紧，不识人头才最要紧"。

第二，付出和尊重是平等的。光付出得不到应有的尊重，那么你要反思你的行为。与其抱怨不如改变，知己知彼方能达人。

人的光辉形象都是靠言行一点一滴积累培育，才能生根发芽、开花结果的。文以载道，厚德载物，厚积薄发，都表达了一个人的言行，在日积月累中留给家人、社会、后世的印象及评价！

我知道，父亲是一个平凡的人，一个极普通的人。他在世时的一言一行，曾经感动、激励过我，但至今令我难以忘怀的，我搜肠刮肚也记不起来了。也许时间过去已太久了。

家人和邻里认为父亲有一件事值得称赞——那就是接母亲中班下班回家，几十年风雨无阻（从母亲单位到家这一段没路灯，半夜骑车不安全）。我认为这是一个丈夫应尽的责任，不足挂齿。

父亲在世的最后几年，与退了休的母亲一道种责任田，种自留地，非常勤奋，农民本色再现。父亲身上没有不良恶习，他唯一的爱好，是去镇上听"说书"。他无数次进书场，乐此不疲，回到家我们却不曾听他复述过其中某一片段。路过我居住的公房，他总带几把新鲜蔬菜，放在我楼道的挂篮里，我们下了班就洗炒吃。直至父亲走了三十年我还记得父亲这种对我们的关心，可来不及好好报答他、孝敬他，他就突然离世。

父亲早年得过血吸虫病，脾脏不好，晚年又患糖尿病。送医院的那天他突然吐血，抢救时，因这家医院不了解他的病史，用药过猛，引起并发症身亡。

三十年来，每年清明或忌日，我们都回家祭拜父亲，这是我们做儿女该做的。

追思与追忆，为了汲取和弘扬父辈有益的精神财富，激励后代

一蓑烟雨

砥砺前行。持这一初衷，我才严肃认真地写下这些文字，不是不敬，而是大敬——鉴古知新，方知人知心。

2020 年 4 月 5 日

清明祭母追思

　　2022 年的清明马上要到了，因疫情肆虐，按防疫要求市民足不出户，原计划全家人去祭扫父母的计划眼看要落空了。尤其是母亲去年 10 月刚去世，清明祭拜是一件大事也是一桩心事，这下不能成行了，思念浇注心头，我只能用文字来寄托哀思。

　　母亲走后，丧事办得庄重。来为她送行的人都说老妈是我们家的功臣。大家都默默为她祈祷：愿她一路走好！落葬那天，天气预报有雨却阳光灿烂。墓园不能放炮仗可以烧点锡箔，葬礼一切中规中矩，愿劳作一生的母亲陪伴父亲上天堂安息，并说好冬至清明我们会再来祭奠。

　　母亲生前特别要强，从无到有白手起家，使我们这个外来户家庭在村里能立足，还焕发荣光，这一切都归功于母亲所坚持的勤俭持家、和善待人、知恩图报的好家风。

　　一　从小出人头地，品行刚毅

　　母亲十四岁丧父，上有姐下有妹，三女加寡母，生活处境十分艰难，她不得不像个男孩一样扛起家里的重担。母亲小小年纪就为了求生存冒险去贩运大米。

那时日本侵略者在城乡之间构筑铁丝网隔离人员往来。穿过铁丝网米价可以翻一番，可一旦被鬼子发现越网就会被射杀。邻村一男子不幸中弹，尸体挂在铁丝网上没人敢收。在这样的风险之下，母亲却冒死一次次穿越铁丝网贩运大米，赚钱满足了一家四口人的生活必需。

母亲十六岁进了申新纱厂，面对"拿摩温"手持皮鞭的严厉监管，母亲硬是从一个农民转变成一名纺纱挡车工。纱厂有许多人像流水一样被淘汰，或因胆怯意志薄弱自暴自弃，而母亲却坚持了下来。她身上有股子韧劲儿，面对残酷不屈不挠，直至迎来中华人民共和国成立，她成了上海国棉二十一厂的工人。

母亲十八岁与父亲结婚。婚后她风里来雨里去坚持工作三班倒不动摇。倘若母亲缺乏这种坚强拼搏意志力，就不会有二十世纪五六十年代当工人的一份荣耀，以及三年特殊困难时期时，仅靠她一人工资就养活我们一大家子这样的丰功伟绩。

我常在想，一个人的意志品性，一是生活窘迫所逼，向死而生；二是在困难面前不低头不服输！久而久之就一定能过上阳光明媚的好日子。母亲就是我一生的榜样！我的信念铸造有相当一部分来自母亲的影响。

二 傍佼而行，符新潮不守旧

母亲虽然不识字，没读过书，但她最大的特点，是善于向同事中的佼佼者学习，从而改变自己的言行举止。一生不落大势也不守旧，成为家里的顶梁柱。

第二辑　故土情深

　　小时候我们曾与母亲拍过一张珍贵照片，那是二十世纪六十年代，在正规照相馆里拍摄的。照片中母亲怀抱着大妹坐中间，姐、我、弟绕母膝左右站立，每人身穿统一样式手工织编的绒线衫，时髦又新潮，人人神情端庄，母亲更像贵妇人，这张照片具有划时代意义。每当看见这张黑白相片，我就想起许多母亲勤劳善良、以身作则的点点滴滴……母亲的爱不仅给了儿女，还将失散已久不来往的公婆家亲戚全都聚拢。我常反思，如没有母亲的宽爱付出，我们不仅难以在柴家湾立稳，连亲戚朋友也不相往来！是母亲的博爱与睿智维系了家族的兴旺。

三　任劳任怨，慷慨助人不张扬

　　母亲一生做了很多好事，但她从不挂在嘴上说，不言功，不求谢，也不怨天尤人。母亲的这一优良品德"高山仰止"！连我这个当过兵、上过大学、见过世面的儿子都不及她。

　　二十世纪六十年代，农村苦，家里揭不开锅吃不饱饭，几乎家家如此。还好母亲在国营厂上班，有一份固定工资，所以我家比村里其他人家要好一些。村里那些大龄青年要结婚，穷得连像样的衣裤都没有，问我爸借，无可奈何下又问我妈借钱。有的人家有借有还，但我记忆中有两家，借了钱不还。记得小时候母亲牵着我的小手曾上门一次次讨要，借钱的人家推托不还，我们一次次无功而返。那悻悻然、凄惨惨、胆怯怯的场景至今印刻在我脑海里抹不去。改革开放后农村富起来了，家家不缺钱了，这家人的子女也一个个长大有出息了，却遗忘了当初穷得丁当响、借钱没还这档子事了。后来，母亲干脆就不提这事了，那时的二十元、三十元，放到现在也不值钱了，权当"义赠""义捐"了。

还有一件事，我爸是独子，我在《父亲》一文中有交代。却忘了说，我祖父母还领养了一个女儿，即我爸的妹妹，我的小姑。小姑长大了要成婚，刚开始听人挑唆，与嫂子闹不愉快。可真到了自己要出嫁时不得不求助于嫂子帮助。母亲不计前嫌，竭尽所能为小姑操办婚事，对小姑的几个孩子倾心关爱，姑嫂间几十年情同手足，胜过血缘关系。

母亲还不忘记照顾她大姐生养的五个儿子，可谓无微不至赤诚关怀！五子成家、建房、有困难时，哪一个我妈没出过力资助啊！可到头来母亲在养老院四年，这五子没一个来探望过她。我常为母亲抱不平！可母亲一点也没有流露出遗憾懊悔，依旧落落大方不纠小辈的错。付出不求回报乃是母亲高尚的情怀。这一点我们几个子女都没有很好继承她的优秀品德。偶尔我们言行举止有欠缺或有些不耐烦，母亲心知肚明不言不语常包容。她无私的爱一直在护佑我们，我们为她做的很不够！

四　胸襟博大，忍辱负重

母亲有病痛从不呻吟哼哼唧唧，任何时候她都表现得特别坚强。即使到了急喘气闷临别那一刻她也不给我们子女心理压力，无后事交代，无牵无挂，安详地告别人世。

母亲为人和善谦逊，常笑眯眯尊重所有人。若欺负这样的老实人，连同楼层的其他老人都会看不下去。一次早餐有人拿走了分给母亲的鸡蛋，隔壁老太气不过，立马抢回来给老妈。在福利院四年母亲得到众多护工善待，因而她的心情也比较舒畅，直到临走时身上都不生一点褥疮。主要是我母亲不挑剔、随遇而安、心境调节人缘好。其次是我们四子女探望频繁孝敬关照对护工是一种无形压力，故护理品质上不敢怠慢。

母亲像一盏油灯慢慢耗尽，走完了她九十三年人生苦旅。这符合新陈代谢的客观规律。人不能永生，但精神品德良善却不会泯灭，那是一个人用一生铸就的"财富"。传承这笔"财富"，乃是忆念母亲、告慰母爱最好的祭奠！愿天堂里的母亲仍一如既往保佑我们健康顺遂平安。

此刻，耳畔仿佛又响起母亲那温柔软语："侬来了"……啊，儿子因新冠肺炎被封控来不了呀！妈，等待疫情一过，我马上来看您！

我正急愁盼，何时解封？身不由己，心早已驰往墓地。

2022 年 4 月 3 日

我那随遇而安的外婆

外婆离世已近 40 年了。可是我的心里一直装着外婆那温柔的形象：小矮个儿，瓜子脸，说话和声细语，步履蹒跚而坚实。

外婆在我成长经历中留下几段不可磨灭的记忆，使我常念念不忘她播撒的爱和给予的真情。

我上小学一年级时常饿肚子。每次外婆来我家，就想着法子给我们弄好吃的，如糠饼、南瓜叶子做的饼，尽管难咽，却能填饱肚子。我记得，上一年级时都自己带盒饭，在学校蒸热，上午上完四节课后就能吃上热饭。有一天我的饭盒里有一块特香特好吃的咸肉，后来才知道是外婆偷偷给我加进去的。

外婆家离我家有二三里地，平时也不常来我家走动。原因是我祖父母与我妈经常争吵，外婆一来，妈妈就"告状"，弄得外婆很尴尬，不知说啥好。当然，多数时候，她还是责怪自己的女儿不懂事、倔脾气。

其实外婆心里是清楚的，她一共生了三个女儿，就老二——我妈能干挺得起来。外公走得早，外婆就靠大女儿、二女儿搭把力，拖着小女儿勉强维持生活。外婆靠日夜纺纱替人织布，维系四口之家的基本生活开销。

外婆每次来我家，是为了借我家织布机，织几匹布攒点小钱补贴家用。一来就住上十天半个月，最长住一个月。布织完了，她也就回去了——大女儿是住家女，她与大女儿一家长期生活在一起。

从小到大，我一直想不明白一个问题：为什么我们家有纺纱车、织布机以及好多农具（别人家没有的），如椿臼、渔叉、渔网、犁、刨等，自家人却不会使唤或根本不用。当展示品吗？究竟作甚？至今仍是一个谜。记忆中，祖母稍会一点纺纱，却不会织布。那么这些农具闲着也是闲着，只能借给他人使用。织布机除了外婆常来织布外，还借给"前行"曹家一老太用过。那椿臼一到过年全宅基人一户一户排着队都来使用。如今只要上了点年纪的人，一提起那会儿过年椿糯米，就自然而然想起我家那只脚踏椿臼——日夜不息的"砰砰"声，一片热闹的场景……

那个年代，虽然家家贫瘠，人却简单纯朴。据我知道，我家所有出借的农具都不收一点费用，只有曹老太自己不好意思，织完布硬塞几个钱给祖父母（曹老太也是替人织布收费的）。外婆织完布是不是给祖父母钱，我不知道，但她每次来都捎带些吃的穿的东西，这我知道。

我祖父母五十来岁就不干活儿了，闲居在家里，最多在房前屋后种点蔬菜，自给自足，安于穷困，不思改变。但有一点是高尚的，那就是不求人。自家配备各种农器具，要啥有啥。不求人——这家传基因也影响到我。但骨子里我更欣赏外婆的勤劳持家，默默奉献，以及一生不求回报的精神境界。

外婆对自己三个女儿及她的孙辈们倾注的爱，付出的心血，始终在我脑海里翻腾。

那年我十五岁，外婆第一次带我乘轮船去南通看望小姨，在姨夫家住了约半个月。这一次旅行，开阔了我的眼界，在我后来的经历中产生了深远的影响。敢闯"码头"，不畏艰难，志在四方，"天

一蓑烟雨

涯何处无芳草"的认知，就在那段日子里得到了启蒙。

小姨嫁给姨夫，本来是住家里的，可生性懦弱的小姨不愿意在家受大姐的霸凌，宁愿去南通姨夫家过自在且艰苦的生活。姨夫家在南通离平潮镇不远的乡下，两间低矮的毛坯房，生活设施简陋，用家徒四壁来形容一点也不为过。外婆放心不下小女儿，执意要我妈买票去看望她，并携我一同前往。到了小姨家，见小姨在做针线活儿。这时小姨的大儿子已两三岁，大女儿正在襁褓之中。没见到姨夫，或许那时姨夫工作已不在南通，小姨的生活完全由自己照料，抚儿育女的重担落在她一个人肩上。看见亲妈的那一刻，小姨哭了！不知道是喜极而泣，还是发泄委屈。总之母女俩相拥很久，分外激动。

外婆最懂小女儿心，失去外公的她已无能为力，对小女儿的庇护只能用慈爱和帮衬来实现。姨夫后来工作调动去四川渡口（后改为攀枝花）落户，小姨拖儿带女随丈夫远行，因而离她母亲及两个姐姐越来越远。小姨的命也真苦，生下两男两女后瘫痪，没几年就病逝了，她走时外婆还健在，可是母女相隔太遥远，不能相见，成为永久的遗憾。

我觉得，外婆是个随遇而安、心态极平稳的一个人。她力所能及地默默做事，不企盼回报与馈赠，甘之如饴、甘心如荠，是一个无私的好人。

当年我被大学录取，整理行装正准备离沪去报到，外婆颤颤巍巍偷偷塞给我 70 元钱——这是她一针一线日夜纺纱织布积攒下来的全部积蓄！我捧着这钱，热血沸腾，久久不能释怀。外婆这是把一颗心掏给了我啊！那时，我上学一个月的伙食费才 13.5 元，70 元让我三年寒暑假探亲的路费都不用发愁了。第一个暑假我就去了攀枝花，代表外婆和母亲去祭拜小姨。在小姨墓前鞠躬叩拜，圆了外婆和母亲的心愿。我在攀枝花住了近20天，姨夫和表弟、表妹们都对我很好，陪着我游玩了攀枝花不多的几处景点。这是个新型冶金钢铁城市，坐落在金沙江畔，建设者来自全国各地，整天天空都是灰蒙蒙的，不适合居住。姨夫家子女都不来上海探亲，表兄妹之间几乎不来往，最主要是来了也没地方住。大约20年前，小姨的小儿子来过上海一次，之后再无往来了（那时通信还没现在畅达，靠书信慢慢就失联了）。

　　自从外婆走了之后，大姨妈（舅家）一家独大了。更令我感到气愤的是，外婆大殓之后"五七"（葬礼）也不做了，我们几个外甥、外甥女连外婆葬在哪里都不知道。要说为这件事跟他们赌气闹情绪，想想也不值得，只好默然消受。也许，外婆在大姨妈一家人心里一直是无足轻重的老人。晚年外婆患痴呆症，视舅为仇人整天骂骂咧咧，他们一家人可能恨死她了——现在我回想起来，外婆压抑了几十年的心头之恨，日积月累临死发泄，可能是另一种解脱。可为什么自始至终外婆就只针对一个人怒骂痴讥呢？再怎么说大姨舅他们不该这样对待逝去的外婆。

　　今天想起外婆，我深感愧疚的是，自从她死后我想祭拜她却无迹可寻，这样人为制造的隔阂与痛苦，只怨"天生浮云如白衣，斯须改变如苍狗"——家风不正，"野草横生"。

　　外婆，我亲爱的外婆，请不要责怪我不去祭拜，我实在是不得已呀！希望你在天之灵宽恕我的无奈！我在梦里常想到你……念及你的养育之恩和那掏心窝的资助！写此文只为纪念您——我的外婆——赵四妹！愿您在天之灵安然佑后。

2020年1月19日

柴家湾

故土难离，是因留存记忆。

自柴家湾地块 2018 年动迁后，柴家湾村宅与地名已渐渐消失在人们的视线中，多数人情感已淡去，只有少数人心中还残留着记忆。

鲁迅说："所谓回忆者，虽说可以使人欢欣，有时也不免使人寂寞，使精神的思绪还牵着已逝的寂寞的时光，又有什么意味呢，而我又偏苦于不能全忘却。"

正因为"苦于不能全忘却"，所以寂寞常常唤醒我对柴家湾的记忆——生于斯、长于斯、乐于斯——柴家湾在我生命旅途里的印迹将永难抹去！拾遗，补记，呼唤历史，意在汲取有益养分，滋润后人奋进，不要忘了"我从哪里来，到哪里去"。

一 出生地

1953 年我生于柴家湾。而我家又为什么会扎根柴家湾？这其中的渊源，我在《父亲》一文中有阐述。

柴家湾，三面河水环绕，中间两池塘。村宅分前、中、后三行排列。前行三姓人家，依次为：范、沈、曹；中行两姓人家，分别为：李、沈；后行也两姓人家，分别为：陈、俞；除此，异姓人家都是"外插花"。

无疑，杨家、管家都属于外来户，与柴家湾不同族脉，没有很深的根基。

瞧，号称柴家湾，却没有一户姓柴，这属实很奇怪。那么这地名由何而来？我也不得而知。柴家湾最早有 31 户人家，其中有一个人姓柴，却是外来媳妇，她嫁到俞家，生一儿子姓俞。俞家那幢黑瓦白墙的二层楼房，远近闻名，二十世纪五六十年代的确是柴家湾的标志性建筑，如航标灯塔似的耸立，耀眼而显赫。我不知道姓柴的女子当初嫁到柴家湾做填房，是不是看中了这幢楼房？抑或不是。可是再也找不到第二个柴姓人氏。柴家湾就是这么特别，其地名在三尺地面上响彻回荡久远，却没有一个祖宗姓柴。而多姓氏的柴家湾极具包容性，可谓"海纳百川"，没有宗族戒规就没有"枷锁"禁锢和各种禁忌，对人的束缚就少，家与家、人与人之间没有清规戒律，从而能和谐相处。1949 年以前的柴家湾就只有一家地主，其余都是穷人。这里既没有残酷剥削、压榨迫害，也没有奋发向上、出人头地。柴家湾基本上都是不冒尖、不落差的中间层民众。民风淳朴，都靠双手养家糊口！偷鸡摸狗的极少，更没有花言哄骗、霸道强取之徒。

柴家湾经初级社、高级社、人民公社演变，由于土地分散，种植广、管理难，后来一分为二，拆成两个生产队——前行为二队，中后行为十队。队长分别由曹队长和陈队长担任。后面的叙述则以十队为主，二队为辅。

二 少年知愁

柴家湾究竟哪一年拆队的，我已记不太清了，从老辈人口中得

一蓑烟雨

知，二队富裕，十队贫穷。这是因为二队占尽天时、地利、人和的优势——有一条通长江的河流，有一条通市镇及远方的大路，并且由于唯一一户地主在前行，家底厚、仓库足。而十队穷，穷在没有出路——不仅人车出行要经过二队大路，水路船行也要经过前行这条"唐家浜"河道。并且没有现成仓库。

过去几百年，江南水乡致富靠水陆码头，如今穷乡僻壤要致富，还得先筑路架桥，通国道有高铁抢占先机。因而，天时地利人和，乃是做大、做强不可或缺的重要因素。

经验和智慧，是采撷前人的艰难困苦之因而悟得。

记得我小时候，常常看见爸妈在雨雪天推车回家，路上泥泞的土坯，塞满自行车两轮的挡泥板，前后都动弹不得，十分恼人伤神，却又无奈。所以我爸当蔬菜推销员那会儿，总是要我助推他上了唐家浜桥一队大马路后才行。

在很长一段时间里，柴家湾十队村民没有想到要改善出行的道路，仍沿袭老路墨守成规，埋头苦干。所以在这很长的一段时间里，社员的收入总是没有提高，分红不及柴家湾二队。直到"文革"后期学大寨，开大明沟，筑机耕路，才慢慢改变了旧模样。

历史是缓慢曲折地前进的。

过去柴家湾种植的田地坟堆如林，且都是祖宗，谁也动不得，要不是新中国倡导移风易俗，谁也转不过弯，迈不过这道坎。那时老人思想守旧，邻里之间房前屋后以种树、挖沟为界，或立石碑为界，超过一寸就大吵大闹，大动干戈，怒骂动手如"家常便饭"，撕裂了乡情民谊，哪能和气生财。陈队长为了方便出行，在中行和后行之间架设一座低矮水桥，可也行不通，私有观念严重阻碍了村宅发展。

后来改造良田，将所有坟堆都铲除平整，既扩大了粮食蔬菜的种植面积，又消除了人们心里被"鬼坟"说法缠绕的阴影，使人们的思想大大迈进了一步。

不仅是平整土地，每年冬季的河流疏通整治，让柴家湾的每条河清澈鱼跃，既预防瘟疫，有利人的身体健康，又可利用河泥作肥料，促进农作物生长。

那段时光，柴家湾条条河流清澈见底，一到夏天，白天里我们游泳、摸蚌、捕鱼、钓鳝；晚上萤火虫闪烁，蛙声四起，我们手持手电筒寻觅捉蛙，异常欢心舒畅！因为水净芦苇少，蛇虫百脚少，大人也放心让孩子们去狂野嬉闹！甚至夜里我们就睡露天打谷场。

三　成长懂事

还记得秋冬时节我们捕黄鼠狼的情景吗？

我仍清晰记得，有一年我、阿龙、阿弟、阿其拷浜（上海话，捉鱼的一种方式），捉了很多很多的鱼。

还记得我们一起挖地洞搞备战打仗吗？举刀，扛红缨枪，模仿电影《小兵张嘎》里的人物，神气活现，劲头十足……那些有趣的日子，深深印刻在我的脑海里。

捕到的黄鼠狼卖的钱我们平分，拷浜捞的鱼我们平分，挖洞的辛苦事我们轮流干，有兴趣大家参与，有成果大家分享，有目标大家坚持。

这种与大自然亲密接触的经历，我这个年纪的柴家湾人都不会忘，可后生们再也享受不到这种无忧无虑的时光了。

那时，听说哪里晚上放露天电影，同伴们不约而同，跑再远的路也会去观看。尽管翻来覆去就那几部电影，仍兴致盎然、不厌其烦。那份天真单纯，被时代的年轮碾压后已经支离破碎，可回味起来仍无限美好。

我们逐渐长大懂事，慢慢分辨出真善美与假恶丑。

比我们年长七八岁的柴家湾小伙子和姑娘们，一个个到了谈婚论嫁的年纪。一拨又一拨的媒人给姑娘小伙儿们说媒引荐，热闹非凡。

最引人注目的是后行阿富家，房屋宽敞，家底厚实，阿富又是独生子，故引来凤凰栖枝，喜鹊吱吱叫。我亲见柴阿婆给他介绍一姑娘，身材俊俏，眉清目秀，楚楚动人。就因为姑娘来相亲时穿了一双时髦的搭扣白底黑面方口鞋，这家便猜测这姑娘不会做鞋，因而一口回绝。后来一阿婆给阿富介绍了另一姑娘，他又嫌人家身材胖。这位"胖"姑娘后来被介绍给前行阿贫，他俩倒是情投意合，很快就成亲结婚，生儿育女。后行这位家境好的阿富，自视甚高，挑来挑去挑花了眼，正应了一句老话"拣来拣去拣着头子瞎眼"。可就像那句老话说的，"富，富不过三代；穷，也穷不过三代"。果不其然，三十年后再看阿富和阿贫两家的现实状况，可以说是"翻了个"，贫富差距在第二代就显露出来。柴家湾这个活生生的事例，证明了"不听老人言，吃亏在眼前"。许多眼高手低、狂妄自大的姑娘小伙儿，因缺乏自知之明，盲目陷入爱恋，则容易步入糟糕的婚姻，且越陷越深，不能自拔。

人的一生毁于不幸婚姻的不在少数。

我曾经参加过阿根嫂的婚礼，若干年后又参加了她的葬礼。

阿根嫂从小便失去父母，与兄嫂一起生活，龃龉争吵不断，日子过得窘迫又艰难。后来经媒人介绍，二十岁就嫁给柴家湾一个比自己大11岁的男人。结婚那天又是一场大吵，兄嫂把她的嫁妆扔出门外。我们当时用拖车去接嫁妆，正好撞上了这难堪的场面。于是在这大喜之日，阿根嫂从此断了娘家路。

阿根嫂后来生了一对儿女，可是丈夫却生病早亡。她一人支撑一个家，勤劳顽强，含辛茹苦，坚持到把儿女的婚嫁办完。有了第三代，还力所能及地帮带。谁知那外地媳妇性格强势，不准阿根嫂住正屋，只让她睡楼梯偏间，直至凄惨亡故。阿根嫂可以说是现实版的祥林嫂，想想都齿寒！

柴家湾虽然民风淳朴，但不太厚道，喜欢嚼舌根，缺乏感恩心，互帮互助热心肠者少，两肋插刀、携手共进者则更少。

四　故人故事

我十八岁参军读书，离开了柴家湾，村里事知之甚少。但"老先生"在我脑海里残存的片段仍较为清晰。

老先生是十队会计，那算盘打得噼啪响。在计算机时代到来之前，靠一把算盘把十队产购销成本、队员的工分折算成每元、每角、每分，除了老先生，柴家湾恐怕很难找出第二人。可见，"老先生"的名号不是虚的。但老先生喜欢自夸、自吹也是真的。他觉得自己的"神秘功夫"好像无人匹敌，却忘了"山外有山，楼外有楼"的古训。

老先生家境好，念过书，是柴家湾的"孔乙己"。他喜欢喝酒，喝多了话更多，无边无际地海吹神侃，还振振有词，不容他人怀疑。也会有人相信，比如阿其，跟着他一起喝，白天黑夜酒瓶不离口。

最后老先生"喝死"成酒仙,年龄没多大,就早早离开了人世。如今,想起老先生,"咦……呐……"的声腔不绝于耳,手舞足蹈的样子仍在我眼前飘荡……人生是一本书,厚重与否,价值几何,全在书里,品读之后方知甘涩。

关于柴家湾十队,我想起另一个人,涛哥。人曰:"万宝全书"。确实,涛哥的知识量在柴家湾同龄人中数一数二,谁能说得过他?谁又让他信服呢?除了"老爷叔",怕是没有敢说自己在他之上。能说会道,不是缺点。关键在于不能信口开河、强词夺理,要有依据,以理服人。

我与涛哥、阿富一起摇过橹,水运垃圾,还一起开河、捻泥、积肥……总听涛哥滔滔不绝,谈"山海经"趣味无穷,开口立章煞有介事。

涛哥的许多观点使我受益匪浅。譬如他说"石头经过雕刻变成玉",乃至理名言;他也曾说过"小学基础难乞大学春梦",成为激励我学习进取的原动力。可是毕竟柴家湾的舞台太小,无人竞技,他成了独鸣的井底之蛙。"横看成岭侧成峰",不必争执,多费口舌。有时间还是多看看书,活到老学到老,与时俱进,才不会被时代淘汰。你说对吗?涛哥。

再说说阿其,精明,嘴甜,还能屈能伸,不达目的誓不罢休。这算是他的优点。缺点是做事没有恒心,爱耍小聪明。很多机遇来了,却终因他的这种性格稍纵即逝。因此他难成大气候,一生碌碌无为,常借酒消愁,一醉方休,最后与他同族娘舅一道成了酒仙挚友,结伴去了另一个"酒场"豪赌酒量。

喝酒不能逞能,更不能赌酒,喝坏了身体,不仅自己遭殃,还连累家里人。使性与天性，若不改造汲取益弊，还会殃及下一代。

柴家湾，还有阿三，鸭郎等，我都有过接触。

阿三写得一手好字，刚劲、洒脱、飘逸，我去当兵之前就领教过。所以，我刻意学他，并默默赶超。阿三的捕鱼技术堪称一流，在柴家湾数第一，没人能超过他。我还听说，阿三的牌技也了得，输少赢多，"香烟照牌头"。

阿三这个人，平时冷冰冰的，不苟言笑，其实他"独幅"个性强，了解他的相处无碍，不了解他的人则会觉得难以接近。

还有阿秋，我真不知道该怎样描述他……聪明、老实、呆板？憨厚、笨拙、戆态？照理，阿秋的学历不低，可岁月烙在他身上的色彩无以复加，实在难以剖析。

柴家湾，还有许多从"峥嵘岁月"走过来的人，那些细枝末节的事就不一一叙述了。

五 静默反思

小时候，我常一个人在西桥头席地而坐，一边沉思，一边凝望着波光粼粼的水面，河边花草茂盛，河里鱼儿嬉戏追逐，一派生机勃勃的景象。那时的我天真烂漫、遐想联翩——子非鱼，安知乐！鱼非我，焉知命……

小时候，我经常与阿弟（阿生余）一起玩耍，做噼啪子枪，开枪互射，结果弄得全身都是紫酱色。我们自己做陀螺，也做棱角。用鞭子抽，互相比拼，看谁转得久。调皮捣蛋的阿弟，后来干脆做又大又笨重的棱角，来劈开我那流线型的小棱角，这哪禁得起他劈啊，只要被他劈中一两次，我那棱角就开裂了。

精美细巧在粗鲁强壮面前不堪一击。

于是，我们又玩玻璃弹子。阿弟的弹子打得既准又狠，我又输了。我们还爬树采桑叶喂蚕宝宝。别看阿弟腿脚不好，爬起树来一溜快，桑叶采得多，蚕宝宝也养得好……总之，阿弟不服输的那股蛮劲从小就养成了。我确实不如他，也佩服他。

太阳落山，已然黄昏，阿弟回家吃晚饭了，而我仍一人独坐静思。心宁则生智，我默想着长大后该做什么，怎样才能不输给阿弟。此时的阿弟成了鞭策、激励我的"一条鞭子"，就像使劲抽打陀螺，使其永不停息的那条鞭子。

阿弟从小虎头虎脑，性子极倔，做什么事都要争第一，我在《阿弟李荣华》一文中已有阐述。

怎样让他服我一次呢？在我十七岁那年，终于赐予了我这个机会。

1970年，刚过完春节，我接受了陈队长派遣的任务。每个生产队需要派一人去虹桥机场灭钉螺。一个大队组成一个班，全公社组成一个连。每天同吃、同住、同劳动，干的活儿是搬石头、铲草、灭螺。整整一个月下来，同一个大队10人朝夕相处，处久了互相之间便熟悉了，谁干活儿卖力谁偷懒大家都心知肚明。临结束，按上级要求评选"五好战士"，我们班评出5位，除班长李仁余、副班长施建中，我也名列其中。说明我一个月的表现得到了大家的认可。回来后消息传开，因我为十队争了光，大队团支部马上吸收我入团，我成了共青团员，第一次走在了阿弟前面。年底，我体检合格，顺利参军，又成了一名光荣的解放军战士。阿弟急起直追，无奈他有那条瘸腿。再后来，他就永远赶不上我前进的步伐了。

冥思苦想渐渐成了我一种习惯。以人为榜样，汲取经验，分辨利害，是我的思考方式。

在部队这所"大熔炉"里，我接受到的教育比在柴家湾时更多。我的学习心得常常得到指导员的当众表扬。当年，排里来了一个下基层锻炼的大学生，引起了我注意。他一脸络腮胡，年龄看上去比排长还大，没有职务，却和排长一样穿四个兜的干部服。除了与大家一起出操下坑道作业外，他平时喜欢看书，并且愿意辅导有学习需求的战士，因此也十分受人尊重。这为我复员后想补知识继续上学做了长长的铺垫。从此，我拒绝谈情说爱，一门心思要考上大学。拿"龟兔赛跑"来类比，我愿意扮演那只"龟"，只要坚持不懈地攀爬，耐心、拼搏、坚持，相信一定会到达胜利的终点。

柴家湾有一茬又一茬的优秀青年，有担任过大队长、副大队长的，有做过团支部书记的，也有好几个做过生产队队长的，最终都一个个"败"下阵来。究竟是什么原因，使他们不能持续向上走，或者保持清醒的头脑再出发？是性格使然，还是其他原因？我认为，究其根源还是文化局限。

目前看来，一个人打拼一生，拼到最后拼的就是文化，或者说是个人的技能。倘若文化底蕴不足，等到年龄大了，仍然会遇到很多瓶颈。不光理解力差，跟不上日新月异的时代发展，而且还会落后于你的晚辈，到那时谁还会听你"讲过去的事情"？不嘲笑你，已经算不错了。

今天回顾柴家湾历史，我相信很多人不以为意。事实上，鉴史才能知新。行千里，始于足下，不忘初心，才能走得更远。

愿我的这片眷眷之心，能被柴家湾人，特别是后生理解，我也就宽心、知足了。

故土终将换新装，思念永驻人心间。

别离依稀残梦在，立足潮头观世界。

别了，生我养我的这块热土！

别了，柴家湾。

2020 年 9 月 15 日

▎ 怀念庆叔

　　庆叔是我的长辈，可他与我家非亲亦非故，只是由于我们同住一村，按家乡习俗，凡比我父亲年龄小的都喊叔；比我父亲年龄大的人统称伯。这样，我喊叔叔、伯伯的人就有很多。为了区别对待，通常在叔字或伯字前面加其名。

　　庆叔的大名叫陈永庆，与陈永贵、陈永康仅一字之差。后两位是二十世纪六七十年代著名的全国劳动模范，庆叔虽没有像陈永贵、陈永康两位那样显赫，只担任过我们那个生产队的队长，可他在我心中一点也不比那些劳模差，他是我所有叔伯辈当中令我最尊敬的一位。应了古人那句话，"能人早仙逝"，庆叔走得很早，他平时一直很健康，体格比一般人看起来要强健得多，谁也没有想到，他一躺下便再也起不来了。他走得如此匆忙，令我猝不及防，因而连最后一面都没见着。因此这么多年，一直有一种愧疚感压在我的心头，使我久久不能释怀。

　　我曾于二十世纪九十年代初，也就是庆叔去世不久，试着用我的秃笔写过一篇感情浓烈的散文诗，题目叫《庆叔，你为什么走得如此匆忙》。如今还依稀记得其中两句："夜幕渐渐降临，农家的炊烟袅袅升起；水牛在田埂上嚼草，主人却不知去了哪儿？"也许是感情太浓又笔力不济，既不能把握住庆叔的思想脉搏，又与时代不合拍，结果一直发不出去，现在也不知丢在哪儿了。今天我之所以再一次提起笔，一方面是对庆叔由衷的怀念（不倾诉，我的感情无法释放）；另一方面是对当今的人、物、事有许多的感触。一份怀念，一份感触，这些文字寄托着我的全部情感。

一个时代有一个时代的英雄，它是受那个时代的价值观所限制，不能说过去的英雄没有意义，今天的就一定有意义。时代的变迁只能说价值过时，却不能说价值没有意义。套用今天股市里的一句行话，那就是"升值"与"贬值"的问题，"套牢"与"解套"的问题。至于"值"的意义是不变的，"值"的大小主要看"意义"的大小。有的人"套牢"之后觉得没有意义了便马上"割肉"（释放价值）；有的人则不然，"套牢"之后仍觉得有意义，"按兵不动"，自始至终，于是等"牛市"一来又"升值"了。所以我说"升值"与"贬值"关键是看"意义"。有意义，"贬值"的总有一天会升值；没有意义，"升值"的终究有一天会贬值。人、物、事均是这个理。

今天我怀念庆叔，就势必怀念他的过去，他的过去在今人眼里肯定已是过时的东西，可我不这么看，他的价值依然存在，我就是想挖掘出庆叔身上特有的意义，供后人鉴赏。

应该为庆叔大书一笔的功绩，当数平整土地。土地原先属于私有，中华人民共和国成立后，经土改、合作化、人民公社化之后土地收归国有。我们村二十多户人家，共有土地二百亩。一开始因为都是各家各户集散而成的，所以坑坑洼洼、凹凸不平，这给大面积种植带来诸多不便。譬如种植水稻，少不了灌溉，而在那高低不平的一块块土地上栽植水稻，灌溉时就会出现这样的情景：高处不着水，低处水遭殃。这可能会直接影响整个生产队的亩产指标及社员的口粮。庆叔就带领全村男女老少开始有规划地平整土地。使用的工具也就是一把铁锈、一对粪箕、一根扁担。靠的就是人多力量大和庆叔的领导力。

历经几个冬季，村里所有的土地被平整完毕。同时还开出了大明沟、机耕路，为后来实现现代化耕种打下了基础。当年我初中毕业后回乡务农，亲身参加过挑土、挖沟、筑路等一系列农活儿，也感受过那种年代的特殊气氛。那场景至今仍然历历在目。这是一项了不起的工程：通过平整土地，不仅提高了亩产量，而且还增加了土地的使用面积——由原来的 200 亩变为 208 亩。

庆叔那一辈人一般家里都有三个、四个甚至五个小孩，唯独他只生二胎。而且在儿子患脑膜炎去世，只剩一个女儿的情况下，他仍坚持不再生儿了。他把全部的精力都投入到生产队的工作——大伙儿的事业。他总是第一个出工，最后一个收工。晴天一身汗，雨天一身泥。长年累月，他总是肩扛一把铁锹矗立在田头。那身影在我的眼里是那样高大巍峨，不能忘怀。一个人是让人尊敬还是唾弃，主要看他的人格有没有力量，是为己还是为民。过去说的"轻如鸿毛""重如泰山"，大概就是这个意思。所以我认为，庆叔虽早已离我们而去，但他"重如泰山"的人格将永存于善良正直的人的心间！

在我印象里，庆叔是个原则性很强的人，凡事以身作则，且调查研究在先。他顾全大局；吃亏不占便宜；办事公平、光明正大。这是我一生崇敬和怀念他的理由。

对庆叔，我始终觉得有些惭愧。这些年来一直压在我的心头，正好借这个机会请求庆叔谅解。

当年，庆叔作为县里的农业科技专家，被派往陕西省勉县工作过一段时间，在那里主要是推广江南的水稻种植法，受到了当地科技干部和老农的欢迎，并与他们结下了深厚的友谊。后来我要到汉中去上学，庆叔便托我抽时间代表他去看看这些老朋友，并给了我具体的地址和拜访人的姓名。我当时很爽快地答应了他，可迟迟没有兑现。虽说汉中与勉县相邻，也就一百多里路，可不知怎么的，就是抽不出空去跑一趟（现在想想仍觉得不可思议！学业紧张也不是理由啊），结果三年半一晃而过，最终也没有完成庆叔交代的任务，故遗憾至今，悔恨交加。后来，我几乎无脸见庆叔了，情何以堪！深感难为情，也因此错过了见庆叔最后一面的机会。

回沪后，由于我的工作单位在市区，因此不常回家。再后来，自己成家以后更就不常回村了。慢慢地，我们疏远了。这疏远的原因，一是我们是两代人，有代沟，二是在市区工作，观念慢慢发生了改变，尤其是娶了城镇老婆后，已不习惯回乡下唠家常。庆叔生病住院，我当时隐约知道，还没等到我抽空去看他，病魔就夺走了他。也因此，我对庆叔的遗憾很多，悔恨更多。

明年在庆叔去世十年的祭日，我想把这篇寄托着我对他无限哀思与忏悔的文字烧给他，请他宽恕一个不懂事的小辈，一个觉悟太晚、不懂孝道的晚辈。

安息吧，庆叔！一位操劳了一生的老农！一位备受尊敬的好人。

2000 年 8 月 24 日

第二辑　故土情深

阿弟李荣华

封存的记忆犹如平静的湖水，投一块石子，就泛起阵阵涟漪。

我在一篇文章中写道："一段刻骨铭心的经历，尽管不被认可，却不能遗忘——那就是十四岁到十七岁这三年的回乡务农经历。"记忆的闸门一打开，一个人映入眼帘，再也挥之不去，这个人就是阿弟。

阿弟，大名叫李荣华，1952 年出生，四方脸，肥头大耳，一米七二的个儿头，体魄强健，若不瘸腿一定是个彪汉。

据说，阿弟小时候患小儿麻痹症（戏说，小时候由于顽皮往棺材板里撒尿），落下了瘸腿的毛病。反正从我记事起就知道他"坏脚"，这不影响我们之间的伙伴关系，而且还是真诚的"赤膊兄弟"。

阿弟，从小就争强好胜，性格直爽，有一种不服输的犟劲。无论是儿时玩游戏，还是后来参加农业劳动，他总喜欢"强出头"。的确，庄稼地里什么农活儿都不在他的话下，譬如除草割麦、插秧割稻、挑担积肥、摇橹捻泥等，他都无师自通或一学就会，尽管粗糙却是快手。这就苦了我们这些与他同龄的人，有一种被"逼上梁山"的窘态。譬如插秧，他一下水田插秧速度就极快，常常遥遥领先，人家哼哧哼哧刚插半行，他已经完成了一行。别人会说"手脚齐全的还不如坏脚的"，这种话实在是一种刺耳的嘲讽，逼得我们迎头追赶，做任何事都不想落后于阿弟。

现在想想，阿弟对我来说是一种激励，一个榜样。那时年轻，4点半开早工，总想懒床或误工。可一听我爸说阿弟已经出工了，就很不情愿赶紧起床，扛上农具出工。遇到"双抢""三抢"，除了出早工还要开夜工，夜工至少到晚上10点才收工。那个时代实行大寨式评工计分，记得第一年我们才评到5分，以后两年也就6分、8分的样子，所以不出一天工损失也没多少，可那时的人纯粹、纯朴，你追我赶的劲头十足，生怕别人说谁谁懒没出息。

要说干农活儿，阿弟样样都棒，这不容置疑。但是干运输活儿，阿弟照理应该逊色于我们常人吧，毕竟腿瘸不便，可是结果却让我们意想不到。当时，队长为了照顾我们，分派四人用拖车去镇上拉饲料、种子、化肥等。一开始我们谁都不愿与阿弟搭伴，怕他走路一瘸一拐，七八百斤重的货拉不动。想不到他那股劲上来后丝毫不影响装卸进程与拖车速度。

那个时代，每晚生产队要组织人往城里各个菜场送菜，运输工具是自行车带拖车，拖车上装满各种时令菜，约一千斤重，就靠人力脚踏车运送（那时还没有手扶拖拉机）。这样的重活儿一般常人都觉得很困难，因为上坡时需要人下车拖着一步步前行，累得满头大汗、气喘吁吁不说，若遇上刮风、下雨、大热大冷天，就更加艰难了。这种靠拼力量的活儿，阿弟那"坏脚"能胜任吗？可最后还是拗不过他那倔劲，他要干，就只能让他干。刚开始他常常被"车队"甩在后面，有时人家已到达目的地卸菜、歇脚、擦完汗，阿弟才姗姗来迟，大家相互帮卸货，然后再踩着空车一路欢声笑语地回家。其他人回到家里洗洗躺下就睡，酣然入梦，而阿弟会因为浑身肌肉酸痛而难以入眠，时常午夜一个人号啕大哭。哭声惊动他的父母，父母总会劝他不要再干这么重的活儿了，可是第二天他又像没事一样继续出工。他从不在外人面前表现出怯懦，这就是阿弟的个性。他仅仅是为了那么一点点的车贴补助吗？不见得，是那股不服输的韧劲，使他不愿轻易放弃。

1970 年年底，我去当了兵，而且当的是海军工程兵。也许是当时与阿弟一起起早贪黑的劳动锻炼了我，所以后来我怎么也不觉得工程兵艰苦。四年军旅，学"愚公移山"，挖山、运石、筑坑道，外加军事训练，又一次锻炼了我，让我眼界宽阔、体格健壮。再后来，求学、工作、立业成家，慢慢就与阿弟分离了。

听说他后来当过种子场场长，干过村办厂。这次听老俞说，阿弟曾经在他手下干过。老俞评价他忠厚、老实、勤劳、本分，尤其是做事认真，且不管分内分外的事，都踏踏实实，不用领导操心。

阿弟有句口头禅："小赤棺材！"这是他对做不好事情的人的一种习惯性呵斥。尽管有点论辈分、摆老亏的嫌疑，但被训斥者还是服他。阿弟只是小学毕业，基本上不算有文化，论干活儿他是行家，样样不在话下，可说话却不很文雅，常常爆粗口，也不怎么识字，近似大老粗，是个典型的农民。农民现在富裕了，尤其是城郊接合部的农民，靠出租房屋手中是有钱了，但勤俭节约的本性不变，吃的、穿的、住的仍然贫民化，好像天生不会奢侈，好日子也不知道怎么过。

离开了集体的阿弟有些孤独，因为再没有人再愿意听他吆五喝六地显摆，也没有人以他为榜样了。属于阿弟的时代过去了，一切已翻篇了，他的存在与不存在无人关注了。但我和老俞仍心意相通，没忘记阿弟。

前一阵子听说阿弟的瘸腿痛得不能走路了，而且闭门谢医，独自忍受病痛折磨。他说:"我这老毛病没地方看得好了。"一副听天由命的样子着实辛酸!老俞对我说:"倘若哪天阿弟真病得不轻,你要告诉我哦,我一定去看望他。"

人活一世,有人念叨惦记,说明你的为人处世尚被认可,尽管时代变了,真情还在,也算不枉此生了——阿弟!

2017 年 7 月 27 日初稿

8 月 5 日改定

第二辑　故土情深

┃捕虾心录

　　自从回到老宅居住，平日里除了上班下班、吃饭睡觉，就是看书写字，三个月几乎足不出户，像个"隐士"一般。远离喧嚣，少了一些浮躁，觅得一份宁静。

　　今天又是星期天，上午我一口气挥就了《倾斜》的初稿。当奔涌的情感宣泄完后，我觉得浑身轻松。精神和体能都需要作一些调剂和补充，于是我产生了去户外走走、呼吸一下新鲜空气的念头，便与隔壁邻居明华相约下午一同去捕虾。

　　当太阳偏西，阳光斜射，时钟指针越过 3 点，我俩带上自制的捕网、赶棒，背着虾笼，头戴草帽，脚穿长筒雨靴，有说有笑向村西头进发。经过一片开阔的庄稼地，田里的时令蔬菜尽收眼底，有黄瓜、茄子、西红柿、刀豆、豇豆、鸡毛菜……几乎是每一陇地种植同一品名的时令菜，所以看起来参差不齐。自从土地实行承包制以后，再也见不到过去那种大面积种植同一种蔬菜的场景了。人民公社那会儿，几亩甚至几十亩地连成一片，种植同一种农作物（如油菜花、蒲公英等），站在田头一望无际。几十人在田间一起劳作，你追我赶，说说笑笑，叫人神清气爽。电影《我们村里的年青人》中有许多镜头就是那个时代的场景。

　　如今已一去不复返啰！映入眼帘的只有零零落落的几个人在田

一袭烟雨

间耕作，而且都是上了岁数的佝偻的老农民，年轻人连影子也找不着。唉！离开这片热土整整 20 个年头，一切都发生了变化。物是人非，满目萧条，连原来熟悉的田间地头也变得如此陌生。

"那条'中国浜'呢？"我问身旁的明华。

"早填埋了，连原先它的方位也很难再辨认出来了！"明华对我说。

哦，"中国浜"！一提起它，20 年前的一幕幕往事很自然地在脑海中闪现——

"中国浜"位于我们村的西北角，河面约 10 米宽，河水清清，波光粼粼，澄澈如镜。两岸树木葱茏，芦苇茂密，风吹过就会发出沙沙的声响。

那时候在农村，因受到上级领导重视，社员们自觉保护水资源。冬天，农民把河水抽干，挖去污泥和碎砖瓦片（污泥用作农田肥料，碎砖瓦片可垫路基）；春天，两岸杨柳依依，河里鱼虾成群，并不像有人说的"水至清则无鱼"；夏日的傍晚，我们打着手电筒去找青蛙，捉黄鳝。第二天，鲜嫩的蛙肉、鳝丝就会作为美味佳肴端上饭桌。

"中国浜"还是村里小伙子们夏天游泳的好去处。虽说村周围有好几条河浜，可都比不上"中国浜"幽静，水质好。大伏天的当午，烈日炎炎，我们浸泡在冰凉的河水里，嬉闹玩耍，随心所欲，累了就爬上岸去，在树荫的庇护下小憩一会儿，舒服极了。

记得有一年夏季，天特别闷热，火辣辣的阳光灼伤大地，赤脚走在田埂的小路上，简直烫得脚底板不能着地，只能踮起脚尖慢慢地走。似火炉、蒸笼，直烤得人汗流浃背，喘不过气来。中午，男生们不约而同来到"中国浜"消暑，说是游泳，其实只能算蹚水，村里人叫"汰冷水浴"，就是浸湿身子泡泡澡而已。村里人大多没有受过正规的游泳训练,无师自通的都是"狗爬式",下水后身体不沉下去已算是会"游泳"了。

正当大伙儿"扑咚""扑咚"游得尽兴时,岸上不知从哪里飘来一位"仙女";"仙女"从天而降,瞬间凝固了"中国浜"上空的热闹气氛,大家顿时鸦雀无声,一个个瞪大了眼睛注视着这位"天外来客"。只见她将上衣脱去,露出红色紧身泳装,头发盘于脑后,刘海儿干净利落。她一个鱼跃从高堤钻入水中,这动作像鲸鱼腾空,又像蜻蜓点水,优美极了。她从水底慢慢浮上水面,展开双臂蛙泳、蝶泳、仰泳——每个动作标准到位,姿态也优雅,犹如一条"美人鱼",使得在场的每个人都凝神屏息、暗自感叹。这个美好的画面从此定格在我的脑海里。今天身临"中国浜"原址,那幻影又飘然而至,恐怕再过 20 年、30 年也不会从我脑海中退去。

"美人鱼"就是前两年响应"知识青年上山下乡,接受贫下中农再教育"从城市来柴家湾插队落户的知青。她的名字叫傅敏,平时戴一副近视眼镜,看着很斯文。那天以后,村里的小伙子个个有意无意地接近她,可是却没有一个人成为她的"白马王子"。村民们嘲笑那些异想天开的人是"癞蛤蟆想吃天鹅肉"。果然,没两年,美丽的"天鹅"就飞走了——离开了我们这个小村庄,重新飞回大城市里去了。

如今在故乡的"版图"上再也找不到"中国浜"三个字了,连原址也模糊不清了。建筑垃圾填埋了农村河浜,相信已经没有几个人还能再想起它,回味它的魅力了。

正当我沉浸在"中国浜"往事的酸楚情怀中,明华与我已经走到了大路的尽头,横在我俩面前的是一条南北通江的河流。

"这是条什么河?"我问明华。因为在我过去的记忆中没有这样一条河。明华告诉我，它叫华莘港，是 10 年前人工新挖出来的。

我不知道 10 年前开挖这条河的用途是什么。在农业机械化程度日益提高的情况下，靠船运的货物越来越少，效率也越来越低。当初规划设计时，南起莘庄镇，北至华漕镇，可是仅仅只挖到我们村西头往北约 500 米就停止了，再往北就不通了。也许刚开挖的几年里河水是清澈的，然而由于是"断头浜"（没有活水），几年下来就变得浑浊不堪了。只见水面上漂浮着垃圾和水葫芦，两岸杂草丛生，使人的两只脚无法踩在结实的河基上。如果不是穿高帮雨鞋，一不小心就会滑入河道中央。这地方通常又是蛇、虫、蝎蛰伏之地，一想起这些，立刻毛骨悚然起来。已经在城市水泥地、柏油马路上走习惯的我，对眼前的环境顿生厌恶感，升腾起畏缩的情绪，甚至产生了打道回府的想法。

"这河里有龙虾吗？"我的语气中明显带着退却的意味。

"有的，去年这个时候我经常到这里来捕捉。"明华边说边卸下肩上的捕网，将它放至河里，然而用赶棒从岸边向张网方向慢慢推进，当赶棒逼近网前时，明华迅速高高扬起捕网。"嘿！真的有龙虾！"我乐不可支地叫起来。第一网大约收获了七八只龙虾，明华把它们一一捉到虾篓里。我一看立马激起了兴趣，于是抓过明华手中的捕网，学着明华的姿态忙活了起来。开始我以为把网放在离岸远一些、河水稍清澈的地方能捕得多，其实不然。明华对我说："龙虾一般都待在岸边有水草的地方，而且水越脏、越臭，生长越快，要想捕大的就应该找这样的地方。"我说："记得小时候捕的都是清水虾，现在怎么就捕不到这种虾了呢？况且，清水虾现在的市场价为 20 元 / 斤，而龙虾虽大却卖不上价，仅售 3-4 元 / 斤。为啥河里不去养清水虾，而要养龙虾呢？"我越发像个外乡人，傻里傻气地唠叨个没完。好在明华很耐心，始终认真回答我的提问。他说："现在还有啥人在搞养殖业，你看这里的河水有哪条是干净的？清水虾的虾苗只要一放进这样的水中就会立刻死掉。这种龙虾是自己生长出来的，也许还是清水虾变种的呢，反正从来没有人养殖过。说来也蛮奇怪的，没有人养殖，年年有人捕捞，却年年捕捞不完。"这真让人有点匪夷所思。后来我仔细想想也就想明白了，这叫"一方水土养一方人"，不同的水源下生长不同种类的鱼虾，都说"环境造就人"，同样的道理，环境也造就不同的植物和生物，这就是大自然的"造化"！始终生生不息，适者生存嘛。

　　不一会儿工夫，我同明华已足足捕了三四斤龙虾，再继续捕下去，虾笱就放不下了，于是我俩决定收网回家。回来的路上，那沉甸甸的背笱里不断有龙虾爬出，都被我们一一逮住，重新塞进笱筐。到家后明华把笱筐里的龙虾倒在一个大的塑料浴盆里，分出一半给我。回到家里我用井水将龙虾冲洗了几遍，然后放进锅里，撒上少许盐，盖上锅盖、点上火。10 分钟后，一大盆红彤彤的龙虾端上饭桌，家人个个食欲大增。这一餐我吃得有滋有味，毕竟是通过自己双手捕来的龙虾，与市场里花钱买来的还是有很大区别的。

1996 年 6 月 6 日旧文

2008 年 10 月 29 日修改

忆表哥

　　表哥离开这个喧闹的世界已经整整 10 个年头了。倘若表哥仍活着，到现在也不过年庚五十五岁，还未到国家法定的退休年龄。表哥离世实在太早，不仅抛下孤女寡妻，也使我失去了一个相知的伙伴。10 年来我总是时不时忆起表哥的音容笑貌，特别在寂寞时，尤其想找表哥聊聊，排解心中的苦闷。

　　表哥只比我大一岁，他是我外婆亲姐姐的孙子，我俩虽说是二表亲，却由于两家住地离得不远，如同亲兄弟。小时候我们来往并不密切，长大后，尤其在我参军后，我俩的交往就越来越多，情同手足般亲密，一直到表哥去世为止。

　　1970 年 12 月，我应征入伍驻地青岛，当的是海军工程兵。走的时候，送行的人群中就有表哥。我走了没多久，1971 年 4 月，表哥也入伍了。他当的是消防兵，而且就在市区。从此我们便书信不断，谈各自部队的生活训练情况，交代各自的进步，互相勉励，互相帮助。我们无话不谈，遇到问题和困难就互相在信中点拨，多数情况下表哥都全身心地帮助我解决难题。表亲加挚友结成的这份友谊，纯洁、厚重，弥足珍贵。

　　1974 年 6 月，我服役期满三年，可以享受探亲假。回沪时表哥亲赴公平路码头接我下船，并直接将我送到家。然后，表哥回到队里也向领导申请了探亲假，就为了专门陪我游玩度假。我俩一同去公园照相，一同去访亲探友，一同去逛商店。他一身绿军装，我时而穿灰色军装，时而穿蓝白海军服，我俩肩并肩、手拉着手，多么帅气、多么自豪！自然而然引来不少姑娘小伙们羡慕的目光。

　　一个月的假期真是太短太短了，一眨眼工夫就过去了。归队时，又是表哥送我到火车站，直到火车启动的那一刻，我们才依依不舍地握手告别。两天之后，表哥也归队了。

　　又过了一年，我们双双退役。这次回来，我们的军装上都摘去了领章和帽徽，显然没有前一次那样神采奕奕。我有几分黯然神伤，所以基本上不出家门。其实只要想想，部队是"铁打的营盘流水的兵"，不提干总是要复员的，何必徒增自卑与烦恼呢。好在我俩经过各自的努力，都在部队入了党，回到地方还存有一份荣耀。不久表哥被大队党支部推荐担任团支部书记，我则待在生产队劳作，埋头苦干。

　　表哥性格温和，遇事总是不急不躁不恼，温文尔雅，的确是块当干部的料。不像我情绪波动很大，又是个急性子，常常感情用事，有点不高兴就挂在脸上。表哥的人缘不知要比我好上几倍，所以升迁也是情理之中的事，况且我俩同处一个大队，表哥当干部对我也是一种照应。那段时日，我除了必须参加的党员会议，几乎很少应酬其他的社会活动，连人家给我做媒也不愿去见，总是默默地参加队里的各项劳动。这绝不全是自卑心理在作祟，更多的是不愿意抛头露面。

　　一次"五四"青年节，表哥组织青年团员搞户外活动——参观上海历史博物馆和自然博物馆。表哥通知我一起去散散心，我便应允。团体活动完了之后是自由活动。大家分散后表哥拉着我到西藏路人民广场边上的中亚照相馆。他说，这家照相馆的摄影师他认识并且很有名，让我跟他一起照张相。于是我俩肩并肩，第一次也是唯一一次坐在一起照了张标准合影。也许是因为表哥瘦削而我微胖，摄影师在摆弄坐姿时把他定位在前面，我坐在后面。照例他大我小，应该是他坐后面我坐前面才合乎辈分。可我俩都是现代观念，不在乎这些。这张合影是我一生中照的无数相片中最满意的一张，可见那位摄影师功底确实匪浅。如今每当我翻开相册看到这张照片时，心情总是格外沉重，少了另一半，对我来说，不管是精神还是生活总是空落落的。

那个年月，机遇总是频频向我们招手，命运也似乎特别垂青我们，提亲说媒的就络绎不绝，各种招工和学习机会也在等待着我们。可那会儿我不知怎么了，就是对自己的婚姻大事提不上心，常常敷衍了事，一心想着提高自身素质，先立业再成家。表哥则与我想法不同，十分关注自己的婚姻大事，不久之后，便专心致志地追求表嫂。对表嫂，他几乎倾注了全部的真心，痴痴地投入到爱河中去，以至放弃了绝好的学习机会。

夏天一过，高校从基层选拔招生，我积极报了名，同时也极力劝说他去报名，可是他好像提不起兴趣，那会儿他正被爱情蒙住了双眼，犹犹豫豫止步不前，我批评他"短视眼"。在我的一再刺激之下，他很不情愿地去报了名。由于他提不起兴致，只顾恋爱，或多或少影响了工作，也影响到了别人对他的看法，所以在评议时落选也是意料之中的事。可他非但不感到沮丧，反而很开心的样子。我至今没弄清楚那会儿表嫂是否有拖他的后腿，也许是人各有志吧。当我接到通知去北京上大学时，他很高兴地来送我。等我寒假回来，他正式与表嫂结婚。举行婚礼时他还让我当他的傧相。婚礼简单而热闹，那时我什么也不懂，又是个穷学生，没有送一样值得纪念的礼物给他。因此每每念及此事，我总是遗憾和羞愧交杂。

婚后，表哥生了一个女儿，白白胖胖，长相酷似表哥，性格却比表哥还沉闷，不爱说话。

四年后我回到上海，这时表哥已被家庭琐事困扰，全然没有了单身时的那份闲适。我没有去听听表哥的想法，因为不久后，我也被卷入爱情的漩涡。虽然我比他多读了几年书，但在爱情到来时一样会昏头昏脑，分不清是非对错。

人步入婚姻的殿堂，如同进入另一所学校，女人则好比这所学校的校长，今后生活的好坏全靠女人来主持。开始总是盲目的，后来生活的烦琐才会逐渐显现出来。单从婚姻这一块来看，表哥要比我幸福。也许表哥平时不怎么表露，但从表哥生病后表嫂几年如一日的照料可以得到印证。表哥走之前的那段时日，表嫂面容憔悴，坚持日日陪伴床头，因为不好在众人面前表现出痛苦，她只能于夜深人静时一个人偷偷哭泣。目睹了这一切的我，从心里为表哥当初的选择感到欣慰。人总是有得必有失，虽然当初他放弃了学习深造，但得到了真正的爱情。而我虽说起点比表哥高，但婚姻生活中却有很多不如意，以至于婚后很少到他家串门。

最让我不能释怀的一件事，此时我必须袒露，希望能得到表哥的宽恕。二十世纪八十年代末，沪上彩电是紧俏商品，表哥托我弄张票买一台，并把钱提前给了我，我前后托了几个朋友，总算弄到一台18英寸的康佳彩电，而且是带遥控的。运回家后，妻子一看比我家那台金星牌不带遥控的要好，并且还便宜，一定要我换一台，即把我家那台已经用了几个月的金星牌给了表哥。在妻子的强烈要求之下，我也没有再坚持自己的原则，遂了她意，让表哥把旧的那台拿回家。这件事一直没有挑明，不过，我知道表哥虽然嘴上不说，心里一定明白，而且我至今也不了解当时表嫂是不是为这件事埋怨过他。可我知道，即使夫妻间再吵闹，表哥都会将这件事压在心底，不会向外人透露。一直到表哥去世，这事也没有抖开，我猜想或许就为这事，加上表嫂时不时数落表哥，他才郁郁寡欢，积劳成疾，最终一病不起（后了解到表哥积劳成疾是因为工作单位人事纠葛造成心理长期压抑所致）。表哥患的是绝症，现代医学也束手无策。但不管怎么样，我内心对不起表哥，这也是我一生中最大的遗憾，这样的内疚将伴随我终生。

　　自从表哥走后，我很少再与表嫂一家走动，慢慢地大家便疏远了。十年来大家同在一片蓝天下，却犹如远隔千里，不通音信。想必现在表哥的女儿也该成家立业了，可连晚辈的婚礼也互不来往了，说明在表嫂心里已经没有我这个表弟的位置了（后来才知道，表哥女儿的婚姻一直空悬着）。我的自私一定在表嫂心里刻下了永难抹去的烙印，在此我要向表嫂一家深深地道歉！也向在另一个世界的表哥道歉！请原谅我当时没有坚持住做人的底线。我向你们深深地鞠一躬，说声对不起！

　　十年来，表哥的为人师表和对我的无私帮助，点点滴滴始终盘旋在我的脑海里。

　　假如表哥还活着，我相信他也一定会原谅我的，说不定还为我高兴呢（因为我终于摆脱了魔鬼般的纠缠）。我这一生很少乞求什么，只求让我的文字能够流传下去，把我们美好的过去告诉后人。

在商品和金钱的腐蚀之下，真正失去的是真情和友谊。

哦，失去的永远失去了！人总是在追忆中幡然醒悟，才使得那失去的更加珍贵。若将遗憾变成"财富"，才算真正悟到了"道"。殊不知，生命中的真感情，才是人生活在这个世上最美好的东西！年轻人，倘若能从老一辈人的功过得失中获得启发，及时修正偏离人生目标的方向，珍惜拥有的，平衡得到和失去的，才能一代胜过一代，完成生命的蜕变，走向人类更高的阶段。

表哥，你永远活在我心中！

直到有一日我将追随你而去……在另一个世界我们再相会。

2007 年 6 月 12 日

平民老俞不平凡

你会发现，一个人随着年龄增长、阅历积淀，周边能说得上话的人会越来越少，茫茫人海，志同道合者寥寥。

毫无疑问，人是分层次的，认知的深浅，造成了"群分"与"类聚"。于是越往上越有一种"高处不胜寒"的孤独感。

记得三四年前，在一次象山石浦旅游时与老俞相聚，交谈甚欢，彼此"心有灵犀"，有一种相见恨晚的感觉。从那以后，我们的交流逐渐频繁，心灵契合度越来越高。几次想写写他，又几次遭到他的阻拦。灵感如潮水般汹涌，于是不管他愿意不愿意，决意将感想一吐而后快。

一

老俞（龙兴），今年七十四岁，国字脸，中等身材，不胖不瘦，精神抖擞，穿戴讲究不落俗，言行举止见修养，是个标准的人见人爱的男子汉。

老俞是家里三代单传独子，幼年深得祖母宠爱传教，琴棋书画以及厨艺，他样样在行。可是，长大后机会总是不怎么眷顾他，一次次从他身边溜走。小学升初中时倒是有一次很好的机遇，他被选中去学医，可毕业时正巧遇上三年特殊困难时期，学校被拆散，学生回原籍地参加生产劳动，所学医术知识无用武之地。回到原籍的他后来被推举为"消灭血吸虫"专职干事，这期间聪慧的他首创"无害化粪池"，为从源头上消灭血吸虫病害做出了贡献。"无害化粪池"后来得到推广，成为郊区农村一大便民设施。渐渐的，乡村的河道清清，绿水盈盈，不再是血吸虫的滋生地。后来，上级要求每个大队设一名"消灭血吸虫"专职干部，老俞没被选上，原因在于不是党员。这种接连错失机遇的情况在老俞的一生中有无数次，都说"机会总是留给有准备的人"，可从老俞的口述中，机会总和他无缘，无数次与他擦肩而过，是命中注定，还是时代原因？生活中，有的人给了他机会却不能把握，而像老俞这种"有准备的人"，却一次次失去机会。是什么原因造成的？这是一道复杂的人生命题，容我慢慢分解。

二

某天，在我们村庄打谷场，一个青年人正在墙上画一幅"毛主席去安源"的彩画像。他先打上方格，然后专心致志地一点一滴涂抹成像。引来不少人围观，大人小孩凝神静心的目光里透露出对画作的羡赏与赞叹。后来才知道，作画者就是老俞。老俞大我八岁，当年只二十二岁，有这样的天赋，真不一般，简直是个奇才！

后来老俞被推选当上生产队长，带领村民致富奔小康——这乃是当今时代的主旋律！可在改革方兴未艾之际，他超前的思想和举措处处受阻受挫。之后他又去村办企业施展才华，几年下来，企业红红火火，规模不断扩大，这与他的全身心投入脱不了干系。一开始为了推销产品，他早出晚归，跑遍全市的每一个角落，在商场寻找代销点。有了市场，才会有后续资金投入及利润、工资。没有市场一切等于零，企业也会倒闭。再后来，上头见老俞有能耐，调他到一家业务不景气的针织厂当厂长。他二话不说服从调动，重整旗鼓。正当他振奋精神打算再奋斗一番时，大环境开始发生变化。上海改革第一波受遭殃的就是纺织系统，针织行业萎缩在所难免。从盈利慢慢转为亏损，老俞渐渐力不从心，没有盈利上交，上头慢慢不再支持，视其为累赘。政策向外资、独资公司倾斜，"抓大放小"，村办变民办。老俞不屈不挠，不服输，决定迁出本地另谋发展。尽管竭尽全力、绞尽脑汁，想凤凰涅槃再创辉煌，但是命运一次又一次的"捉弄"，使得老俞渐渐伤痕累累，心力交瘁，只好撤退回归本源。

真可谓"时来天地皆同力，运去英雄不自由"。个人能力再强，不合时势，与外部环境抗衡，还是免不了以失败告终。所谓"人定胜天"，必先掌握规律——自然规律和社会规律。

三

每一次都雄心勃勃，可每一次遭受"电闪雷鸣"，被"暴风雨"浇得像只"落汤鸡"。是埋怨命运不公，还是责怪自己不够努力？心中的郁闷总没处释放，找不到释疑解惑的对象。老俞说，自从我俩重聚相识，总有说不完的话题。我说，光靠自我奋斗是不够的，还要有预测时势的能力。他称赞我知识超常，我赞叹他人生阅历丰富，多才多艺，敢于与命运抗争。

"人逢知己千杯少"。可我俩都不喝酒，在一起喝茶、聊天，时间总显短。人世间确有知己，与老俞成为知己，是我的荣幸！毕竟他是大哥辈的，但他没有架子，平易近人，我们平等相待，成为好朋友。

大千世界，芸芸众生，成为朋友，一定有某些心灵相通之处。我和老俞有一点特像：都不会奉承拍马，投机钻营，不虚伪，无等级观念，一视同仁，尊公平重公正，凭本事吃饭。而这一点正义感却常被人误解为"恃才傲物""桀骜不驯""目中无人""孺子不可教"。世俗社会"吃斋念佛"才叫融通，"趋利避害"才是人之常情。呜呼哀哉，老俞啊，我们同病相怜！都不会探究"时、理、和"这些小九九，一不拜天地，二不拜上帝佛祖，那我们还是合抱取暖吧！才不为世俗浸染随风飘摇呢！再说年轮刻在脸上是另一种"财富"，我行我素又如何？让那些世俗宵小取笑我们吧！历史会分辨真善美，时代会大浪淘沙。我们都不相信"存在都是合理的"，只有真理永恒！就像金子，即使一时被埋没，哪天抖落灰尘或抹去泥土，仍会闪烁光芒。因此，时间和实践是最好的试金石。

人的价值判断是随着时代在不断变化的。唯物主义辩证法认为"否定之否定"是三大恒律之一，因此一切不存在定论，一切都在变化之中。

能在这方面与我契合的只有老俞。可见人的认识深浅之差别犹如登山观景，高低站位不同，获取的信息、观赏的颜色亦不同。而朋友分多种，认识、素养上无差异，才成为真朋友！

老俞为人谦逊、稳重、内敛、豁达，他身上确有很多闪光点。譬如说他的厨艺，一盆小鸡炖蘑菇色香味俱佳，上海小炒更是他的

　　拿手菜，刀工、火候、配料，分寸掌握极佳。而且总能说出子、丑、寅、卯、辰……许多道道。他重感情，无论新朋还是老友，哪怕是过去的下属、普通员工，心里也一直记挂着，一听说某人病、丧，他都会表示关心，并且幽默地说："人情债，不能欠。"真是"一方水土养一方人"，老俞是这方水土滋养出的善人，值得后人学习。

　　老俞的一生跌宕起伏，极不平凡。在我眼里他就是榜样、标杆！愿老俞能健康快乐！

　　我有时常常困惑：为什么灵魂共振的人越来越少。原来众里寻他千百度，蓦然回首，那人却在，灯火阑珊处。

2018 年 10 月 8 日

第二辑　故土情深

品"辉"

品茗、品酒、品烟……并不难，只要经过品尝、研判，就能品出其味道。而品人比较难。人与人接触，不光要看表象，还要察其言、观其行，去品他的真伪、善恶。这就需要一定的文学素养。用心去"称"、深入"潜望"，才能"八九不离十"地品出一个人的真"味道"。

本文《品"辉"》，就是品人，"辉"即徐龙辉。

我与徐龙辉以前不熟，不曾共事，不是朋友，更不是知交。我俩认识纯属偶然，正应了那句"不打不成交"。"交"久了，方知徐龙辉的品性，故写几笔聊以自慰，也展示一下他的"光辉"。

—

第一次认识徐龙辉是在六年前。

那时"城中村（城乡接合部）"一片乱象：农民房屋年久失修，村里卫生、治安差，污水堵塞、电路跳闸等闹心事常发生，激起了民愤。村民聚集在一起呼吁，要写信向上反映现状和诉求。有人推荐我执笔，尽管我早已不在村里住，但从情理上我义不容辞。"公开信"反映到市区镇，又层层下压，最后落到村级干部解决实际问题。

有一天我接到徐龙辉的电话,让我去他办公室谈事。徐龙辉是谁?我不认识。他找我有什么事?我心里直嘀咕。抵达后才知道,谈的就是"公开信"的内容。我不卑不亢,如实反映实际情况,徐龙辉很热情,也极坦诚,在了解了大致情况后,他说,既然这件事落到他身上,他会尽他所能解决大家的困扰和存在的问题。果然,没多久"公开信"中反映的现象,就得到了很大改善。是他一件一件抓落实,以实际行动回应村民的呼声,给予村民温暖的慰藉。

初次接触,徐龙辉给我的印象:他是个踏实干事的人。

二

第二次接近徐龙辉,加深了我对他的好印象。

大约五年前,上海市为整治城中村环境脏乱差的问题,开始全面拆除违章建筑。这是一次规模大、力度强的整治,不仅将居民、农民的违章建筑一一拆除,而且将无业游民驱赶出城中村。这一工作比较棘手,常年积累的顽疾,方法不当就会激化矛盾,甚至刀刃相见。这种令人心惊肉跳的冲突,确实时有发生。

我只说发生在我身上的一件事。

当时取缔无证经营的通知已张贴到每家每户,大势所趋,不得不规范执行。我没有违章建筑,故心里很踏实。可谁知祖上留下的那间小屋,租给四川人住,租客竟开成棋牌室,属于无证经营,无疑属于这次取缔的范围。我在租房时只收租客出租费,不存在"纵容"

违规行为，于是我按通知上的要求请他们自行搬离。谁知好心被当成驴肝肺，租客把关闭棋牌室的气撒到我这个房东身上。某天夜里竟然把我出租屋的房门和电表砸了。

我一向待人不薄，对租客也一样，设身处地为他们着想，出门在外打工艰辛，生活不易，故租金算是本村最低廉的。可谁知好心没好报，竟给我上了这么一课！于是，我成了《东郭先生和狼》故事里的主角。

为此，我找到"拆违办"诉说此事经过，寻求解决办法。然而，那位负责拆违工作、与我搭点远亲关系的"领导"，前几天还硬拉着我在电视镜头前说几句客套话，此时却推脱得一干二净，说这事不归他管。话毕扭头就走。他的这一举动，令我顿时火冒三丈，哪有这样的村干部？有事求人帮忙，遇事推诿了之。这样的人，在我眼里十足是个小人。我在愤怒困惑之余，还是在徐龙辉的帮助下，让警察找到了那位砸门砸电表的租客，了却了这桩纠纷案。事虽小，却能看出格局大小。徐龙辉完全可以袖手旁观，如我那位远亲"领导"一样当甩手掌柜。可他主动伸出援手，设身处地为他人着想，不管分内分外，迎难而上，敢于担当，着实令我刮目相看！通过这一回切身体验，我的心底升起对徐龙辉的尊敬。

三

第三次与徐龙辉交往是一年半之前，因老宅动迁。

一蓑烟雨

2018 年 8 月，老宅地块终于盼到了动迁。这次动迁涉及 280 多户人家。规模大，人口多，情况复杂，工作量巨大。

具体的动迁工作琐碎繁杂，需要操心的事接踵而至。那些在利益面前前赴后继、夜以继日的软磨硬泡、唇枪舌剑，犹如一场战役。亲眼目睹这次战役的人都深有感触，久久难忘。而我，既是参与者又是旁观者，清醒明辨，不入浊流，顺其自然。

为这次大规模动迁，村里成立 10 个动迁小组，徐龙辉负责其中一组。他政策吃得透，业务娴熟，不管是谁，他都在政策允许的范围内为其争取最大的利益，并仗义执言，积极争取。他胸襟开阔，"肚里撑船"，是一般人难以企及的。

整整一个多月，从早上 7 点一直工作到深夜 12 点，甚至通宵达旦！如此周而复始，忘我工作，人一下子瘦削了下来。他不光顾及本组户主的动迁政策落地，其他组遇到疑难问题来咨询求助时，他也不厌其烦地解疑释难，并亲自去帮助处理一些杂事。那些难应付的"刺头""刁户""狂民"，个个都赞美徐龙辉为人公正，处事公道。觉得他客观又实际，真正替老百姓着想，无论你什么时间找他，他都有问必答，从不推诿，不摆官架，不要官腔。

在村支书杨福林及他的最得力的助手徐龙辉等人的辛勤努力下，280 户动迁工作一个月内就大功告成，签约率达百分之九十八，可以说是皆大欢喜的结果。可见，只要像徐龙辉这样，把爱心温暖送达每家每户，"刁民"与难缠之人也是极少数，绝大多数都是通情达理的"顺民"。

像打仗一样，经过一个多月紧张而有序的超负荷工作，这场惊心动魄的"动迁战役"圆满收官。为表彰这次高达标率及辛勤付出的"将士",给他们发放了一笔可观的奖金。这无可非议。在任何时代,奖励和惩罚,都是相辅相成的"两把剑"。

通过以上三次对徐龙辉近距离的观察,我实事求是地说,他做事责任心强,业务精湛,洒脱自如,不卑不亢,淡泊名利,出类拔萃。

正应了那句话:"事不过三"。三,冥中有灵性。三次过坎,徐龙辉这个人就深深扎进了我的脑海里。

四

动迁结束一个月后,徐龙辉在体检时发现身体异常,再查,确诊为直肠癌。于是,立马住院开刀。毕竟他还不到六十岁,离退休还有五年。听到这一消息,我发出感叹:人太过劳累会发异病。徐龙辉一个月没日没夜为动迁忙碌,付出成倍于平时的精力与体力,现在病倒了,我从良心上觉得应该去看望慰问他。这倒不是因为他在这次动迁时特别照顾我,一切都是按政策、规章办事。是因为我欣赏他为人坦诚、乐于替人排忧解难。因此,我破天荒去医院探望这样一个无故交、无牵扯的病人。不是回报,不是奉承,仅仅是心理上驱动我去看望这样一个值得敬重的人。

在医院的走廊里,碰到与我有同样想法的一对村民。后知晓,这段时间里来医院看望徐龙辉的人不少,他们都是不约而同,自发前往,去看望这位曾经帮衬过自己、为村民鞠躬尽瘁的好干部。

令我深深感叹的是,我从徐龙辉身上窥探到了人性向善、官直品正、道德高尚的一面!这正是这个时代崇尚的核心价值观。

一蓑烟雨

于是，我更想进一步了解徐龙辉，探寻他的足迹和心路历程。

五

徐龙辉，1963 年出生，一米七五的个儿头，脸庞瘦削，身材颀长，说话不露锋芒，饱含善意，实事求是，是一个实在人。

二十世纪九十年代末，两村合并后，徐龙辉才与我们成为同村民。因此，很多人与我一样，都不太了解他的根底。

他出生于一个普通的农民家庭，中学毕业后参加生产队劳动，1983 年干过农科所技术员。改革开放后他下海经商，经营鲜花种植与销售，兴旺时手下帮手有 20 人，后来市场低迷，税费高，就经营不下去了。2006 年，他在付清雇员们的全额工资后，将员工遣散，回家"养伤"。在外漂泊了那么多年，体验过辛酸，也见过世面，可以说是"毁誉参半"。体坛名将郎平说："竞技比赛输赢很正常，但要弄清楚输在哪里、赢在哪里，这才是关键！"徐龙辉在家休整了一年，思考学习，总结反思，以期再战。2007 年，他被推荐任"村民小组长"。机会总会给有准备的人。一出山，他便立了奇功。遇上他分管的村宅拆迁，徐龙辉全身心投入，亲力亲为，赢得了村民的口碑。这一切源于他不计得失、任劳任怨、昼夜奋战，既圆满完成了上级布置给他的艰巨任务，又为动迁户争取合法利益，改善了村民的生活，满足了村民的心愿。他本人在实践中也增长了才干。此战一举三得，获得了大家的一致称赞。当然，这不仅得益于他经验丰富，还与他的人品相关联。

六

之后，我与徐龙辉多次沟通交流，在互学互鉴中观察他的思维方式。发现他确实是一个设身处地为老百姓考虑的人，没有半点花架子，朴实且非常厚道。

一次我去村里办点事，结束后在他办公桌旁坐下来，刚聊上几句，有村民来求助，说他家阳台漏水。他随即把我晾在一旁，说："老杨，实在对不起，你坐一会儿，我马上回来。"说完便风风火火跟着这位村民离开了。返回之后，他马上打电话落实修补事宜，雷厉风行，没有丝毫拖泥带水，亲自督促执行。一会儿，又有村民来问新生儿报户口遇上的麻烦事，他立马叫来分管此事的人帮助解决。徐龙辉对我说："有分管的人在，我会让他们去处理，如果分管部门人不在，只好我去解决。"

徐龙辉的办公室就设在楼梯口，一旦有人来询问办事，推开第一扇门便找他。据说，本来安排他的办公场地在另一僻静处，他却坚持要坐在离群众最近的地方办公，一颗为民办事的火热之心显而易见。

有些人谈癌色变，精神萎靡不振。而徐龙辉则不同，开刀之后，他并没有长时间在家休养，面对癌症，他坦然从容，想得开也看得透。刀口尚未愈合，便坚持来上班，并身体力行处理各类事务，这种一心扑在工作上的忘我精神可歌可敬！

七

小时候受的教育:"火车跑得快,全靠头来带"。长大后逐渐明白,好的带头人能带领我们走向星光大道,言行不一的引路人则会把我们重新带进"龙须沟"。

徐龙辉这样的村干部才是共产党的"立党根基"。有了像徐龙辉这样的基层干部,人民群众会自觉、自愿拥护党的号召,并自发为目标使命奋斗牺牲。这样的带头人才受大众喜爱、仰慕、崇敬。

徐龙辉,一个值得品味的人!品"辉"之意,乃品脊梁、品傲骨、品道德、品人格。

愿这样的好人被人民护佑,平安长寿!

2020 年 1 月 29 日

第二辑　故土情深

阿德良

阿德良走了！噩耗传来那一刻，我先是一惊，后觉释然。

人终归要离世，去另一个世界，这对阿德良来说或许是一种解脱。那是所有人的归途，无人能逃脱。

13 年前，阿德良劳累过度病倒了，因为不知高血压的凶险，没及时吃降压药和就医，导致脑梗，半身不遂。13 年来在他的妻子、儿子、儿媳的不离不弃、精心照料下，慢慢恢复了一些，渐渐能够自理一些事了，如自己吃饭，屋内行走，口齿也变清晰了。可是常年不出门，不与人群交流，外面的世界只能通过电视了解一点，恍如与世隔绝，终究是一种苦闷。只是万万没有想到，那天他在儿子的陪同下去某三甲医院问诊，在等待化验报告时心力衰竭猝死。

参加完阿德良的追悼会，又参加了他的"五七"安葬。那场面凝重肃穆，那气氛悲凉凄惨，我落寞无泪，欲说还休，思绪万千……此生，最好的朋友德良走了，今后相互牵挂、说说心里话的人没了。青年时期结下的友情，历经岁月的磨砺仍坚不可摧，愈加珍贵，因此我倍觉惋惜。

1970 年 12 月，我和阿德良同时参军。全公社共 42 人一同入伍，唯独我俩最有默契，成了知己，这样的友谊长达半个世纪。

我和阿德良初相识是在山东即墨县的新兵连里。42 名新兵在一起训练、站岗放哨，渐渐地，大家熟悉了起来。等到新兵连结束训练，我们被分在4116部队各个连队。阿德良分在一营三连，我分在三营九连。既然是海军工程兵，任务就是打坑道。阿德良所在的连负责用风镐掘坑道，再把石头从坑道里运出来；我所在的连负责将黄沙、水泥、石子搅拌成混凝土，再将打好的坑道浇灌成平滑的弓形坑道。每天三班倒8小时施工作业，其间还要参加军事训练和政治学习。虽然艰苦，但是团队的气氛一直很好。

一晃三年过去了，超期服役可以享受探亲假。阿德良先我回沪探亲。除了看望三年不见的双亲外，他还专程去看望了我的父母。这件事我事先一点也不知道，是家里写信来告诉我的。阿德良还买了青岛特产，告诉我父母说是我托付的。这让我十分感动。本来自从分到连队之后，我与阿德良的来往渐渐少了，连他休探亲假我都不知道，可他却这么上心。从此，在我心里就认定了德良这个朋友。

又过了一年，我们双双退役，各自回到自己所在的生产队。阿德良因为十三岁时被父母送去学过裁缝手艺，因此一复员就在大队缝纫组当了组长，后来又当了生产队队长。而我仅在生产队劳动了5个月便离沪上大学去了，一去又是4年。

在我离开上海时，阿德良来送我，不仅给我送来改制的军装，还偷偷塞给我钱和全国粮票，怕我零用不够花，在外面饿着。在我离沪期间，阿德良多次上门为我家人做衣服，特别是我大妹要出嫁时，赶制嫁衣步骤多、时间紧，他没有半句怨言，一针一线，通宵达旦。这种肝胆相照、不求回报的真朋友，怎能让我忘怀？朋友情，深如海。这份情我始终记在心里。40多年来我和阿德良心灵相通，互相敬重，用心经营着这份纯真炙热的友谊。

第二辑　故土情深

　　阿德良因年少学艺，文化水平不高，识字也不多。人粗犷，但却格外细心，做事尤其认真执着。他对徒弟要求极严苛，发现哪儿不对就拿尺击打。因为不善言辞，喜欢用肢体表达情绪，所以亲近他的人总不言他好，这也确实在情理之中。或许，他的师傅就是这样对他言传身教的。较真、严厉是他的教学风格，这老套的方法虽然简单粗暴，却能实实在在让人学到本领。

　　有一次我在画报上看见一款新式的男装，就把图片给了他。没想到，他竟给我做了件一模一样的，我喜欢极了。别看阿德良人粗犷，但他心善、聪慧、识大体、会照顾人。人与人之间关系的维持，靠的就是以诚相待。

　　改革开放后，阿德良凭手艺已经赚不了几个钱了，连养家糊口都难。他只好改行，去开小拖拉机替人运酒糟。其他同样搞运输的生意惨淡，可是阿德良却越做越红火，一天两车是基本的。他自己不吸烟，却在口袋里装着好烟分发给客户。别的驾驶员把酒糟运到目的地，就站一旁休息去了，而他总是帮助业主一同卸车。开小拖拉机那会儿，他不慎被车把甩出几米远，造成左腿骨折，后经钢板绑扎治疗，在病床上躺了半年左右，又在家休养了约两年才基本无恙。伤愈后的阿德良不甘落后，重新去学开车，并且买了一辆3吨的大货车搞运输。在竞争激烈的营运业，阿德良的顾客络绎不绝，老板运货都会叫他。我想，这是由人的品行决定的。

　　阿德良没日没夜地出车，一心只想多赚点钱，很少去顾及家里，更不顾及自己的身体。毕竟岁月不饶人，五十岁后的男人体力会逐年下降，并且各种疾病也会接踵而至。阿德良烟酒不沾，人也不发胖，但患有高血压。运输活儿忙起来，阿德良常常会忘了吃药，病

一蓑烟雨

情就不易控制。突然有一天他感到胸闷气短、头晕目眩，当时家里没人，等家里人回来再将他送去医院，已经错过了最佳治疗时间，导致了脑梗和半身不遂。从前生龙活虎的一个人一下子瘫痪了，阿德良心里有多难受、痛苦，可想而知。最初那段时间，他常常发脾气，甚至会摔东西。渐渐地，他意识到已无能为力，于是只好以平和的心态接受现实。每次去看他，我总是这样对他说，要愉快生活，放松心情，不要胡思乱想。他刚开始说话还口齿不清，需要用手比画，后来渐渐交流顺畅了。每次我去看他，他都会提前准备好烟，让我随意一些，不要太拘束。他是最理解我的人，我也最了解他的心情。我们坦诚相待，成为了一生的知己。

改革开放后，见过许多穷人乍富，便对他人吝啬的。而像阿德良这样委屈自己、成全他人的人，确实不多见。

人生一知己就这么走了，我感到怅然若失。有时辛酸的泪水模糊了双眼，摘下眼镜擦拭时，德良的音容笑貌总浮现于眼前。这份记忆，这份情感，一时无法从我的脑海中抹去。现在，我坐在电脑前写下这些文字，就仿佛听到了德良那爽朗的笑声，看到了他不知疲倦地奔波的背影……

人总有归去的那一天。愿脱离尘埃的阿德良安息。

德良！清明时节我一定会来给你献一束鲜花。

2018 年 6 月 24 日

第二辑　故土情深

▎ 老爷叔

　　老爷叔的背越来越驼了，几近佝偻，越发衰老。老话说，"人生七十古来稀。"已过了七十岁的老爷叔，当属"古来稀"行列。在我印象中，老爷叔前两年还精神抖擞，这两年尤为苍老憔悴。诚然，这与他的付出是相匹配的——帮儿子开饭店，四处跑杂操劳。这把年纪了，又不缺钱，照理也该享享清福了，干吗还殚精竭虑、劳碌奔波呢？老爷叔一向讲人家想不穿，真轮到他自己就更想不穿了。人呐，只有经历过了才知道原委。

　　话说，老爷叔的人生经历要比一般人丰富，小他一辈的人不一定知道他，可我一清二楚，也真到了该写写他的时候了。

一

　　人生在世，要收获什么？权还是钱？在我看来都不是。年老体衰后的家庭温暖、尊老爱幼的和谐氛围——我认为这才是人生没有白活，来世不冤枉的收获。倘若一生奋斗，结果一没有得到大伙儿认可，二没有得到妻儿孙认可，那这人一生活得有点儿悲惨。生命不在长短，意义凸显价值！有些人一辈子都没有活明白，什么才是真正的人生。

我不知道老爷叔活明白了吗？

想当年你叱咤风云，慷慨激昂，活跃在沪星村这块不大不小的舞台上，一度成为青年才俊的仰望之星。你好像总有一股使不完的劲，挑担、挑麦、挑谷、挑肥料……一二百斤的担子压在肩上，你仍然哼着小调健步如飞，永远是十队人中的领头雁。你生性要强，不惰不懒，不藏着掖着，发挥极致争第一。

人的能耐都是锻炼出来的,而性格则更多为遗传。过去那个时代，敢想、敢闯、敢为人先的"头雁"精神尤为珍贵。因此，你很快被提拔重用，你当上了大队长、团支部书记。之后，你有一段派去外调的经历，丰富了你的人生阅历。

后来，撤社建乡，大队改村，集体逐渐退化，你的工作岗位一变再变，渐渐与改革开放时代脱节。你已固化的行事风格逐渐与整个群体格格不入。甚至人家开始讨厌、鄙视你，你还浑然不知。在你的认识里别人总是错。这样势必给人强词夺理的感觉。殊不知，时代变了，价值观也会跟着变。一旦认识跟不上，行动也会跟不上。最后与社会脱节，五十岁刚出头就窝在家里带孙子，郁郁寡欢。

二

以老爷叔的个性，回归家庭只是无奈的选择。他的强势使他不可能真心蛰伏，固有的价值观不可能转变，一切只是不得已而为之。过去嘴不饶人，怎么如今倒容得下被人呛责训骂了呢？哎，近两年他果真有了质的变化。听说，已经全心全意帮儿子开饭店的他，常遭妻儿的呵责。他愤愤然又无可奈何。一个一辈子不屈服的人，在回归家庭之后，却被时代抛弃、被家庭厌弃……

其实，我熟悉的老爷叔表面上张牙舞爪、咄咄逼人，实则为人厚道、做事认真，尽管处处表现得强势，但也能宽容他人。大家一起相处都挺融洽，开开玩笑，气氛活跃，并没有什么辈分的区分。老爷叔挺实在，并且乐意主动帮助人。这也是我敬佩老爷叔的地方。

1970年，我参加县里组织的虹桥机场灭钉螺大会战，这是我第一次参加社会活动，结束后我被评为"五好战士"。回到村里事迹传开，老爷叔那时正担任团支部书记，发展我成为共青团员。年底，我偷偷报名去参军，结果被选上。临走时，老爷叔一路送我至莘庄才依依道别。后来知道我在青岛海军工程兵部队，他一遍又一遍跟我讲他外调到过青岛，以及海边城市的美丽风景——其中栈桥成了我们共同的记忆。

我们家那破房几次修缮都少不了老爷叔的帮忙。不用请，他总是自告奋勇，屹立最高处施工劳动。这些都深深刻在了我心里。

最难忘的一件事，是三年前我胆囊炎开刀在家疗养，没想到老爷叔脚蹬自行车爬上五楼来探望，那样的真诚感动了我。

三

所谓"日久见人心"，真诚或是虚伪，随时间会显现出来。

我还曾经见过老爷叔的母亲健在时的真实一幕。那时实行"大寨式评工计分"，生产队每半年评一次工分，大家围坐在一起，评每个人半年出工表现应该得几分，这种场面，大家通常面面相觑、默不作声，又碍于情面都不愿意当"出头椽子"。但总要评比出个结果啊。在队长几次动员后骨干纷纷发言,其中老爷叔母亲总是打头阵,点评中肯,实事求是。她的评分社员基本个个没意见。其实大家心里都有一把尺、一杆秤,谁的工作表现如何大家心知肚明,只是不愿意当"冲头"而已。我发现,凡当"冲头"的人都是自身硬朗、有过人之处的——干农活儿不输给他人,所以也不怕别人背后议论,一身正气,大义凛然。

老爷叔无疑继承了他母亲的性子,刚正不阿,爱憎分明,敢做敢当,也极有爱心。

回归小家的老爷叔一度成了标准的"男保姆"。孙子上小学接送,上中学操心,直至上完职业学院,老爷叔还在为孙子的就业奔波。

老爷叔为儿子的奉献也是有目共睹的,几次"闯祸"都是他去摆平的。

如今老爷叔已骨瘦如柴、步履蹒跚,还在整日为儿子的饭店而操劳,甚至放弃一切娱乐活动,却仍得不到妻儿的认可和尊重。一丝悲凉从心底油然升起。难道人生就一定要这样自轻自贱,像蜡烛一样"燃烧自己,照亮别人"?

在我看来,这种行为不说感恩也要被理解啊!现在孙子长大成人了,你反而把自己"当孙子"了。你这一辈子存活的意义在哪儿呢?你铮铮铁骨、宁折不弯的个性又去了哪儿呢?难道被岁月磨砺成现在这个面目全非的样子了?

但愿你能重新调整自己,从困境和迷惑中走出来。因为留给你的光阴不多了呀!

儿孙自有儿孙福,纠结帮闲空烦恼,身垮病卧谁照料?真心希望老爷叔安康快乐长寿!

2018 年 5 月 1 日

劳动者陨落

一名劳动者于劳动节去世，是巧合还是光荣？

我的老同事宓志磊，劳动节当日在医院永远地离开了人世。刚看到这条消息时我愣住了，毕竟他才七十六岁，怎么就突然离世了呢？缓过神来想去做最后的告别，可特殊时期不开追悼会。相处了几十年的老同事就这样默默地离开了。我的脑海中闪过一帧帧过往的画面，不觉有点辛酸。

1983 年我调入申光厂，在政法学院上英语补习课时认识了宓志磊。他比我年长，学英语考级是为了晋升助理工程师。他那时在动力科任技术员，我在光源科当工艺师，就这样我们一起共事了几十年，慢慢了解了对方。

宓志磊说话爽直，做事雷厉风行。二十世纪八十年代，国有厂技术员都会发一套制图板、三角尺等办公用品。这个工作需要制图画零部件，他就每天专心致志标注尺寸、出样图，提供金加工、车钳刨、铣切割，再让工人生产。两年后，宓志磊升为动力科科长，我也离开技术岗位去"三产"。他的动力科有几十号人听他布置任务。整天东奔西跑，忙得不可开交。与他相比，我就显得清闲了些。但我们目标一致，都是为了完成国有厂年度计划，以及落实上面布置的各项任务。

　　虽然我与宓志磊工作上接触不是很多，但同为党员中层干部，经常在一起学习讨论。宓志磊虽有点婆婆妈妈，热衷串岗在各科室攀谈，但人如其名，光明磊落，不会在背后搞小动作。他对手下工人格外关照，无论是困难户分房，还是年终评先进，他都会尽力争取。他的优势在于上司下属都能摆平，这不容易。

　　我恰恰与他相反，不喜欢拉闲散闷，反感家长里短。不过，我和宓志磊有一点相似：积极肯干，并且有自己的底线和原则。

　　那时，我与新来厂长闹到水火不容的地步，在斗争爆发后的某一天，宓志磊偷偷告诉我，谁谁谁主张要处分我，谁谁不同意。在我最孤立无援之时，宓志磊不怕被人说"告密"，坚定地站在正义的立场，给予我关怀。而有些与我关系一直不错的人，却在关键时刻落井下石。也许，只有在利益面前才看清一个人的真面目。宓志磊对于原则和底线的坚守打动了我。我相信不光只有我这么想，受惠于他的那些老职工心里也都有一杆秤。

　　之后，我和宓志磊对申光厂都有点儿失望了，老厂将淘汰之时，我俩先后去了另一家公司。不过听说他没干几个月就离开了。我背水一战，退无可退。而宓志磊跟我不一样，他在申光的根基比我深，还是有退路的。因为顶不住残酷的竞争，他又重回申光。然而，此时申光已物是人非，他不可能再恢复原职，只能到一个生疏的岗位去做辅助工作。好在原先积累的人缘，让他不至于时时尴尬，处处困惑。就这样，他一直勉勉强强做到退休，回家养老。宓志磊这人开朗乐观，易与人打成一片。闲暇时他对同事许诺："我活到60岁，就请你们吃饭。"之后又说："我活过70岁请你们吃饭。"宓志磊没有食言，只是不知当时打趣的笑谈背后是否隐藏着某种忧心。

第二辑 故土情深

　　屈指一算，我与宓志磊已有 20 年没碰面。自从离开申光厂在外打拼，我一直遮遮掩掩、战战兢兢，不成功无颜见"江东父老"。再说，申光厂竟成了伤痛之地，彻底抛弃了曾为它激情奋斗过的劳动者。我像是一个被遗弃的孤儿，只剩下三两好友来往。去年听说与我一同工作过的黄艺林也病逝了。随着那个时代的劳动者一个个与世长辞，曾经充满青春活力、洋溢着灿烂笑脸的国有厂也随之埋葬。

　　不管怎么说，宓志磊不辱使命走完了这一生，愿他与共赴天堂的那些劳动者都能得到安息。

2022 年 5 月 5 日

旅途
云霞

青岛有片爱琴海

　　青岛，地处胶东半岛，是我人生梦想开启的地方。

　　1970 年 12 月，我十七岁应征入伍，穿上没有帽徽领章的灰色海军服，在上海公平路码头乘"战斗 7 号"货轮，出长江口进入东海驶向黄海，25 个小时后，货轮停泊青岛港。下船后部队军车把我们直接送到即墨县的一个陆军兵营，接受为期三个月的新兵训练。三个月后，长途拉练步行约 100 公里，抵达崂山脚下黄海之滨的北海舰队某部队大本营。之后就在这大海边"战斗"了四年，其实就是打坑道。

　　刚开始大家都有一种失落感，因为与想象中当海军的场景不太一样。落差太大，心里一时无法接受。可已既成事实，不管你能否接受，终究要熬过三年才能复员。不进则退是事物发展的规律。与其悲观消极，还不如积极面对。后来证明我的想法是正确的。思想端正了，行动才有方向和力量。

　　四年军人生涯，使我从一个不谙世事的青葱小子渐渐成长为一名合格的战士。无论思想意志、为人处世还是军训实干都得到了提升。我切实体会到，军队是个大学校、大熔炉，经过锻造再走出去，人会比以往更加成熟，并且在困难面前能够勇敢无畏，独当一面。就是凭着年轻时部队塑造的这股韧劲和意志力，我在以后的人生路上才能勇闯"险滩"，攻破"堡垒"，一步步成长。

因此，青岛是我人生启蒙的发源地。那苍翠欲滴的崂山，浩瀚无边的大海，久久地滋养我的灵魂和体魄。迎着朝阳，我持枪站岗，凝望着晶莹的海水，听波涛如泣如诉地歌唱，童话般的奇妙梦想在心中萌发。我窃喜在这里享受到了可以媲美希腊爱琴海的风光。

离开青岛三十年后，2002 年 12 月，我因出差重返这片海域，并特地驱车去了沙子口原驻地。时间一晃又过了二十年。今年夏天我打算再去青岛。一是故地重游，回忆军营的有趣往事，特别是郭指导员对我人生启蒙日记的评语，让我最念念不忘；还想去探望文学道友梁爱琴。梁爱琴祖籍山西，现在青岛农业大学任教。

两年前我无意中翻看《长江作家》，见其中一篇文章的作者是梁爱琴，我心里咯噔一下——这名字好熟啊！我马上想起我在《上海散文》群里见到过的"钢的琴"。于是，我再浏览她的其余文章，心里便有了一种"道"的默契。梁爱琴是个才女，小说、散文、杂文、诗歌样样拿得出手。作品情感丰富，文字简洁细腻，有温度又有功底。她还利用业余时间创办了"初心活着"公众号。一看这个微刊名，我就从心底里喜欢。有一天我试着给"初心活着"投稿，晚上投送，第二天就发表出来了。她编辑的插图非常用心，渐渐地，我的投稿多了起来。不久我俩互加了微信，联系更方便。

今年除夕前我写了一篇《过年》，投给作家朱超群主编的《文笔精华》微刊，不料刚登刊就遭到屏蔽。大年初一，我微信问候梁老师，然后叙述我这篇文章的遭遇，问她能不能帮我编辑成 PDF 版本，可在朋友圈中传阅。她二话没说立刻将文稿在"初心活着"上刊载，结果竟没被屏蔽，我喜出望外，这个春节过得特别愉快。节后我又写了一篇《沉淀》投给她，被很快刊发。我心里十分感激梁爱琴，于是特地加了主编推荐语。她不仅是编辑，还是第一读者。更难能可贵的是，她将我文字里蕴含的那份情感都诠释了出来——她连续写了两篇精彩的评论：《思考着，孤独着，幸福着》和《认识宇杨》，把我的文思神韵升华了。这是迄今为止对我的文字理解得最深刻的表述。知己难觅呀！

梁爱琴说："我对文字的敏感和对世事的洞察，我靠文字感受一个人的脾性、价值观和人生的境界。"下面这段话真可谓妙笔生花："宇杨是活得很认真、很真实的人，因为保持着赤子之心，做事不丢良心、遵从本心，虽然踏实有才学，但人生之路还是遇到了很多坎坷、几多痛苦。我想这几乎是人生定律，但凡认真对待生活的人常常感觉痛苦孤独，因为不同流、不趋众、不苟同，而年轻的心还没有得道。人觉得受折磨，可知这折磨正是得道之路，受不了就步入歧途，而受得了就归于正道。没有一颗坚定的心、没有大爱、没有勇气、没有智慧是很难得道的。"素未谋面的她竟然能参透我的本心！甚为惊叹！莫非梁爱琴是"道仙"？我想起老子说的："上善若水""居善地，心善渊，与善仁，言善信，正善治，事善能，动善时。"及南怀瑾先生的注解："一个人的行为如果能做到如水一样，善于自处而甘于下地，'居善地'；心境养到像水一样，善于容纳百川的深沉渊默，'心善渊'；行为修到同水一样助长万物的生命，'与善仁'；说话学到如潮水一样准则有信，'言善信'；立身出世做到像水一样持平正衡，'正善治'；担当做事像水一样调剂融和，'事善能'；把握机会，及时而动，做到同水一样随着动荡的趋势而动荡，跟着静止的状况而安详澄止，'动善时'。"老子的哲学高深莫测，要想做到实在太难了。但我从梁爱琴身上窥见了老子的道痕。那"道"从何而来？一个字"善"！即"道"由"善"衍生而来。

孟子说："人之初性本善。"确实，人之初心正直无防备，一颗纯洁如玻璃一样的心一次次被恶行摧残，对于万物的认知才逐渐提高，但此时己心力交瘁、遍体鳞伤、疲惫不堪。"道"说深奥也并不深奥，是一个人生活历练所得。那为什么很多人悟不到呢？那是因为理论和实践结合不起来。一个爱读书、思考的人就会从中获"道"。古称"秀才不出门，便知天下事"。梁爱琴既是教授，又是作家，是真正的秀才。她比我年轻，博学多才，令我敬佩。透过她的文字，我大概了解到，其父母忠厚善良，家教良好。她仁爱、正义，一半来自遗传，另一半缘于勤学"儒释道"。而这样的人往往易在婚姻上受挫，婚姻不顺最折磨人，但夫妻却互为最好的修行者。受不了寂寞与孤独可能会步入歧途，挺过折磨就归于正道。人的"失道"与"得道"均为生活所迫。转换的成败，就看人的心理素质和底蕴了。

我对梁爱琴没有深入的了解，因此不敢妄下定论。我处事较为谨慎，一般先观察，后行动，须经过面对面交流，透彻了解，才敢发言。本想夏天去青岛拜访她，经过交谈后获取第一手资料再写她。可世事难料，因为一些原因，到现在我还没能与她见上一面。所以只好先写点浅近的文字，来真诚感谢梁爱琴的知遇之恩。

青岛，人称小上海。在阔别了几十年后我真想再回去重拾贝壳，找回我青春的绰影，那独具一格的栈桥、海水浴场、海洋水族馆、鲁迅公园等，都曾留下我的足迹。魂牵梦绕，热血奔涌——它记载了一名海军战士在红色年代的"初恋"情怀。

倘能与梁爱琴伴游，海风拂面，畅谈论道，心中憧憬无限……

那多惬意啊！我期待尽早把这份莫名而美好的情愫融入爱琴海。让海水洗净尘埃，浸去积灰污垢，消解人生的一切烦恼，从水中捞出一个青涩英俊的我。

2022 年 4 月 16 日

▌ 春游张家港

人间三月天，云想衣裳花想容，正是人们踏青赏花的最佳时节。

3月26日，天高气爽，春光拂面，心情格外畅快，我决定驱车前往张家港香山生态园一日游。

张家港以前叫沙州县，并不出名。李鹏任总理时张家港被评为"全国卫生城市"，从此声名鹊起，闻名遐迩。其实早在唐代，鉴真东渡日本的出发地就在沙洲。张家港现隶属苏州市，距离上海150公里，开车一个半小时即可到达。张家港我先后已去过不下六七次，最后一次是2013年，距今十年。

有一次我去张家港补考C照。本来，我1993年学的驾照是B照，每年要审照。有一年我托人代审，结果受托的人漏审了。那个年代一年不审就不能摸方向盘了。于是再托张家港亲人帮忙重考C照。那次考证经历十分揪心，回沪后用笔名"易梵"写了一篇《刁镇见思》发在《现代电梯》上。这次我重新从电脑中翻出来，回顾起来仍意味深长，是人生真真切切的一次体验。文笔稍嫌稚嫩，却是时代与人生碰撞激起的一波思想水花。

每一次来张家港总要烦劳亲人，唯有2009年那次没有惊动熟人。当年，我任《上海电梯》编辑，从来稿中费了很大精力修改了一篇关于电梯技术的文章，并请专家审核后刊发。当过编辑的人都知道，其职责替人做嫁衣，通过丰富内容、充实版面，提升杂志的呈现效果。可有时费尽心思做嫁衣，别人还不领情，这已经司空见惯了。而张家港人不一样，纯朴、善良，亦懂得感恩，电话里几次邀请我"有机会到张家港来玩"。正巧这次我要去趟张家港，出发前，我电告未曾谋面的作者，说要拜访他。没想到等我处理完事情抵达特检院，院长设宴，副院长、科长一众五六个人一同款待我，热情至极，令我受宠若惊。

记忆中每次去张家港都有特殊的收获。

这一次我们一行十人，分坐两辆车去张家港，游览了香山公园，园内湖泊水清如镜，游人的身影在水中荡漾；不远处金灿灿的油菜花争奇斗艳，几只蜜蜂舞动着翅膀，在花蕊中载歌载舞；山顶佛塔高耸，橘黄色的庙宇在树林中若隐若现；春光明媚，空气清新，十分惬意。

获悉，自唐宋年间，香山和镇山之间有一涧谷流槽，终年涧水不绝，溪流潺潺。遇大雨山洪直冲流槽所在的东江湾沙，就形成了水渠。这条水渠后来成了闻名中外的"张家港"。原来，张家港地名与两座山有关。背靠长江，高楼林立，道路宽敞，车水马龙，如今的张家港已发展成为一座现代化的城市。这里有好山好水，物产丰饶，人丁兴旺。人们生活富庶，安居乐业，一点不逊于上海人的生活水平。

赏花三月下沙洲，瞥见长江天际流。

　　这一次，因有弟媳同行，故享受到了弟媳家人的热情款待。玩得尽兴，吃得畅快，是一次愉悦、难忘的春游。

　　灯火阑珊时上高速，窗外飞闪火树银花；回望张家港，一份特殊情缘早已镌刻在了我的生命里。

2023 年 3 月 29 日

嘉定缘

人生很奇怪，也很奇妙！人生的密码难解。

人生路上，你遇见谁？谁会帮你一把、拉你一把？谁又会推你一把、坑你一把？冥冥之中好像总有一种神秘的力量，似暗线牵引着你走完全程。

当我定下这篇文章的题目时，眼前突然浮现出我生命中的三个关键时段——人生起步、中途变轨、晚年圆梦。令我惊讶的是，这些阶段竟都有嘉定人的身影。是机缘巧合，还是命中注定？人生的密码犹如"哥德巴赫猜想"般迷幻。

两周前，作家余志成老师推荐我加入"嘉定文学协会"，我欣然接受。可一瞬间心猛然一震——我一个土生土长的上海县（现为闵行区）人，怎么与嘉定结上了"桃花"？静思细想，一定有文化基因和文化渊源的原因。

2000年后，我的兴趣开始转入研究文化。从家庭文化、校园文化、企业文化、地域文化，到国家文化，都有过探究。我发现每个人身上都有抹不去的文化特质。

大千世界，茫茫人海，遇见即是缘。缘深缘浅，则要看文化底色。

文化素养相近，价值观一致，陌生人也会自然走到一起。反之，价值观不同，相见就似流星，闪过即坠落，自然不存记忆，哪会有永恒。

我出生地在虹桥机场外圈，围绕机场北边是苏州河，西边是小涞江。解放初期行政管辖区，以河流分界，延续至今。苏州河北归属嘉定江桥，小涞江西归青浦徐泾和松江九亭。我就在这样一块"三角地"上成长，从小接受"三地四方"的文化熏陶，沐浴在"三角地带"的民风中，骨子里流淌着诚实厚道、勤劳节俭、乐善好施的血脉。

人生，从第一粒扣子扣到最后一粒扣子，中间的过程是一个人经历的文化脉络。

谈及此，我想起帮我扣好人生第一粒扣子的人，许其英老师。

—

五十年前的一幕幕恍如发生在昨天——青春荡漾、激情燃烧、彩旗飘扬……

那年我十七岁，受红色文化的熏陶，瞒着父母、弟妹，坚定信念去参军。偷偷去报名，偷偷去体检。体检合格后就等喜报送上门，身边人对此一概不知。

那时正是冬日，外面天寒地冻，万物萧疏，我的内心却暖洋洋的。守候的急切，保密的焦灼，使我的心难以平静，每分每秒都让我觉得难熬。

那些天，我正在沪星七队随"青年突击队"疏通河道。

忽见邻村一阵敲锣打鼓声响起，由远及近，最后又渐渐远去。原来是公社"人武部"把参军的喜报送到一青年家里。挑着泥担的农民哼着小曲，不为所动，挥舞手臂，不知疲倦地"战斗"。劳作间隙，调侃娱乐声不断。而我的内心却翻江倒海，思忖着我的参军喜报何时能送到，今年会不会被落下。皱着眉头思量了一阵，觉得与其坐以待毙，不如主动去询问。于是，我立刻奔向附近的上海市精神病疗养院，借门卫电话打给公社征兵办。我知道许老师当年借调到征兵办，于是便让许老师听电话。我自报家门，并说明是吴宝路小学毕业的。许老师听完我的叙说，安抚我道："你不要着急，我查查看，应该有你。"挂断电话，一颗悬着的心终于落了地。我表面上波澜不惊，仍回到开河工地，接着挖泥、挑担，内心却抑制不住地激动。下午3点钟左右，果然有人来通知我回家等候喜报。就这样，我的参军梦终于实现了。

人生第一步，扣对扣子！这对以后的人生轨迹至关重要。

我不知道，当初如果我没有打电话给许老师，结果会怎么样？是已经被确定录取了，还是正在彷徨、迷茫之中？总之，许老师在我人生的重要转折关口拉了我一把。我一直将这件事记在心里，但遗憾的是，从我十七岁至现在，50年间没再见过许老师一面，更不要说向她表示感谢了。当兵复员回乡时，我曾去吴宝路小学找过她，当时才知道许老师已经结婚，并调回老家工作了。

我上小学三年级时，许其英老师刚从师范学校毕业，被分配到"上海县吴宝路小学"。她教哪一年级的课，我不记清了。反正没正式教过我的课。记忆中，她教语文课。隐约听人说过，许老师家在嘉兴或嘉善什么地方，不是本地人。那时许老师可以说是秀外慧中，爱慕者络绎不绝，而她却没有意中人，最后选择了回老家，之后便杳无音信了。渐渐地，距离阻断了我的这份思念，我只好默默将这份感恩藏入心底。

大约在五六年前的一次聚会上，我见到了曾在吴宝路小学教一年级算术课的李美英老师。当问及许其英老师下落时，李老师告诉我，许老师调回嘉定后，一直在嘉定图书馆工作，直到退休。"啊，她家在嘉定？不是说她是嘉兴人吗！"李老师坚定地说："许其英是嘉定人。"这时我才恍然大悟，原来过去我接收到的消息一直是错误的。嘉定、嘉兴、嘉善，一字之差，相隔千里。我心想，倘若有机会去嘉定城，一定要去拜访许其英老师。2020年我与"嘉定文学协会"结缘，终于有了去看望许老师的机会。

二

说到"嘉定缘"，我想起了另一位嘉定人——储瑛娣。她是国有电光厂的党总支书记，大家都叫她储书记。

我的人生路极为诡异，借用王朔的一句话："一半是火焰，一半是海水"。在"火焰"和"海水"的转折关头，储书记成为我的"中流砥柱"，使我在重大变轨时刻没有被"失控的列车"甩进峡谷，深埋尸骨。

储书记原是一家"小三线"厂党委副书记。"小三线"因国家政策调整，有的兴建，有的撤离。二十世纪八十年代中期，储书记随全厂职工一同从安徽黄山撤回上海，被分散安置于仪表局精科公司各国有工厂。

恰好此时，我厂老书记临近退休，储书记就被分到电光厂接任书记。

储书记个儿头矮小，平凡、朴实。刚来我厂时并不引人注目。

从山村来到大城市，无论穿戴、言语还是观念，总显得格格不入，也很难融入新单位的同事。有人甚至放阴风，说她是"农村小广播"。

我那时在厂"三产"任经理，基本上已脱离厂内的人事纠葛，但毕竟是附属厂的领导，总难免被波及到。

没多久，放言"农村小广播"的人不知什么原因跳楼自杀了，厂长也锒铛入狱。工厂上层一时间六神无主。紧要关头，"小矮个书记"站了出来。她不慌不忙，慢条斯理，从容应对，渐渐成了厂里干部职工的主心骨。为何一个人的形象会有如此大的转变？关键在于储书记秉持公心，乐于奉献，内心强大，并不妄自菲薄，才受到了众人的尊重。她用真诚和智慧俘获了人心，使处于半瘫痪的工厂慢慢走出困境。这里仅举一例，窥一斑而知全豹。"小三线"厂在撤回上海前，已规划在莘庄七宝地区建职工居住房。按资历分梯次，储书记排在第一批分房序列里，可得两室一厅。可她却主动要求放弃本该有的福利待遇，让给比她更困难的职工。一套福利房放在哪里都会争得不可开交，而她二话不说奉献给了他人。这一举动叫我们既感动又佩服。

大约在一年之后，上级调邻厂一位书记来我厂任厂长。这位新厂长作风有点霸道，一来就与分管技术的副厂长杠上了，最后硬生生把人家逼走了。然后，又与退居二线的老书记过不去，暗地里搞小动作，到处煽风点火，笼络人心。最初他明里暗里抛橄榄枝给我，我不理不睬，始终与他保持一定距离，而老书记也同样如此。新厂长几次拉拢无果，图穷匕见，最后耍手段威逼我下了岗。按规定，签过长期劳动合同的职工下岗三个月后转岗，却迟迟不见有另外安排我上岗的迹象。于是，看等待无望，我直接去找他面谈。面对强权，我做了十足的心理准备，结果还是与他发生了争执。事毕，厂长面子下不来，气难消，便要求书记开党员大会处分我。可储书记却说："若要处分杨，我不同意！除非我不当书记。"这是事后传进我耳朵的话。想不到，看似瘦弱矮小的她，说话竟这般掷地有声。她的形象在我心里瞬间高大起来。是的，看人不能光看外表。那些一到关键时刻就放弃原则者不计其数。而储书记刚正不阿的态度，着实令我敬重。

此事已过去二三十年，每当记忆的闸门打开，我的内心仍汹涌澎湃。当初图一时解气意气用事，现在看来确有些冲动。

那会儿，我和储书记彼此了解不深。她却能在我和厂长的博弈中，义无反顾站在我这边。一是说明她看过我干净的红色档案，二是她可能与我有某种因缘。是地域之缘？还是价值观接近？久思无解，今日恍然大悟，是"嘉定缘"。

三

想不到，我的人生进入了"六十耳顺、七十古稀"的阶段，还能再次与嘉定结缘。

从二十世纪八十年代的"文学青年"，到二十一世纪二十年代的"文学老年"，经历岁月沧桑，文学梦依旧是我的初心。2018 年我彻底退休后写作更勤奋了。时不时将文章发在微信朋友圈，获得大家的好评，更为我的创作增添了一分动力。我想把过去二十年间发表过的文章集合成集，把这份只属于我的精神财富传承下去。我的想法，立即得到余志成老师的鼎力支持。

第三辑 旅途云霞

余老师自称"半个嘉定人"。昨日收到他给我寄的快递,里面有十几本书。翻开《嘉定文学》创刊卷,那浓郁的文化气息,让我的感官一下子苏醒了过来。书中那些自然朴实的文章,读来清新感人。《嘉定文学》首卷,汇集了文学大师的杰作,让我大开眼界,又自惭形秽。

赞殷博义老师的《嘉定文化古韵》,"岁寒吟社"源北宋,"讲学安亭"归有光。诗文嘉定"四先生",疁城八子"直言社"。明末清初"六君子",一代大儒钱王君。竹刻始于"正德年",著名绘画"四大家"。文思敏捷,道出真谛。呜乎嘉定文苑,真乃人文荟萃。

近八十高龄的沈志强老师、沈裕慎老师仍笔耕不辍。尤其是沈裕慎老师,患了直肠癌,出院后三年出三本书。这种精神激发了我的写作热情,让我认识到学无止境。

陈柏有老师的《顽童与邻居》,文笔细腻,感情真挚,不愧为散文大家。

还有花玲玲、晶石、侯晨轶等老师的作品,也同样打动了我。

印象最深刻的是朱超群老师的一段话:"我认为一个人不管成功与否,一定要把自己认定的事,做出来再说。也就是说,写出一些自己满意的作品来。如果行,就可以专业创作;如果不行,可以业余创作啊!抱定这样的想法,就认为是否是业余创作或专业创作不重要,重要的是一个追求的过程。"这段话摘自朱老师赠我的《人文春秋》一书。朱老师这一想法正契合我的心意。成功与否,对我们这些已阅历无数的人来说,确实不重要了。正如毕健民老师的诗句,我们因"兴趣爱好,走到一起",又因"交流学习,心志相通"欢聚。

余老师把我拉进了"嘉定文学协会"微信群后,我发现群里大

一蓑烟雨

师云集,作品层出不穷。因为我喜好安静,善用文字与别人深度交流。而大多数微信群谈的都是家长里短,因此每当同事友人邀请,我都拒绝加入,就算加入了也是装聋作哑。趁人不备,则悄悄溜号。而这个群不一样。

在此感谢余志成老师的引荐!相信群主"超群"先生,一定能以他的超级"文学范儿",让"群英会"的舞台大放异彩!

嘉定,我福缘之地呀!我的文学梦将在这块福缘宝地上落下帷幕。

其实,所谓人生密码,揭开神秘面纱就一个字:"缘"。

"嘉定缘",缘于文字,缘于文学。

2020 年 4 月 18 日

哈尔滨与萧红故居

　　四年前的那次哈尔滨之行，像腌制的咸菜一般时不时在我心里发酵，尘封的情感未释放，似一块心病难痊愈。最近与殷博义两次在饭桌上聊哈尔滨，又觉得很怀念。趁记忆未枯萎，我打算赶紧治愈这块心病。

　　2017 年 8 月，因大飞一再邀请，我携妻第一次闯关东，开启了为期一周的东北之旅。

　　从虹桥机场飞抵太平机场，一下飞机，大飞派人驾车来迎接，并安排好宾馆。随后，大飞亲自接我们去松花江北岸的一家餐馆吃鳇鱼，这可是被网上称之为"天价鱼"的鱼中之皇。之后几天，大飞又陪伴我们品尝哈尔滨名肴和具有俄罗斯风味的牛排。整个行程，大飞和他夫人一直陪着我们。逛中央大街、索菲亚教堂，乘船游松花江，在太阳岛上吃马迭尔冰棍儿、看表演……我们深度领略了哈尔滨的风土人情。

　　那天，观赏完野生动物园里的东北虎，我说想去看看萧红故居。于是大飞爱人驾车 20 多公里直奔呼兰区（2004 年撤县改区），满足了我的愿望。

　　古往今来，呼兰素有"江省邹鲁""满洲谷仓"之美誉。

　　呼兰是省级历史文化名城。清雍正十二年（1734）始设呼兰城。

呼兰得名,一说是女真语"忽剌温"的谐音;一说是满语,意"烟囱"。

据历史考证,新石器时代呼兰就有了人类活动的迹象,到了辽金时代,这里的政治、经济、文化已非常兴盛。诞生了胡拉温屯这个最早见于史书的村落,留下了大堡古城、穆儿昆城、石人城古墓、团山子七级浮屠宝塔等闻名遐迩的历史遗迹。

我对这些历史古迹都不感兴趣,只因萧红才来呼兰。再说到了哈尔滨不来呼兰看萧红故居,对热爱文学的我来说,心里总会烙下遗憾。

萧红(原名张秀环,又名张乃莹),生于1911年,于1942年逝世。人生短暂,仅仅31年,因著《生死场》《呼兰河传》《小城三月》等闻名于世。她是中国近代杰出的女作家。萧红、萧军在二十世纪三十年代得到了鲁迅亲授,也因此引起了我的重视。

越野车停在萧红故居前,我下车四处张望,四周高楼耸立,呼兰变新颜,故居却保存完好,只是于2011年在紧挨故居墙外新建了萧红纪念馆。

映入眼帘的是一座北方大户人家的豪宅,庭院深深,恢宏大气。这座故居始建于1908年,占地面积7125平方米,建筑面积826.78平方米。进门一看,有三十二间房屋,分东西两个院落。这绝不是普通人家能住得起的地方,一定是有钱有势才能建得起此屋。一听导游讲解,果不其然,张家在呼兰赫赫有名。萧红在东院出生、长大。不说是书香门第,富贾豪绅是无疑。萧红生母早亡,因受不了继母的虐待,加上封建家庭腐朽氛围的压抑,逐渐滋生了逆反心理,选择了出逃,投身于新文化运动。

1932年,萧红和萧军相识于哈尔滨,两人合著小说散文集《跋涉》。1934 年经青岛去往上海，投身于鲁迅麾下。抗战后两人各奔南北，萧红去了香港，萧军去了延安，两人的命运从此分道扬镳。1942 年，萧红因肺结核和恶性支气管扩张客死他乡。而萧军则于 1988 年去世。也就是说，萧军比萧红多在这世上停留了 50 年。道路不同，命运也不同。

一百年前掀起"新文化运动"，催生了旧民主主义革命和新民主主义革命。前者以胡适为代表，后者以鲁迅为代表；前者追求的是"民主、自由、博爱"，后者追求的是"无产阶级翻身解放"。

很多时候，个人的思想与时代洪流契合就延年益寿，与时代主义情感相悖就病魔缠身。当然从文学产生的影响而言，其作品的声望又与作家的寿命无关。从这个意义上观瞻，显然萧红比萧军胜一筹。不过，斗转星移，世事无常，身后事谁能预料？文学虽不能改变世界，但它记录着时代，影响着后人的思想。

回到现实，回到哈尔滨。傍晚散步于松花江畔，吹拉弹唱，载歌载舞，欢声笑语……休闲自在的市民构成了一幅充满烟火气的图景。萧红书里写的"与封建抗争、追求自由"早已翻篇，可松花江、呼兰河水，依然潮涨潮落，流淌不息。

在哈尔滨的三夜两天，我深切感受到了黑土地人的实诚、厚道、义气！大飞为我此行操尽了心。他让我多待几天，我于心不忍，打算回沪时途经长春，游览一下长白山，再坐飞机回去。离开的那天清晨，大飞亲自驾车送我们到高铁站，盛情难却。车到长春，张海波来接我们共进午餐，晚上好友时清刚特意来探望。次日，我们乘长途大巴到靖宇县，转中巴去抚松，抵达长白山脚下的松江河镇。这一路上，处处都能感受到东北人的豪爽、热情。

东北之行如今已深深烙在我记忆里，难以抹去。今撰文，一方面是为了回忆往事，另一方面是释放我的情感。感谢大飞夫妇及朋友清刚、张海波四年前旅途的照应！德谊无今古，情怀自浅深。人生若有缘，山河难阻断。

2021 年 4 月 23 日

花桥相会

　　由《西桥东亭》杂志主编朱超群举办的文友采风活动，已快过去一周了。可脑海里仍盘旋着那日盛会的画面——书法家挥毫泼墨，作家诗人签名赠书，各区文友热烈交流。大家互相切磋、寒暄问候、谈天说地，品茶、赏景、合影，好一派和乐融融的场景！

　　有的作家在采风的第二天就写出了自己的作品，很多已在《文笔精华》微刊上发表。而我的感悟比别人来得慢，文笔也不如那些文友们，因此不敢与他们相比。但我相信，每个人的感悟定是不同的。因此，我将自己的情感寄托在这篇文章里。学疏才浅，还请谅解。

　　9月8日上午，我乘了2小时地铁，按照规定时间，10点赶到位于昆山廊桥路的花桥经济开发区文化促进会，也就是《西桥东亭》杂志社。乘电梯上8楼，当电梯门打开的刹那，朱老师已在前台迎候我，并给了我两本《嘉定文学》第五卷，附送一本他的著作《人文情思》。我进入大厅，见众文友大多已到场。首先与沈志强老师握手致谢，感谢他对我的拙作用心地写书评。沈老师已八十高龄，阅历丰富，笔触细腻，能一针见血评出书中的问题，着实让我佩服、敬仰。瞥见文友卢忠雁，也与他寒暄了几句，问为何许久未见他的新作，他说是琐事缠身，无法下笔。而第二天他就在"今日头条"上首发了关于此次聚会的文章。一转眼，看到沈裕慎老师正襟危坐

"太师椅"，在给众文友签名赠送他的五卷巨著，我连忙上前招呼问候。稍顷，他起身为我介绍诗人舒爱萍女士。之前几次与沈老师相见时，他就说过要给我引见一位同行，今天终于如愿以偿，幸会作家夫妇胡永明和舒爱萍。因为同在电梯行业做过事，我把带了三本的《足迹悟道》，取出一本签上名赠予舒老师。我们还合了影，以纪念这次难得的聚会。遗憾的是，由于时间紧，文友多，我俩没时间聊业内那些旧闻秘事，只好期待以后再聚。我的另一本拙作赠予了向德旺老师。上次在安亭采风时，没来得及与向德旺当面交流，这次终于由担任摄影师的梅常青老师引见了，每次聚会梅老师总是为众友服务，拍摄一张张友谊的倩影，定格一瞬间生动的画面，留存一段难忘的记忆。这次我和舒老师等人的合影就是他的杰作，随着岁月流逝，显得愈加珍贵。

我的烟瘾比较大，聊天时就想吸烟，这恐怕是已经改不了的坏习惯。当我走出大厅，在靠窗的电梯旁点烟时，遇见了两位与我一样的作家——陈柏有和袁德礼。两位在上海散文群和嘉定文学协会群里已算是我的老相识了，可这却是我第一次与他们见面。陈老先生已八十高龄，可依然思维活跃，几乎每天都在写作，包括小说、诗歌、散文，都很擅长；袁老师比我小一岁，复旦科班，文章自然清新，是人敬人爱的文学大家，也是著名的媒体人。作为媒体人，他亦很优秀，一生正气凛然，为平民仗义伸冤。这两位作家至今仍自创文学平台，为文学事业孜孜不倦地奋斗，这种奉献精神可歌可泣。

我这人，兴许有些木讷，索宝求书的欲望不怎么强烈。沈裕慎老师亦知我懂我。饭后，我与钱坤忠聊得正欢，沈老师走到我跟前，随手把他觅到的两本好书递给我。一本是《活到老笑到老》（张朝杰著），另一本是《45 号花园变迁记》（郁群著）。回到家，趁空闲时翻阅我带回来的 6 本书，沈老师给的这两本果然更吸引我一些，片刻都不离手。两本书的作者都是媒体人，写的都是些随笔、自传。我最爱看这种类型，从书中我可以获得真实的新闻资料，又见识一些真人真事。确实趣味无穷，获益匪浅。开卷梁长峨的总序就十分精彩："文学是作家命定的前世情人，今世恋人。她使我们短暂的生命更为昂然，更为快乐，更为畅达地飞翔，她让我们精神世界的火焰烧得更为灿烂，更为舒缓，更为自在。""文学是我们一个永远亲切的家，她让我们活得更充实，更纯净，更富生机。"这两本书的作者阅历丰富，人生跌宕坎坷，看透世界变化，熟知人情世故，但精神不萎靡，始终积极阳光。可能也正是因为这样，两人都长寿。

最后，感谢朱超群组织花桥聚会！感恩沈裕慎这位知心达人以及所有与会文友！文学梦使我们有缘相会。

我摘录了几句郁群的诗，来结束本文——

"晚年——人生旅途有缘，我们一起创造的一段有歌声的时间……晚年——是生命紫红色大幕最后拉开的一幕，是我们底层老人盼望梦圆的多少天。"

2021 年 9 月 13 日

千岛湖之游

　　在正式退休一年后，我跟随沪星村组织的柴家湾老年人旅游团，去浙江千岛湖旅游。

　　23 日早上 7 点半集合，7 点 50 分出发，走申嘉湖高速，中午 11 点就安排吃饭。下午到达第一个景点，"宋城"。不去不知道，杭州边上还有一座"宋城"，这是近年来杭州专门为旅游业开发的，总投资约 35 亿元。并不是什么历史遗址，而是人造的景点。因为杭州是南宋的都城，"宋城"向游客展示了南宋时期杭州的繁荣与兴旺。

　　在宋城大剧院，我们观看了由黄巧灵导演的《千古情——一个王朝的故事》大型歌舞剧。该剧采用当代最先进的声、光、电的科技手段，演绎良渚古人的艰辛，宋皇宫的辉煌，岳家军的惨烈，梁祝和白蛇许仙的绝唱。把丝绸、采茶等杭州自南宋以来的文化商贸特色表现得淋漓尽致，极具视觉和心灵的震撼，是一出让人难以忘怀的好剧。之后，我们又坐大巴一个多小时，赶到与千岛湖临近的建德县城，在凯悦大酒店落脚。大家美美地吃了一顿丰盛的晚餐后，有的结伴逛街，有的去了棋牌室，有的则回房休息。

　　第二天，乘游艇游千岛湖。二十世纪五十年代，自新安江水电站建成后，水库便形成了众多岛屿，游艇在碧波荡漾的千岛湖畅游，如同身临台湾地区的"日月潭"，山水相依，清风拂面，空气清新，顿觉心情舒畅。上岸后我们游了"葫芦洞",观赏了十多米高的瀑布,一路与潺潺的溪水相伴,好像回到了少年时与自然拥抱的那些时光。随后,我们在游艇上吃午饭,品味河螺、河鱼、河虾等美味佳肴时,免不了勾起老人们从前戳鱼、摸虾、抓黄鳝的回忆。那种"日出而作,日落而息"的光阴离我们越来越远了……

我们怀念着那时的田园生活,可转念一想,"田园生活"又远没有今天富裕、富足,还能四处旅游。经济的发展,破坏了幽静的"田园生活";但另一方面,由于交通发达了,人们的出行也更加便利了。这像一枚硬币的正反面,有利有弊。

第三天,吃过早饭后启程返沪,中途经过富阳,去游龙门古镇。据导游说,龙门古镇是孙权的出生地,又是孙氏家族的发祥地。走近龙门古镇,一块巨石上刻有"孙权故里"的字样。进入古镇那窄小的弄堂,脚踩鹅卵石铺就的路面,观赏一座座破旧的古建筑,我们仿佛又回到了那个久远的年代。在一座孙氏家族遗址的大坪前,人们驻足观看古戏台上演的地方戏——越剧表演。这时天公不作美,下起了淅淅沥沥的小雨。我见游人们都在聚精会神看演出,就独自一人绕到古戏台二层的"何满子事迹陈列室"。不承想有了意外的收获。

何满子原名孙承勋,1919年2月出生于浙江富阳龙门镇,2009年5月在上海逝世,享年九十一岁。何满子是现当代文学家、文艺理论家,文风酷似鲁迅——继承了鲁迅的赤子之心,矢志不渝,一生著作颇丰。可真正了解他的人并不多,名气不算大。而我却对他颇感兴趣,因为我也喜欢鲁迅,亦喜欢研究鲁迅。我的家里就有一本何满子著的《桑槐谈片》,读后觉得颇有鲁迅的风骨。第一篇《戏说历史》就很有味道。这是写于 2002 年的一篇杂文。那年社会上正盛赞"儒家文化具有融合性强"的观点。何先生以他渊博的历史人文学识,有力地驳斥了这种论调。他说——

"可知'融合'也者,只是势力强弱间的收容和归附,不是什么'融合哲学'的驱使。""汉高祖刘邦说'马上得天下',毛泽东说'枪杆子里面出政权',多咱停止过争斗?""请回顾一下'五四'引入人类共同文化遗产的人文主义,作德先生赛先生的启蒙,是遭到了传统卫道者的何等样的抵制?"

在第二篇《天人合一演义》中他破析了儒家提倡"天人合一"用意就是否定"人定胜天"。另一篇《摧枯朽镌金石》写于 1994 年,现实针对性更强。

这里摘录文中的一小段。

"镌金石者难为功,摧枯朽者易为力"这句成语,还可以作别一解释,也可比喻破坏旧事物容易,建设新事物困难。旧事物是它本来要倒了,摧枯拉朽,费力不大;而要建设新事物,使之牢不可破,则诚如琢金凿石,要费很大的力气。所以,摧枯拉朽不是英雄,或算不得了不起的英雄;琢金凿石而有成的才真正是伟大人物。评价古今英雄,似乎应以其"易为力"和"难为功"的成败为标准。

善于顺着势头摧枯拉朽而完成破坏之功的未必能镌金

刻石地搞建设。甚至，摧枯朽得了手，便以为自己神通广大，力气无穷，在镌金石时也迷信自己的神力，于是噼里啪啦，乱搞一气，把世界整得一塌糊涂，天下一败涂地，终于上帝变成撒旦——也许本来就是撒旦。除了顺势摧枯朽以外别无长技，仗着摧枯朽之时的一点威名，死了也还能享受人间烟火，乃至为人盲目地称颂膜拜。

这样犀利如"投枪"似"匕首"的杂文，如今已失去了市场，难怪"何满子事迹陈列室"无人问津。我问导游小姐："何满子是龙门古镇人，那他的老宅呢？"她说："在街的另一头，不去参观了。大多数人都不感兴趣。"我从导游的话里明显感觉到，何满子虽然出生于龙门镇，可并不为古镇人所了解。他的价值还没有孙权大。何满子有句自嘲的话："文章媚俗方行俏，识见忤时该倒霉。"这是一个抛弃崇高、伟大，远离深刻、清醒，追求浅薄、时尚的时代。

众人皆浊，我独清，有用吗？只有全民的思想认识提高了，我们的祖国才能越来越好。

2014 年 4 月 27 日

游雁荡山纪实

题记：1986 年 4 月，我参加了由仪表局工会组织的赴雁荡山休养，在当时来说，能享受到这种待遇者一定是在单位里被评上本年度或上年度的先进生产工作者。我回来后写了这篇日记体的游记散文，写完之后，我记得只给一个人看过，那就是现居美国的应玉仙，她看后对我说：不错！实际上我心里清楚，写得并不怎么样。所以始终存放在抽屉里不愿"曝光"。一晃 15 年过去了，命运又让我与小陈相遇，得知她的老家离雁荡山不远，因此便自然谈起关于雁荡山的话题，才想起以前写的这篇游记，翻出来重新输入电脑认真修改了一遍，尽管还是"稚嫩"了一点，却还能拿得出手，至少给友人看看是不成问题的，其中有许多值得回味的地方，也是人生一段有趣的经历。文字的好处就是让你永远记得这些"陈芝麻、烂谷子"的事。

如今读这篇纪实散文，有点"回光返照"的味道。那时国企对评上先进的优秀职工每年会安排休养，这是一种特殊的奖励和激励机制。我曾三次获得这样的殊荣。现在时过境迁，不会再有这样的集体旅游了，重温三十多年前写的这段日记恍若隔世。

4月4日

　　早晨四点二十分起床，妻烧好泡饭吃罢，打点行装五点出门赶公交车。由于过往有过一次深刻的教训，因此在我的潜意识里乘船、坐火车宜早不宜迟。

　　那还是发生在去年7月份的一件事。

　　我出差去普陀山参加一个技术鉴定会。船票上写着的开船时间是晚上7点30分，下午5点15分我才出家门，心想两个小时赶路总够了，哪知道正遇上下班乘车高峰期，车多道路窄，汽车自然开不快，等到转乘43路公交车时已是6点10分，我还莫知莫觉一副不忧不急的样子。在车上巧遇我厂书记老任，当问清我的情况后，他就先为我着急起来，依照他上下班的乘车经验，无论如何也赶不上7点30分那班船，即使7点30分能赶到，但开船前15分钟就已停止检票了。天呐！这种规矩我事先怎么一点也不了解呢？经他这么一说我立刻紧张起来，一颗心悬在嗓子眼儿，情绪也有些焦躁不安了。这可怎么办呢？同厂的小张这时也在车上，他为我出了个主意：到打浦桥下车改乘出租车。到底是年纪轻、脑子灵活，老任也同意小张的建议，只有改乘出租车才能抢时间赶到。既然有书记点头，回来就不怕报销不了车费——我心想。事后想想，那天如果我碰不上老任书记就彻底完蛋了，不仅赶不上船，连出租车费都报不了。至今想起这件事，我仍然从心底里感激他。

　　人总是吃一堑长一智。这一次出远门我特意把赶路程的时间放宽余些。也许是清晨人少、车稀，一路行驶很顺利，尽管转了三趟车，路程比十六铺还长，可到达公平路码头的时间为6点20分，离集体集合时间 7 点 30 分足足提前了 1 个多小时，而正式开船时间为 8 点整。

这一次是仪表局工会组织的赴雁荡山休养团，一行共 44 人，来自局所属四个公司——光学公司、设备公司、仪表电子进出口公司及局会计事务所。我为有幸参与此行感到高兴。

雁荡山是全国屈指可数的几个名山大川之一。古代文学家李孝光、现代文学家郁达夫、当代文学家赵丽宏都曾为它写下情景交融的游记散文，对它称颂不已。本人平时也喜欢写点肤浅零碎的文字，能到此一游自然是件快乐之事。所以人还没到，早已心驰神往。

我们乘的是上海海运局的"瑞星"号轮，这是一艘双体客船，一上船有两个明显的感觉：一是舒适。自四月份市政府发出"二禁"通告之后，公共场所尤其是车站、码头、火车、轮船上的卫生有了很大的改进。二是服务热情。自海运局党委宣布举办学习杨怀远同志的活动后，船运服务的质量有了很大提升，船上的服务人员待客热情亲切，工作认真细致，获得了旅客的一致好评。

我们光学公司共 10 人一个组，恰好都分在了同一船舱内。上船后等各自安排妥当后，男士大多数捧着书、读着报，女士则在编织毛衣。由于刚刚才见面，彼此还不了解、不熟悉，谁都不好意思先开口。作为组长的我决定改变这种沉闷的气氛。第一件事就是要熟悉人。我拿着上面发给我的名单挨个点名，并向大家一一介绍所在工厂，这样很快使舱内的气氛活跃起来……仔细观察了这次同行的男男女女，我猜测这些人都不是第一次出远门，不然为什么两岸的景物都引不起他们的兴趣呢？此时此刻我想起自己第一次乘轮船时的情景：那是 1970 年 12 月，我应征入伍，在告别父母、姐妹和家乡好友后踏上征途，心里充满了一种新奇感，尽管长路漫漫，心里却装满了理想和希望。那天正好有细雾，坐的也是这公平路码头上的船，船名叫"战斗7号"，是一艘货轮。我们一上船就被安排进了底舱，并宣布不准露面，不准到甲板上穿行，尤其一进入公海，说什么"如果暴露了军事目标，敌人就会向我开炮"，带兵的人这么一说，我们这些个十八九岁的小伙子哪个敢违抗，都懵懵懂懂傻愣在那儿，二十五六个小时就躺在底舱一动不敢动，不见蓝天，不见海水，只能听到海浪击打船体的声音。现在想起来还觉得好笑，那时间都不知道是怎么过去的。一直到了青岛，上了码头又被军车直接拉到即墨新兵营。本想好好欣赏一下辽阔的大海，听人说过在海上观日出是一种绝妙的享受，可这一切美好的愿望全被埋葬在了船舱。原先还自我安慰：海军嘛，总归是跟海洋打交道，以后总会让你看个够、看个厌的，全然没想到这期望又落空了，到了新兵连，我们才知道自己当的是海军工程兵，以后天天同石头、坑道打交道，与大海、军舰无缘了。当时失落和沮丧的情绪波及到了每一个像我这样的新兵。命运就是这样残酷。

　　转眼四年过去了，1974年4月，我享受到了超期服役的待遇，即获准探亲假。当我从青岛乘船返回上海时，恨不得把过去的遗憾在这一天填满。一上船我就像一只久居笼中的小鸟，扑腾着翅膀欢呼雀跃，之后平静下来，久久地凝望着大海。那一望无际的大海勾起我无限的遐想，也勾起我许多辛酸的回忆，我站在栏杆旁，任凭海风把帽上的飘带吹起，从日出站到日落，我一点也感觉不到疲惫，有海鸥作伴，蓝天为我敞开胸怀……此时此刻我感到无比自豪——从别人的目光里，我感受到当一名中国人民解放军海军战士是多么的光荣！海鸥啊海鸥，请你快快去向我的父母报个信，你们盼望很久的儿子就要回来了，回来了……颠簸了二十五六个小时的客船驶入吴淞口，黄浦江两岸五彩缤纷的灯光分外耀眼，令我目不暇接。我恨不得左右甲板两边跑，把家乡日新月异的变化尽收眼底；与一艘艘停泊在江边的外轮擦肩而过时，洋人水手们向我们挥手致意，此刻几乎所有的旅客都站在甲板上观赏浦江两岸的景色……外出归来，别有一番滋味涌上心头。

今天，我再乘轮船，心情又与往昔不同了，总也欢腾不起来，激动不起来，是因为岁月磨平了我的纯真，还是我的纯真失去了它的岁月？我感到一片迷茫……

我再一次看了看我的这些同伴们，有的与我当时年龄相仿，却静坐在自己的床位上，是因为外面没有喧嚣，还是因为这些景色拨不动他们的心弦？

开饭了，大锅饭改成了小灶，我发现人人都自饮，高兴者喝上二三两白酒，有人赞誉"最乐惠"；平淡者自顾自吃点心，填饱肚子为首要。

船过金山湾后海浪升高，船体晃动得厉害，酒足饭饱的人不想动弹，正好睡上一觉，此时此刻船正在夜色中劈波斩浪，人像躺在摇篮中，安然入眠。

4月5日

凌晨 3 点 45 分，我被船舱过道里几个温州游客的说话声吵醒了，你一声我一声的像是在吵架。况且又是在夜里，安静的环境将音量放大了好几倍，因此惊醒了整个四等舱的旅客，我的同行们也相继起床看热闹去了。直到后面有人调解,船舱里才渐渐安静下来。

　　轮船在 7 点到达温州码头,一上岸发现导游已在那儿等我们了。导游是一个四十多岁的男子,他给我们提了两条建议:一是最近温州市内流行病正在盛行,要我们用餐时尽量找个干净的饭馆;二是出门人应处处谨慎,买东西要看准,不要随意讨价还价,想买就买,不想买就不买。这里不是在上海,温州人脾气怪异,你若还了价不买,那是绝对不让你走人的。因此要格外小心,尽量不要发生这种麻烦事。

　　说是建议,更像是忠告。我们的头上顿时笼罩了一团阴影,刚才还欢快的心情此刻如同晴空里突然飘来一块乌云,很郁闷。

　　同行中有的人或许把导游的话当作了笑料,心想:十个导游有九个油嘴滑舌、胡说八道,哄得了小孩子还能哄得了我们这些上了年纪的人吗?

　　可是后来发生的事果真验证了这位导游说的话。

　　第一件事情就发生在温州市里。游了一圈温州后,我们对这里的物价有了初步了解,如这里的橘子是 8 角钱 1 斤,明显要比上海便宜。我们组的老钱是一个近六十岁的生产骨干,由于他爱人喜欢吃橘子,便决定买 9 斤带回家。付了钱提着走了一程觉得不对劲,连忙到附近商店过秤,不秤不要紧,一秤吓一跳——足足少了一斤半的橘子,再回头去找那商家,早已不见人影了。据老钱说,卖橘子的是一个中年妇女,看着倒是老实厚道。老钱懊恼至极,快六十岁的人了竟被人当三岁小孩耍!大家也替老钱感到气愤,一个个面面相觑。本来只是 8 角钱一斤的橘子,一下子变为 1.02 元 1 斤了,你说划算不划算?还得从温州提到雁荡山,再从雁荡山提回上海,值得吗?

第二件事发生在摆渡船上，船上有个农民提了个篮子卖甘蔗，有两种甘蔗，一种是一毛钱一截的，另一种质量好些的是两毛钱一截。这一次不同于在温州市里了，我们靠着人多对卖甘蔗的农民逗乐杀价，搞得他晕头转向。本来卖1毛的5分钱就敲定并一抢而光，甚至有个别人吃完了不付钱。2毛钱的又讨价还价了一阵子，最后以3毛钱两截又一抢而光，众人哈哈大笑，那农民也跟着一起大笑。

汽车在盘山公路上绕行，灰尘扑面而来，经历两个半小时的颠簸后我们终于到达了此行的终点——灵秀楼旅馆。

这一路弄得大多数人满脸灰尘。好在我与二光厂刘俊挨着坐，一路谈笑风生，滔滔不绝，也就不在意那些细节了。

刘俊穿着不时髦，却得体，那双水灵灵的眼睛镶在雪白的脸蛋上，显得神采奕奕。她给人的第一印象是温和善良。关于她的年龄，我相信每个人都会猜错，其实她早已结婚生子，儿子已经十三岁，丈夫原先与她在同一家厂，还曾经担任过该厂工会主席的职务，现在调到上海科学院激光所。而她比她的丈夫足足小九岁，他俩的结合曾引起周围许多人的嫉妒。她告诉我："许多原来对他（指她丈夫）有意见的人，现在看在我的分儿上都友好相处了，我在厂里的人缘要比他好。"我赞誉她起到了外交的作用。近年来她还自学日语，水平比她丈夫还高，她经常协助丈夫翻译资料、抄写论文稿……她爱她丈夫，她的丈夫更爱她。这不，那天她丈夫亲自将她送至公平路码头，嘱托给我们后他才放心回去上班。

她平时没有烦恼的事，唯一让她操心的就是她那十三岁的儿子。她说："他光知道玩，不知道学习，怎么教他，他就是不要学，长着个大脑袋，脑子笨得可以，一点也不像我们俩。"她甚至怀疑是怀孕期间接触有害物质的原因。总之，一提起儿子她就心烦。这也许是每一个母亲的天性，操心亦是爱的表现。

4月6日

吃罢早饭后我们开始了第一天的活动——游览灵峰等几个景点。这里交通不便，没有公交车，也很少有旅游大巴，出门不是步行便是乘三轮柴油车，每辆只够坐8人，再多就只能蹲着挤挤了。游完了灵峰进入观音洞，许多人烧香叩头，拜观音娘娘，态度虔诚。我对此素不感兴趣。去年在普陀山的场面更盛大，庙宇宏伟壮观，朝拜者络绎不绝，同行的人都去烧香、叩头、拜佛，唯独我四处溜达，累了就找个地方歇脚。这会儿也是这种心情。

下午游览了雁荡"三瀑"，即下折瀑、中折瀑和上折瀑，它们有相似之处又各具特色。"三瀑"中数中折瀑最具魅力和观赏情趣。现代著名的文学家、诗人郭沫若1962年到此一游，赋诗一首，刻于峭壁。游上折瀑难度最大，要登上两个山峰，等于翻过两座山才可以看见，由于路太远敢上去的人不多，我们好些人由于没听清楚导游所讲的内容，盲目地跟在"大部队"后面上去了，才走了不到三分之一的路程已累得满头大汗，衣服一件件剥去，最后每人都只剩下一件内衣或衬衫，这时想打退堂鼓已来不及，每个人都不愿再走回头路。路途基本上都是悬崖峭壁，人走在小道上目不斜视，得全神贯注。

我们小组除一人外都爬上来了，大家相互照顾，较险、较陡的

一蓑烟雨

地方便相互拉一把。因男女有别，不能手牵着手，就有人想出了一
个办法，用一条毛巾作牵引，一头握在男士手里，另一头抓在女士
手中，就这样，历经艰险终于到了目的地——上折瀑。真是不容易，
千辛万苦换来眼前的这一幕，虽说并没有多少惊艳震撼，但"不到
长城非好汉"，一路上的冒险也是一种乐趣。

古人言："上山容易下山难。"这是说在没有任何台阶的情况下，
这句话我们验证了。一路穿山越林走峡谷，又从另一条小道返回山
脚下的大路。我们满身疲惫，拖着沉重的双腿回到住地，累得谁也
不愿意动弹。个别人还在夸夸其谈，向别人吹嘘上折瀑如何的好看、
美不胜收，不去看一下实在可惜和遗憾……

晚上想看看电视节目，可这里是山区，即使天线竖得再高，接
收的信号仍很弱，声音和图像都很模糊。尽管我们当中有几位是搞
线路的工程师，摆弄了好一阵子仍不尽如人意，这绝非个人能力的
原因。后来我们只好叹着气将电视关掉，卧床休息，或闲聊，或打
打扑克牌，个别女士仍忙里偷闲织几针毛线……

4月7日

早晨 5 点起床，我第一件关心的事就是小刘昨晚是否睡着。我
是组长，关心组里的每一个同志是我的职责。而小刘大概因为水
土不服，一直不太舒服，好在没有影响晚上的睡眠。

吃早饭时同志们纷纷劝她量力而行，走不动就干脆在宾馆里休
息。而小刘也许是觉得一人留下来会寂寞，也许是集体意识太强，
执意要跟我们大家一起出门。今天要去的地方是大龙湫——雁荡山

的又一风景圣地。路途遥远，要翻过一座高山，由于我们的领队经验不足，去时没有车送我们到山脚下，只好步行，年轻力壮者冲在前面，年纪大的人落在后面，走的时间越长，拉开的距离越大，直至前面的人已到了一个小时，后面的同志才刚刚赶到。

当我们爬到半山腰刚想休息一会儿时，一个十二三岁的女孩走了过来，一只手挎个小篮子，里面放有几瓶汽水，另一只手拿着扳卡凑到人们跟前招揽生意。"汽水喝不？""多少钱一瓶？"我们中的一位同志随口问道，话音刚落，只听到"咔嚓"一声，小女孩已麻利地将瓶盖撬开递了过来。我们那一位急忙说道："我只是问问多少钱一瓶，没说要买啊！"可小女孩竭力争辩说是他要喝的，一旁的人们将一切听得一清二楚，纷纷指责小女孩蛮不讲理。可不管人们怎么说，那女孩就是截住那男同志的去路，紧盯住不放。最后无可奈何，一位男同志出来解了围，付给了小女孩2毛钱，小女孩拿到钱一溜烟跑了。人们都有点儿愤愤不平，数落这种恶劣的经营方式。本该是接受教育学知识的年龄，却早早染上了这种不良习气，钻进了钱眼儿里，这到底该怨谁呢？

养活自己无可厚非，可也不能为了赚钱做这种损人利己、唯利是图的买卖啊！

翻山越岭，穿过羊肠小道，我们终于来到了大龙湫。呵，这就是文学家笔下的气势磅礴吗？瀑布从高坡上直冲而下，那水珠宛如龙卷风似的。我这样一个"大老粗"倒不觉得有什么新鲜的，而我们组里的王工程师却赞不绝口。"这里好，确实好！"他说。因他去过全国的许多地方，站一旁的小张便接着问王工："有鼓浪屿好吗？""那是两种类型的、不同风格的美，特色不一样！"他接着说，

一蓑烟雨

"除了黄果树外就数这大龙湫了。"他如此评价,我在一旁静听,也慢慢开始领略起四周的风光,细品其独特的味道。这里的山、水都有一种象征的意味,每当导游形容它们像某某,赞美它们如何如何时,众人总是能轻易地想象出来。

王工程师是搞分析专业的,平时很少有闲情去游玩,即使是参加今天这样的活动,他还是忘不了自己的老本行。出来时他就准备了一个空水壶,此刻见他满满地灌了一壶大龙湫泉水,别人好奇地问他是否当开水喝?他说:"回去后我要分析分析它的水质情况到底如何。"我又补上一句:"到时候我们就能在报上或杂志上看到王工的论文《雁荡山的水质》了。"大家哈哈大笑。"这确实是个很有意义的研究工作。"我认真地说。从这一点可以看出,什么样的人长什么样的脑袋。这种事一般人是想不到的,可王工就很细致,这或许可以称作是一个人对自己兴趣和专业的本能反应吧!

来此一趟真不容易,还不知今生会有第二次吗?每个人都不能给出答案。即使再有这种机会也不一定愿意重游雁荡山,因为实在太累了——这是每个到这里游玩的人的共同感叹。

也许是因为都抱着这种心理,大家纷纷照相留念,我们小组的全体同志也在此照了两张合影。

当拖着两条沉重而疲惫的腿回到宿舍后,同志们对今天的大龙湫之游提出了不少意见。本应该包车的店老板为了从我们身上多榨取一些利润却让我们步行走路。大家对伙食等其他一些事情的安排上也有不少不满之处,便督促领队与店老板交涉这一问题,希望能尽快得到改善。可是我们的那个队长却是个担不起责任的、油头粉面的小生,实际上他也是个聪明人,不愿自己出头做恶人,要我们几个小组长一起去向那个老头儿提意见，我可不管三七二十一，不平则鸣嘛！说话很尖锐，毫不客气，其他几个组长也随声附和。而那店老板是个老顽固，对我们的意见置之不理，丝毫没有想解决问题的态度。这样就更令我们生气了，加上从大龙湫回来后我有点肚子痛，当晚的活动我们组几个都不愿意参加了，以"不出席"表达抗议。

虽说看夜景是一次不错的享受，可我们组六个人谁也没觉得遗憾。因为肚子里都窝着一团火，即使是高兴的事儿这时也不会产生兴奋的劲头了。

4月8日

今天是活动的最后一天了，上午我们打算游灵岩。就在我们住宿地后大约两三百米的地方，是此次游览中离我们最近的一个景点，自我感觉要比其他几个景点好。一则游览点集中，小龙湫、月亮洞等，且都相差不远，二则正巧看到了杂技表演：几百米高的两座山间连着一条铁丝，一人就从这头爬到那头，中间还有些动作表演，勾起了我们的兴趣。

中午回到旅馆吃午饭，集体合影后下午活动自由安排，我实在疲乏到了极点，哪儿也不想去。睡上一觉，约下午四点时起床，楼下传来消息：昨天大家在大龙湫请人照的相可以取了。为我们照相的是个约莫三十岁的青年农民，摄影水平不是特别高，可以猜想他玩摄影还没几年。昨天我们中先到的几位同志与他谈了交易："我们人多，数量多，是否降低价格？"本来照一张彩照要2元2角，经一番议价最后以每张 1 元 5 角成交，取照片时付钱。而且那个青年向我们保证，照得不好不收钱，很有点北方人的气概。我们这些后来者被拉上照了一张，有的感觉便宜又多照了几张。

今天他按承诺把照片送到了我们的宿舍，这本是件好事，可也许是他经商时间不长，太容易相信人，将照片和底片摊在桌子上，任人认领然后付钱。然而人多手杂，场面非常乱，这就给某些爱贪小便宜的人创造了条件。果不其然，结账时青年发现少了 7.5 元钱，这就明摆着有人拿走了照片没付钱，他向我们的一些同志申诉，却招来了某些人的嘲讽，责怪他自己不小心，"哪有像你这么做生意的，去去去！" 我在一旁很气愤，难道老实人就该吃哑巴亏，难道做生意一定得投机钻营才算好吗？无论如何，人在任何情况下都不该过分相信别人，这叫防人之心不可无。

看到那位青年摄影师沮丧的神情，大多数同志都有些不忍心，有些人向组长提出募捐，有些人提出每人凑几角付给他，还有人已将钱塞给了青年。在一片叽叽喳喳的议论声中，我在想，那几个拿了照片没有付钱的人，心里是否会有些惭愧，良心是否会受到谴责？最后，以每桌凑出 2 元 5 角付给青年，为这个事情画上了句号。一次不愉快的小插曲过后，必然会产生信任危机，不过大家都默默地放在心里，没有把事情闹大，只是暗自提高了警惕。我想，这对那些心术不正者已是最好的教育。

因是最后一个晚上了，吃罢晚饭，全队举行了一次小型娱乐晚会。大家在一起相处已有五天，彼此都熟悉了，所以晚会上都很放得开，场面很热闹。局直属仪电进口公司的小朱是上海大学外国语学院毕业的，参加工作才两年，他为大家助兴，连唱了三首不同风格的歌曲，一首英文歌，一首日文歌，一首我国民歌。他那嘹亮的歌喉唱出了深情和韵味，动人心弦。结束后，大家为他热烈地鼓掌。

因为第二天凌晨两点就要起床，所以晚会没有开到很晚，8点半时大家基本上都熄灯休息了。

4月9日

这一晚，许多同志几乎一夜未眠，也许是因为明天要赶路，因此很难入眠。对初次出远门的人来说，这是件很正常的事。

我还好，早早地便进入梦乡，迷迷糊糊一直睡到凌晨1点30分。直到被过道里早起的人吵醒，才匆匆起床。本来约定好2点半吃早饭，因绝大部分同志都已起床，故2点就开饭了。3点10分，我们坐上了车。夜色凝重，又是跑山路，人们担忧路途的安全，一上车都默不作声，安静极了，只听到汽车发动机的声响，各人都想着自己的心事，有的在摇摇晃晃的汽车里补觉，有的在祈祷回程顺利……在这一路2个多小时里，我回顾了这5天的经历，有艰苦、有欢乐、有感动，因此决定回去后写一篇日记体的散文，把所见所闻、所思所想写下来，写男人也写女人，写美好的，也写丑陋的……

凌晨5点到达码头，只差一步没赶上头班轮渡，只好等到6点才摆渡过江。20分钟后抵达对岸——温州市。我们可以在7点30分之前采购点纪念品或是路上所需的东西。

8点准时开船。

上了船，人们的心总算安定下来。

我们组10个人仍在一个舱内，大家互相关照，比来时增添了几分亲切感。

昌新轮比来时的瑞新轮要小得多（瑞新轮是双体客船，昌新轮则是单体）。一进东海船便摇晃得厉害，甚至人都不能走动，只能卧床或仰坐着。一些晕船的人忍不住呕吐起来，大多数人则昏昏欲睡，不想干任何事。

4月10日

凌晨3时左右，我又被一阵喧哗声吵醒，才知海上起了大雾，船不能再向前航行了，只能就地抛锚。此刻船平稳了些，不过大家也醒得差不多了，纷纷聊起天来。

本来预计最慢23个小时可抵达上海港码头，快的话上午就可以到家，下午洗尘后还可以再睡上一觉，恢复一下体力。这下大家的计划全被打乱了。本来准备观海上日出的人也很失望，因为海雾，三四米之外就什么也看不见了，无奈只能静心等待。大家各自闲聊、看书、织毛衣来消磨时间。

闲聊时我们彼此间增进了了解。无线电专用设备厂有一位叫陈玉雪的女同志，四十来岁，中等个儿头，因腰圆体胖，人称胖阿姨。这位胖阿姨最初给我的印象不太好。第一天刚到灵秀楼招待所时，由于我组人员坐在大客车的最后一排，最后一拨下车，再加上一路上尘土飞扬，下车后扑扑打打，等我们上楼时，所有的空房都已被先下车的人占了。规定一间住三人，无线厂四个女同志却占了两个房间，我们组四个女同志只能在一旁眼睁睁地看着。我作为组长理应关心下属，于是找到领队说明情况，要求至少给我们一间空房。

领队去与她们商量时，这位胖阿姨满脸不高兴，说了许多不中听的话，"早知道三人一间那我们厂来三个女同志得了。"我当然有点不悦，语气也加重了，"你们厂四个女同志可以三人挤在一起，总不能叫我们的厂三个女同志分成三块吧。"最后在领队的督促和耐心地劝导下，她们终于做了让步，腾出了朝北的一间空房。这件小事发生之后，我就产生了一种偏执的看法：这个人在单位里也一定是个狠角色。因此同行时我始终避着她，谁知第三天，同组的刘俊告诉我："胖阿姨这人看上去凶，心地倒是蛮善良的，见我走不动落在后面，她就让厂里的其他几个女同志陪我一道慢慢走。"我听后不以为意地说："也许她觉得那天做得太过分了，在忏悔呢！"

而今天我对她有了新的认识。原来，她是电影明星陈述的侄女，说起电影界的趣事滔滔不绝，生动风趣。从她嘴里还可以了解到影视圈里"内幕"，这些都是我们平时闻所未闻的。

她生性泼辣，爱开玩笑，心直口快。虽然我和她发生过几次口角，但能看得出她没有放在心里。这使我不禁反思起自己，是否有点太小心眼了。渐渐地，一丝愧疚爬上了我的心头。

不知过了多久，老钱坐在座位上，突然心脏觉得跳得极快，幸好王工带了治心脏病的药，老钱吞下了两片后闭上眼睛横躺在座位上，才觉得舒服了一些。看着这位年逾六十、即将退休的老同志，想起他不平凡的经历，我的内心又升起了无限的惆怅。

刚解放时他和妻子同时考上了外贸部办的一所中专学校，为了生活边学习边工作，毕业后他被分到石家庄某机关工作。不久从上海传来女儿病逝的消息，他感到非常痛苦，加上初到石家庄，对气候饮食很不习惯。某天夫妻俩为了一点小事吵起来，老钱一气之下竟说出了"杀脱侬"这样的过头话。这话被他们家的邻居——妻子同单位的一位领导干部听见了，立即打电话给了公安局。就因这一句话，竟然闹出了悲剧。妻子到狱中探望丈夫，两人谁也不怨谁，只是默默地流泪。数年后老钱从狱中出来，不想再在石家庄待下去了，当初的满腔热血早已被一盆凉水浇灭了。他只身一人回到上海，可没有档案关系就等于黑户口。于是他回到了自己的家乡安亭，找到了当时在镇政府任镇长的亲戚，向他叙述了自己的遭遇。那个亲戚很同情他，于是帮他安排了当地的工作，才算安定下来。

粉碎四人帮之后，他多次为自己申诉，终于在1983年恢复了干部待遇，但工资还是少得可怜。前年妻子也从石家庄调回来了，她是带着经济师的职称退休的。可老钱呢，却什么都没有，要知道，他们本是站在同一起跑线的。他谈到这些惆怅与感慨之事时，脸上的皱纹显得更深了。我们透过那些皱纹，好像就能看出他充满荆棘、坎坷的一生。

下午4点，船整整停了14个小时后又重新起航了。随着天渐渐黑下来，胖阿姨她们几个又心急起来，"怕是赶不上回安亭的车啰！"有人问道："那你不可以到你爷叔家住一宿吗？"胖阿姨义正辞严地说："我这番打扮，人模狗样，黑夜闯进他家的门，看我大包小包的，实际没一样拿得出手的东西，当然爷叔是不会说什么的，可婶娘背后会嘀咕的……最好能赶回去，即使回不去也就只好住旅馆了，反正厂里报销。"听这些话，就知道她是一个处事圆滑的人。的确，对于有些问题还是要考虑得周到一些。

晚上8点半，船总算靠了码头。好在老钱的身体也没有太大问题了。

上岸后大家相互道别，然后各奔东西了。

这次愉快的旅途终于结束了，像一场梦，彼此相识了，又分开了，何时能再相逢，是个未知数。可他们的笑容、声音、身影却留在了我的脑海里。我如实地记下这一幕幕生动的画面，想着将来的某一天能聊以慰藉……

第一稿写作于 1986 年 4 月 15 日

第二稿修改于 2001 年 9 月 20 日

游欧洲四国记

正值年末，大地冰封，万物萧瑟。我选择在这一时段进行一场欧洲之旅，一是从经济成本考量；二是现在属欧洲的旅游淡季，属于错峰出行。

欧洲之行成了我心心念念的事情。而机会姗姗来迟，直到退休后才得以实现。

第一次登上欧洲大陆，虽说"走马观花"，但亲历异国风情，还是感慨颇丰。记录真实感受和体验，不求同、只存异，供日后闲暇时回忆自乐又有何不可呢？

第一站：德国

踏上德国国土的那一刻，我立刻想到了这是个哲学家辈出的国度，如康德、黑格尔、叔本华、菲尔巴克、马克思等，这些举世闻名的著名人物为人类生存和发展贡献了毕生的才华，令我肃然起敬。许多人一提哲学就头痛或不屑，而我却情有独钟，看了不少哲学书籍。我认为哲学乃自然科学总和，它揭示了人、自然、社会间的规律，对三观的塑造有益无害。这次倘若能够瞻仰其中一位大师，也可了却我心中的念想。可遗憾的是，旅行团安排的景点是慕尼黑新市政

// 223

第三辑 旅途云霞

厅和新天鹅堡，这个愿望无奈落空了。

在德国我们总共停留不足一天，并未体会到德国真正的风土人情，只是略有点感性的认识。12月1日零点，我们从上海浦东机场起飞，经过12个小时的飞行，落地德国慕尼黑机场。当地时间早上6点，过了海关安检，走出机场坐上一辆奔驰大巴，载着我们一行33人驶往慕尼黑新市政厅。下车游街市，映入眼帘的哥特式建筑，教堂的尖顶高高耸立，街市人客稀少，钟楼上"钟鸣舞"打破了清晨的宁静，唤醒沉睡的大地，店铺才陆续开张营业。我走进一个售货亭，准备买一只打火机。一对德国老夫妇和蔼可亲，笑脸相迎，虽然语言不通却很耐心。德国人做事态度严谨，过去从书本上就已知晓，如今从这对老夫妇身上窥见，也算是证实了。

跟团继续坐大巴驶往德国南部，游览第二处景点——新天鹅堡。新天鹅堡又称"梦幻城堡"，是十九世纪晚期的建筑。城堡主人路德维希二世，十八岁登基后企图以音乐化解干戈，他浪漫热情，追求自由，沉浸于艺术的世界，并与茜茜公主演绎了一段童话般的爱情故事。新天鹅堡坐落于阿尔卑斯山脉德国一侧，居于半山腰。参观门票为40欧元，爬坡走上去很吃力，游人却络绎不绝。城堡前几天刚下过大雪，地上的雪足有5至7厘米的厚度，树枝上也挂满了积雪，远远望去白茫茫一片。游客们兴致勃勃，都想登上城堡一探究竟。其实这个城堡没什么秘密，最多只是有一些爱情故事而已。我们气喘吁吁地爬上去，照了几张相。下山后才知道，我们旅行团中有一半人都没坚持下去。原来这是个自费项目，愿者上去观景，不愿者原地休息。

后来得知，这次旅行团的33人均为散户，有的从携程网报名，有的从途牛网报名，11 个年轻人，22 个中老年人，分别来自浙江、江苏、上海三个地区。其中有的是新婚夫妻蜜月旅行，有的是单位同事结伴，有的是老年夫妇，也有"独行侠"。团费为 5324 元 / 人，不包含自费项目，团餐只包每天一餐，也不包含司机和导游的小费。大家都奔着以实惠的价格周游四国而来，不同的是各自的心情。年轻人是抱着购买各类名牌"潇洒走一回"的心态来的，而老年人则更多是为了给自己留一份回忆。

第二站：意大利

《威尼斯商人》的戏剧和电影都很有名，通过这部剧，威尼斯水城也闻名于世。剧中将商人的唯利是图惟妙惟肖地展现了出来，因此大多人对意大利人的商业秉性早已耳熟能详。

这不，我们的大巴一进入威尼斯城，就要购买整车的入城票。除了喝咖啡、餐饮、购物，游艇及导游要付费，连上卫生间也要付费。好在带队高美丽导游机智，把我们领到一家德国商厦，上洗手间不付钱，还可以稍作休息。然后在约定集合时间后，大家分头自由活动，有的走街串巷，有的合影留念。

威尼斯是个商业发达、旅游业繁荣的城市，人潮涌动川流不息，不亚于东京和上海。

威尼斯的魅力，确实名副其实，街巷纵横交错，水路四通八达，商贸繁荣，世界各地的游客聚集在这里，或观赏景色，或购物，或穿梭游历，或品尝美食。

我们先参观了中世纪欧洲最大的教堂——圣马可大教堂。中间是自由行，最后乘快艇穿越黄金大运河，观水城宫殿、叹息桥、狮子像及各个经典的贵族豪宅。水、桥、古建筑，与蔚蓝的天空、飞翔的鸽子融为一体，令人流连忘返。

随后到了意大利的罗马、佛罗伦萨，游览了中世纪的斗兽场、大教堂，欣赏了各种名家雕塑。给我总的感觉：古朴、庄严、神圣，那些建筑与狭窄的道路似是各自独立，又像互相融合，产生了对比与碰撞。我不是宗教神学的信徒，所以这些没有给我特别震撼的感觉。

第三站：瑞士

在我的印象里，瑞士的手表和军刀的制造水平都很高超，其优良的品质也造就了它超高的知名度。不过这两样物品对我没有多少吸引力，因为年轻时流行手表那会儿，我妈凭票给我买了块"上海牌"手表，已心满意足，后来不戴了就放进抽屉了。如今人手一个手机，看时间再不用手表了，因此再精致昂贵的手表，也激不起我想占有它的欲望。当然这因人而异，这次旅行团的33人中就有一人购买了一块欧米茄表，价值人民币两万八千元，比国内专柜至少便宜八千元，这位游伴喜上眉梢，爱不释手。当然，此行有收获的不只他一个。在瑞士罗塞恩，两个年轻女孩以一万两千元和八千五百元分别购入了名牌小包和腰包。在旁边一位的年长者看来，这太过奢侈，可对两个年轻人来说，却像占到了大便宜一般。

瑞士是个小国，却是个联邦制国家，富裕而内敛——肥水不外流。这次旅行瑞士给我的直观感受：景色美丽敌他国，富饶宁静不喧哗；独持瑞郎宁雇佣，人格高傲立品牌。

琉森为历史文化名城、度假胜地。这里风景秀丽，易出灵感，吸引许多著名作家、艺术家在此居住、创作。久负盛名的卡佩尔廊桥，又称教堂桥，始建于 1333 年，是欧洲最古老的有顶木桥，桥的横梁上绘有 120 幅宗教历史油画。

瑞士因特拉肯小镇位于阿尔卑斯山脉图恩湖及布里恩湖之间，湖光山色诱人，环境优美绝佳，常年气候温和，是瑞士人心目中的避暑山庄，而荷黑威格繁华商业街是因特拉肯的一条主要街道，每天吸引着来自世界各国的游客。我前面说的，同团游伴的手表和名包大多在此采购。

在这里，要表扬我们的随队导游高美丽，三十岁出头，懂多国语言，有爱心，做事尽心尽力，10 天里不厌其烦地为大家排忧解难，照顾周到。没有她的付出，此行就不会如此顺利圆满。高美丽的美丽善良，将永驻我们每个人心中。

第四站：法国

关于法国，我印象最深刻的是马克思对法国大革命的评价，它影响了欧洲乃至全世界，给封建制度以沉重的打击，是一次具有划时代意义的大革命。

拿破仑享誉世界，可我对这位法国的勇士了解并不多。儿子读高中时，曾买过一套《拿破仑传》津津有味地阅读，却提不起我的兴趣，现在也不知弄哪儿去了。学历史，我认为首要应该学中国史。至于法国史，在一部分中国人心中分量不轻，过去是因为有一批留法的政治精英和如徐悲鸿、巴金等的画家、作家，因此有了大批的崇拜者。如这次旅行团的一位七十六岁老人就是个法国迷，来之前对法国历史做了些功课，在车上常常问导游一些历史事件，然后自问自答发生的年份日期，在众人面前表现出"知识渊博"的长者姿态。其实，缺少阶级分析的历史知识，仅仅只是"花瓶""花瓣"而已，不能为己所用，更不能提升思想境界。通俗来说，连"古为今用""洋为中用"都做不到，还自鸣得意，无非是班门弄斧充脸面而已。

平心而论，法国在我心里还是有分量的。不管是文艺复兴时期普桑、达·芬奇、米开朗琪罗等绘画大师，还是雨果、大仲马、司汤达、罗曼·罗兰等著名作家，都可以看出这是个群星闪烁的国家。

这次法国游，我们游览了凡尔赛宫、卢浮宫、埃菲尔铁塔、凯旋门等，巴黎圣母院刚刚被大火烧过，这次只能隔河相望。雨果的名著《悲惨世界》写的就是巴黎圣母院，在读者心中留下大火烧不灭的印象。

凡尔赛宫是路易十四生活办公的场所，他把所有大贵族聚集在宫内居住，说是为了提高临朝使臣执行任务的速度。路易十四自封谥号"太阳王"，共执政72年3个月18天，集军事、财政、决策大权于一身。他至今影响着法国人的生活习惯，如长筒袜、高跟鞋、芭蕾舞等。可见，优秀的文化能传承千年，历久弥新。有道是"成也路易十四，败也路易十四"，常年的战争使得国库空虚，民不聊生，埋下了隐患。一直到路易十五至路易十六，则爆发了资产阶级革命，路易十六与王后玛丽·托瓦内特被送上断头台。乱世出枭雄，法国冒出个拿破仑席卷欧洲，最后在滑铁卢告终。其中的恩恩怨怨，前因后果我不清楚，也不想细究。

让我感兴趣的历史一定与我国有关联。譬如，当地导游指着凡尔

赛宫内的一张长方形桌子说：1918 年 11 月召开"巴黎和会"，1919 年
1 月就在凡尔赛宫这张桌子上签署的《凡尔赛条约》。

《凡尔赛条约》的全称是《协约国和参与各国对德和约》。中
国是参与国，会上却把战败国德国在我国山东的特权全部转让给
日本，而北洋政府竟准备在"和约"上签字。消息传回国内引发
众怒，这种激愤首先在知识分子间传播，北大学生走上街游行示威，
并且义愤填膺地砸了卖国贼曹汝霖、章宗祥的官邸，还火烧了赵
家楼，最后演变成了一场反帝反封建的爱国运动。

"五四运动"在中国近代史上功不可没，是中国人民觉醒的开
端。革命总是激进的，就如同"铁屋子开窗"，不用力一些，久困
里面的人连想砸一个小洞透点光亮都不敢。法国大革命影响着一
代又一代法国人的思想，得到公认的《人权宣言》和《拿破仑法典》
就是例证。

我们一行是 7 日到达巴黎的，5 日巴黎街头刚刚又一次爆发
了罢工。车载我们经过巴黎市区时拥堵非常严重，说是因为罢工，
地铁瘫痪才造成的，我不太相信这种说辞。

我发现，大罢工后的巴黎街头没有一片狼藉，乱象丛生。说
明这些游行的人还是很理智的。高导的许多游览计划将因罢工落
空，甚至还担忧连回去的航班都会推迟，结果安然无恙，没受任
何影响。

当今法国的大罢工，倒使我猜测起路易十六、玛丽王后被砍
头的原因。导游转述了民间的传言：据底下人报告，民众闹事是
因为没有面包吃了，王后说，"没有面包就让他们吃蛋糕。"可见，
高高在上的王后哪里能体恤民间疾苦？面包没了蛋糕还会有吗？

能吃饱肚子还会闹事吗？现在蛋糕又不够分了，难道重新再吃面包？当然，这种传言也许是有人故意编造的。

对于法国巴黎，我总的评价是：文化底蕴深厚，气氛典雅庄重，人民自信独立。卢浮宫里珍藏的那些艺术瑰宝，恐怕一个月的时间也欣赏不完；雄狮凯旋门位于戴高乐广场中央，雄伟壮观，寓意深刻，引发各国争相仿造。我在朝鲜平壤和老挝万象都见过仿造的凯旋门，均不及"原汁原味"的巴黎凯旋门有"味道"。

最后逛巴黎奥斯曼大道，有一家叫"老佛爷"的商场，圣诞树布置得流光溢彩，购物的年轻人在里面流连忘返。

12月9日上午10时，大巴载着我们33人抵达巴黎戴高乐机场，告别这一路辛苦陪伴、殷勤服务的波兰籍驾驶员老马，顺利坐上国航的班机，又经12小时高空飞行，第二天凌晨6:20分安全抵达浦东国际机场，圆满结束本次长途旅行。最后，我要再一次感谢高美丽导游。是她，使我们本次欧洲四国游意义深刻，终生难忘。

2019 年 12 月 18 日

书缘
抒恩

┃ "幽邃"的"指纹"

　　前不久，我收到当代文学大师——赵丽宏先生亲笔签名的两本新书。一本是《心灵是一个幽邃的花园》，另一本是《我留在世界上的指纹》。书名亦诗句，意象深邃，内涵丰富。

　　最初在我的印象中，赵丽宏是一位诗人。因我不具浪漫情怀，天生与诗不投缘。藏书中除了毛泽东诗词和臧克家诗作外，还有一本朦胧诗选，里面有顾城、舒婷、北岛等人的代表作，除此再无其他人的诗著。二十世纪八十年代初，我曾经是个"文青"，买书、读书、听讲座，不亦乐乎！一有空就逛书店，去淘我喜欢的书。我收藏了戴厚英、余秋雨、王英奇等人的散文集，却没怎么关注到赵丽宏的散文作品。

　　四十年后，我退休了，初心未泯，重拾文学。从一名单纯的文学"爱好者"，渐渐向写作"靠拢"，因此结识了文坛上一大批优秀的作家。他们锲而不舍，一直在默默耕耘，令我敬仰。其中，赵丽宏先生属文坛常青树。新书持续不断问世，迄今已出版了数十部个人专著，非常不容易。一个作家有如此旺盛的写作能力，与他的阅读量和俯下身子接触社会分不开。赵丽宏不仅仅是当代大诗人，而且是公认的散文大师。他的文学作品遍布世界，影响了几代国人；他的书，切合不同年龄段的读者。最近这两本新书正合我的胃口。

诗意哲语，论述策言，读后回味无穷。他强调散文写作三要素：情、知、文。对我来说，可谓醍醐灌顶、如沐春风。他书中写了一些精彩的论述："散文是一种纪实的文体，不管是叙事、抒情，或议论，都源于自己真实的经历和感受。"时代的情感，智慧的结晶，是对文学作品最高境界的要求。"散文是内心的表达、情感的轨迹，更是生活的记录、时代的见证。""散文一定要真，真诚、真实、真切。真是散文的灵魂，离开真，散文无存身之地。"指明了创作要义，怎样才能写好散文，读后受益匪浅。文学巨匠巴金写给他的一句话："写自己最熟悉的，写自己感受最深的。"赵丽宏视作座右铭。我好像被点中了穴位，迅即开窍。此乃写作"真经"也。

照例，我和赵丽宏是同时代人，他只比我大一岁。可他天资聪慧，四岁开始认字，五岁已识字两千，小学、初中他阅读了大量中外文学书籍，一般人哪及得上他呀！广博的文学素养，结合插队时的孤独迷茫，遥思寄想，他把痛苦与欢乐一并诉诸于笔端，在黑漆漆的屋子里，在昏暗的油灯下写出一行行、一篇篇情感热烈的优美诗文。上大学前，赵丽宏的作品已在国内多家报刊上发表；上大学后，第二年他就出版了第一本书《生命草》。缘此，赵丽宏与文坛前辈巴金、徐开垒、袁鹰等很早有书信往来，并得到他们的悉心指导。再加上赵丽宏自身勤奋，诗作频出，源源不断散发光和热，故二十世纪七八十年代，他已经是中国文坛上一颗耀眼璀璨的新星。

成名后的赵丽宏仍非常谦虚，温和、儒雅、礼贤下士，始终保持一颗进取心。他说："小时候，我虽然连做梦也没有想过当作家，但是对书却有着特殊的兴趣。"成了专业作家后，他依然把读书视为专业，把写作看作业余。"书籍为我打开了许多窗口，使我冲出狭小幽暗的天地，自由自在地在广阔的世界中遨游。""我发现自己周围有无数人和事值得去写、去刻画、去讴歌。"他这样的心态，及斐然的文学作品，怎会称不上好作家呢？绝不是上苍之手眷顾他，而是上苍让他普度众生。半个世纪以来，赵丽宏给广大读者带来的精神享受，犹如一道道文化大餐，在滋补心灵的同时，增强了民族自信和自豪感。

赵丽宏说："人的相识相见，是缘分……这份缘是对文学的热爱。"

那天下午，我们五六个文友应周劲草之约，在浦东"宅里厢"与赵丽宏相会。赵老师风尘仆仆赶来，谦逊恭敬地为我们逐一挥毫签名。那刚劲飘逸的字体，那和蔼亲切的话语，恰似溪水静静流淌。搁笔时他说："这两本书是我近二十年来演讲、访谈、对话、博客和网络上传播的文字结集而成，看看还是蛮有意思的。"语气温和，缓缓注入在座每个人的心田，无一丝一毫居高临下的说教意味。

记得40年前《文学报》举办讲座，我见过丁玲、刘绍棠、王蒙等一些文坛名将，每次讲座一结束，许多人蜂拥般围上前求签名，我茕自离场，不"嘎闹猛"。那时，我的专业是电真空，业余喜欢文学。感觉"高大上"的文学离我十分遥远；对文坛上的大师名将也只能遥望，无法贴近。更没奢想过签名或合影。

这次"宅里厢"近距离见赵丽宏，今年已属第二次了。

7月30日，在打浦桥顺风酒店参加周劲草新书《文缘》首发式时，我与赵丽宏第一次打照面。由于疫情刚缓解，伸手想与他握手，又立刻收回，略显尴尬。那次十几人的聚会，赵丽宏在主宾席，我坐另一桌。有一个细节深嵌于脑海，挥之不去。聚餐接近尾声，周劲草想去埋单，结果发现账已结了。原来是赵丽宏趁大家不注意悄

一蓑烟雨

悄把钱付了。这一举动令人惊愕动容。赵丽宏的平易近人、高风亮节，在无言的一举一动中身体力行地书写了一篇大美散文。

因这份厚实的美感和我心底腾飞的崇敬，当周老师邀我参加赵丽宏签书活动时，我爽快地答应了。不再如去年邀请我到赵丽宏书房去参观时，我羞愧躲避。这一次，我鼓足勇气与赵老师当面交流了几句。他诚恳的言辞，正应验了他书中的一段话："所谓好作家，我以为首先必须做一个正直善良的好人，不趋炎附势，不媚俗，不说假话，其次才是文字表述的个性。""真正的文学，应该给人的精神以安慰。""真正能震撼心灵的文字总是来自作者的人格。"读罢，思绪万千，浮想联翩……我可以肯定地说，赵丽宏的文章给了我精神上极大的抚慰，而他的人格魅力，更加震撼我心——使不轻易崇拜他人的我躁动不已，深为敬仰。

"幽邃"和"指纹"是赵丽宏敞开心扉的两本书，属于现实主义。读后可以清晰地了解二十一世纪前后十年，文坛混沌迷茫的乱象，勾勒出了一幅幅精神与物质博弈的图像。在这汹涌的浪涛下，有人禁不住诱惑，迎合世俗去写"性"，写"下半身"，而赵丽宏不为所动，坚持他的纯文学创作。抵御滔天浊浪的侵袭，坚守人生信仰远航，所幸桅杆没被折断。赵丽宏的价值观及文学理论的精华，均呈现在这两本书里，是一段历史的见证。

从赵丽宏心灵幽邃处渗出的金玉良言，到敲键盘留下的一道道指纹，对写作者来说弥足珍贵。

见真人，听箴言，品美德，胜过读十年书。

2022 年 11 月 11 日

▌慎独自律　修己安人
　　——记沈裕慎老师和他的《风荷忆游》

　　新年伊始，我又一次与沈裕慎老师见面。算上被天使作家俞娜华邀请的那次，已经是我第四次与沈老师握手言欢了。一次次深入交谈，畅所欲言，撞击心怀，恰似老友重逢。每次见到沈裕慎老师，我的内心总会升腾起一股崇敬。他那谦逊、慈祥的神态，就如一种由内而外发出的光和热，灼我眼眶烫我身心。我向旁边的宗琪介绍说："这位就是德高望重的文学前辈沈裕慎老师。"

　　从松江返程，在九号线地铁车厢里我和沈老师紧挨着落座。年近八旬的沈老有点耳背，却不影响我俩攀谈热烈，话题之多，谈兴愈浓。可一眨眼工夫我就到站了，不得不惜别沈老师、沈师母，以及向周劲草、王妙瑞两位老师告辞。回到家，沈裕慎的虚怀若谷、和蔼可亲总浮现在我的脑海里。是巧合，还是缘分？命冥难测。

　　第一次与沈裕慎老师相见，是半年前在嘉定"博乐广场"。那是我首次参加"嘉定文学协会"文友采风聚会。早到的文友我一个也不认识。等大家基本到齐后集体照相。照片成像后我发觉会长沈裕慎竟蹲在前排右二的位置。这让我肃然起敬。一位七十八岁高龄的老人，文学界的资深前辈，却一点也没有论资排辈的思想与等级观念，甘愿做一名默无声息的小卒。而我先前已从文字里知晓，沈裕慎老师因患直肠癌而动过手术，出院后三年连续出了三本书。一个患癌症的瘦削老人，又是个著作等身的作家，还是"嘉定文学协会"的会长，竟未被"师道尊严"羁绊，着实令我心生涟漪，对他的仰望和尊敬由此而生。

午饭后，一行人穿越车水马龙的街道，直奔陆俨少文博馆参观。沈老师步履缓慢，走在最后，我不经意间等候他伴行，于是我们有了初次对话。我说我当过兵，是海军工程兵。他说，他也是个老海军了。顷刻间我俩增添了共鸣。他提出互加微信，我欣然答应。

第二次与沈裕慎老师见面是在"江南邨酒店"，那天我应邀出席文友殷博义老师的聚餐会。正巧，我的新著《足迹悟道》刚出版。我战战兢兢将新书赠同桌师友以期指教雅正。

第三次与沈裕慎老师在南翔古猗园会面。此乃"嘉定文学协会"组织的第二次采风聚会。在古猗园门口一见到沈老师，我就急不可耐地追问："沈老师，我的书您看了吗？您觉得怎样？有问题吗？"他说："没问题啊！可以出版"听完沈老师语气坚定的话语，我一颗悬揪的心终于安然落地。接着沈老师从背包里取出一本他的新著《风荷忆游》赠予我，瞬时我内心被暖意填满。

在我上大学时就曾拜读过沈裕慎老师的书。想不到晚年进入文学界后竟真的遇到了他，真是三生有幸。

大师不是大官、大贾，貌似低矮、谦卑、默不作声，实为内秀刚毅、慎独自律的贤达之人。这类人在人群中不识者不察。慎独，并非追求空间上的独处，而是追求人格上的卓尔不群。不同于外在的功利，他追求的是一种内在的精神超脱。

慎独有"两个一样，三个如一"。说和做一个样，人前人后一个样；言行如一、心口如一、始终如一。

　　何为修己？孔子曰："能行五者于天下，为仁矣。"哪"五者"？"恭、宽、信、敏、惠，恭则不悔，宽则得众，信则人任焉，敏则有功，惠则足以使人。"此后儒称"五德"。

　　按照"五德"来评判，今世圣贤有几人？我觉得沈裕慎合乎其意。我眼里的沈老师就是一个"慎独自律，修己安人"的大师级人物！我这样评价绝非虚言夸大。

　　此次会面，当我从沈老师手中接过《上海散文》时，感觉分量很重。我说："您既当社长又当总编，每期亲力亲为，这么大年纪了，身体吃得消吗？不如您把把关，让编委去做具体的工作。"他说："还好了，不累！已经习惯了亲自审稿、选稿、定稿……我文友多，组稿也容易。"

　　在当今纸媒不景气的状况之下，《上海散文》不仅出纸版还出电子版，在圈内外均有很高的名气，确实不容易。刊名是著名作家赵丽宏题写的。赵老师有一段话概括得很精辟。他说："文学作品就是作家的回忆，是追述过去即自己的经历，包括梦境。"（大意）简单明了，一语中的。确实，如果没有个人经历，作家凭空想象是写不出有情感、有温度、含哲理、接地气的优秀作品的。

　　综观沈裕慎的人生经历，就是一部内涵丰富、根魂深邃的跨时代史书。

　　沈裕慎的写作生涯是从连队文书起步，后提干任团宣传干事。他当兵20年转业回沪后，先在一家大型国企党委办任秘书，后升任一家纺织厂厂长。二十世纪七十年代，沈裕慎已跻身沪上赫赫有名的"写作班子"。八十年代他与另两人创办"仪电报"。直至今日，已出版了几十卷著作，文字流遍大江南北，足迹踏遍青山绿水。已入中国作家协会的他仍在孜孜不倦哺育新人，提携晚辈。仅《上海散文》微信群，就已招揽了全国各地作家学者 200 多人。他们个个都愿聚集在沈老师麾下，取经、学习、成长。

我大学毕业回沪报到的第一个单位就是仪表局下属的上海电管四厂。所以当听到沈老师主办过"仪电报"，就有一种特别的亲近感。那些过往的轶事人物使我俩的闲聊别有一番情趣。确实，一个人的经历很重要。实践出真知，经历即"财富"。对一个写作者而言，阅历更是不可或缺的素材和源泉。可我笔拙，不像沈老师那般妙笔生花，出口成章。就说在岗时吧，也经常出差，并借机游历过不少大山名川。例如，天水的麦积山我也去过。可我就写不出沈老师在《自然人文麦积山》中那样融情于景的意境。

《风荷忆游》分五辑："神州风光""怀古思贤""缘佛寺院""神奇山水""长三角游"。书中的每篇游记，文字隽永，娓娓道来，身临其境！又托物言志，对读者来说是一种享受。此书既是知识的财富，也是游历指南。

唉，正应了那个成语："事不过三"。又曰："三生万物。"凡事一过三，就会让我上心；一上心就沸腾，就收不住滔滔思绪。

我知道仅凭三四次感触是写不出大师那样的精神瑰宝的。我更清楚，人与人之间的差距是客观存在的。三言两语写沈老师，只能算是以偏概全，碍于"不得要领"，就此搁笔吧！恕我觉察不力，文字不逮，心悟不及，只为仰慕而抒怀。若不慎重，不合慎微慎言，还请老师多包涵。

2021 年 1 月 7 日

▍ 文友缘　战友情

　　茶几上一直放着两本书，一本是《岁月随影》，一本是《绿叶情怀》，这是去年9月叶振环赠予我的散文集，一有空我就反复阅读。读书是一种精神愉悦和思想消遣。之所以不肯上书架，是因为此文未了，情未了，难舍难离，不愿意撒手。

　　认识叶振环缘于文学。

　　三年前，在嘉定文学第一次采风时，我与叶振环远距离匆匆一瞥，第二年在马陆采风时又风驰电掣般掠过一面，这两次照面我俩都没聊上话。真正熟识是去年9月24日，周劲草老师组织赴崇明一日游，邀请者与接待人正是叶振环。从此，我俩才算真正结上缘。

　　一聊才觉相见恨晚。缘起文学之遇，缘自战友之情，文学路上的跋涉，军营中的历练，我俩话题之广，滔滔不绝似浪击礁石，吟唱不息，回忆已流逝的美好青春。

　　那天，我除了收获叶振环签名的两本书——一本散文自选集《岁月随影》，一本散文随笔集《绿叶情愫》，还享受了贵宾级的招待。感触颇深，冥冥之中好像是上苍有意安排。

　　我与叶振环同庚。在未认识叶振环之前，我一直骄傲地认为我十七岁参军已算早慧，可他比我还要早，十五岁就入伍了。真是"山外有山楼外楼"。显然我与叶振环相比，无论参军资历还是文学成就

一蓑烟雨

都望尘莫及，从此不敢妄自菲薄，更谨小慎微了。

叶振环之所以十五岁就当兵，是因其文艺天赋。小小年纪，吹拉弹唱样样在行，与人合乐伴奏，技艺享誉四邻八乡，人又长得英俊标致，只略显瘦弱苗条，参军时体重才 45 公斤，骨骼还没长结实。所以，母亲舍不得儿子一个人出门远行，天天抹着泪呢喃不停："你那么小，一个人在外面能照顾得了自己吗？"父亲比较开明，说："鸽子养大了总要放飞的。"支持他的参军梦。可真到了离别时，"父亲强装笑容，双眼噙满泪水，仍依依不舍！把对儿子的爱恋深藏于心底。"（见《无尽的思念》和《父亲的"背影"》）。

想了解一个人就看他的自传。

在冰冷的东北，在火热的军营，叶振环经受了各种锻炼和考验，进步飞快，年年被评为"五好战士"，两年入党，三年提干。喜报传到村里，父母为儿子有出息感到高兴。欣慰之余又不忘写信叮嘱儿子："要戒骄戒躁，继续努力，不能辜负党组织的培养教育"。13 年军旅生涯中，父亲前后两次到部队探望、督促儿子。在叶振环心目中，"父亲是一盏灯""是一个与世无争、乐施好善的好好先生"。

我始终认为，一个人的性格形成与父母的遗传及家教有密切关联；成家立业后，又与妻子的助力分不开。令我羡慕的是，叶振环在这两方面有得天独厚的优势。父慈、母爱、妻贤，如同给一个人插上了隐形翅膀，使其在各个领域高飞。当然，幸运总是与自立自强、奋斗不息的精神离不开。叶振环从一个懵懂的少年，经过几十年风雨捶打、岁月磨砺，无论是事业、生活、家庭，还是艺术创作，都取得了不错的成果。退休前他是市局研究室的处长，如今为中国散文学会会员、上海市作家协会会员、中国现代作家协会上海分会副会长。他双手握过枪杆子，后来紧握笔杆子，他的人生是一个里程碑式的跨越。

刚开始，在没有了解他前我总心存疑虑，叶振环这一生，可谓顺风顺水，从军13年，从警30年，人生没有经历过大的跌宕起伏，一直比较适应时代发展。在这样的环境下，能写出荡气回肠的文学作品吗？不可思议。再说，他从警后一直在写公文、写调研报告、写领导讲话稿上发力，这与文学创作实不相干。可当我接连读了他的两本散文随笔后心疑全解，感叹叶振环的确出类拔萃，敬佩他是个多才多艺的佼佼者，这样的人才很难得。倘若把他归咎于时代的幸运儿，那是对他勤奋努力和艰辛付出的视而不见。旁人"雾里看花"是因缺乏切身体验，才"不识庐山真面目"。别的不说，光说他的写作才华，一般人难以攀比，而我就更显得黯然失色。

中国散文学会副会长红孩说："散文写作大体分叙事、抒情、写意三种状态，这三种可独立，也可相互联系。就大多数写作者而言，往往写作几十年，最终就在叙事、抒情上停滞不前了。我常把散文创作与下围棋做比较，将其分九个段位，一般能下到五六个段位就不得了。这就是我对散文写作的那种叙事抒情的估价。写意肯定七八九段位上……显然，自然的描摹，是达不到写意的高度的。那怎样才能获得写意的技巧呢？我以为这仍如同参禅，不能说，不可说，不要说。"确实，写作这事有点神秘，仅靠课堂传授是不行的，需要心领神会。我读叶振环的书时，就觉得他的散文随笔，叙事、抒情、写意都非常到位，尤其是内心独白特别出色，如《杂感五题》《夏夜，一个灵魂的独白》有鲁迅名作《野草》的韵味。契合红孩所说的在"七八九段位上"。当然我是凡人，微言不足训，只是个人看法，若有兴趣，建议读者自己去辨识和感悟。所谓写意，个人领悟是指题旨和意象。至于禅意之妙乃不好揣测，过于高深虚幻，虚无缥缈，只能曲高和寡。所以，我认为写太玄幻、太缥缈的作品，超越了大众的思维，大多数是在自我陶醉。文创作品只有接地气才能拥抱大众。鲁迅的杂文看似晦涩难懂，其实是对人性的深刻剖析，是揭示人类劣根性的现实主义作品。我从叶振环的书里读出了他纯洁高尚的灵魂。譬如他调侃属狗的妻子是他的忠实"走狗"（与鲁迅的《"丧家的""资本家的乏走狗"》喻义褒贬不同）。每当夜深人静，他就会伏案写作，绞尽脑汁孜孜斟酌每一行、每一句、每一字。无论寒冬酷暑，妻子总会悄悄送来一碗营养汤，这种无声无息的陪伴给了他温暖和力量，激励他迸发灵感，奋笔疾书。虽说夫妻间总免不了为生活中的一点琐事争吵，但相濡以沫的默契已使他们灵魂互融——"军功章上有我的一半，也有你的一半"。

　　叶振环的书里充满了对人杰地灵的描述，把春夏秋冬融入人文意境。文字朴实优美，情真意切，充满诗意和哲理。这里不妨摘几段："人，唯有在静寂之时，才拥有热情与理智的完美结合。""岁月宛如一条静静流淌的小河，从生命之源的山谷中流出，流向那遥远的村落，从我的脚下流过。""如今独自踟蹰，在夏日清凉的林荫下，孤身沉寂，在七月夕阳的余晖里。无语沉默，有语自言。无意点上一支烟，凝视着眼前淡淡飘忽的薄雾，仿佛是池塘边柳梢上的袅袅炊烟……"佳句连连，真乃"真情妙悟著文章"。忍不住点上一支烟，在氤氲迷漫中飞思：我为什么就写不出他的美、意、境呢？可见，人与人之间的差距"看山是山，看山不是山"。叶振环及他的书反而显出我的稚嫩，犹如中间隔着一座山，一片森林，一叶障目。叶振环的散文随笔，印证了儒学大师钱穆所言："文学最高境界在能表现人之内心情感，更贵能表达到细致深处。"

他第一次从部队回家探亲，在吴淞口轮渡上邂逅一名工人，这位工人帮他递行李进舱，后一起坐公交车，直至送他到家里。这段50年前的情谊，他始终念念不忘。当我得知他1969年参军，自然想起与他同年入伍、同为崇明人的我的班长施志文。我1975年复员，施班长提干，后来再无信息来往。我让他打探一下施志文的近况。我只提供给叶振环最原始的信息："崇明县堡镇公社十一大队五小队"。改革开放后公社解体，大队小队也取消了，想要找旧人比较难。好在叶振环1983年从部队转业到县政法委，后又上调至了市公安局。他很快帮我找到了阔别半个世纪、失联50载的老班长，我们在吴泾紫晶园重逢，了却了一段思念之情。这完全靠叶振环念及战友情赤诚相助，我们才得以重聚，否则就如大海捞针一般，哪里去寻找？情感看似虚幻，有人看重，有人看淡，但我和叶振环却是以战友情相知相惜，那是因为我俩都少小离家，部队的温情和纯洁总是牢记于心。

唉，莫让纯洁心灵被玷污，须多读叶振环书中的美句，"时光如水潺潺过，岁月随影踏苍苔"，人生旅途上别致风光胜景，"一幅幅浸润在光阴里的动人画卷"，用"一颗慧心体察闲情逸趣"，心情自然而然会呼吸"萦绕淡淡余香"。倘若把他每天发的"灯下漫笔""文化早餐"里的灵秀慧气吸进，立马能从浮躁变宁静。

2023 年 5 月 5 日

一蓑烟雨

诗品人品交相辉映
——我眼里的诗人余志成

　　年末岁尾，严寒萧瑟，路远车挤，仍难以抵御心中那份对诗歌美学的渴望。

　　昨天（12 月 28 日）下午，我从浦西驱车 20 公里去浦东图书馆参加了"诗与生活"诗歌专场朗诵会——余志成专场《岁月的吟者》。

　　会场气氛热烈，与会者达 200 人，都是诗友及诗歌爱好者。

　　客观地说，我对诗歌兴致不高，相比之下，我更爱好散文。可是毕竟文学样式触类旁通，对于诗歌还是需要一定的鉴赏能力。

　　更多的我是奔着余志成这个人去的，比起欣赏，我对他的情感用"崇敬"二字形容更为贴切。

　　余志成今天的成就，与他的勤勉奋斗分不开。他的诗歌作品如泉水一般奔涌，足见他的才华。

一

　　认识余志成是 2006 年，那时他刚接手《建筑世界》杂志担任主编，此乃临危受命，涉险接盘。他勤勉工作，组稿、审稿并亲自写稿，让面临危机的《建筑世界》起死回生，并蒸蒸日上。

　　那年，我为《上海电梯》杂志当编辑。建筑与电梯，仿佛一对孪生兄弟。于是，我给《建筑世界》投了一篇文稿。他全文刊登，且排版精美，配以插图——使一篇专业类文章展现出绝佳的视觉效果。不仅如此，我还收到了不菲的稿酬。在这期间，我们有过多次交流，彼此增进了友情。我俩曾在四川北路靠近横浜桥一家冰激凌商店里一边吃着冰品，一边聊志趣相投的话题。而且不止一次。那种氛围，今天回忆起来，仍觉得心里甜滋滋的。

可是没多久，由于杂志社内部人事纠葛，余志成辞去了《建筑世界》杂志的主编，去了浙江某个地方承办另一份杂志。也因此打断了我想让《上海电梯》与《建筑世界》联姻的想法。

之后十年，我们就失去了联系。想不到，退休后我们又续上了因缘，互加了微信，经常有联系。因缘这个事情很难说清楚。人海茫茫，有人相处几年、同事几十年，然而一退休就消失得无影无踪；有人擦肩而过、互不留意，退休后却成了真朋友。也许，这和人的经历及价值观有很大关联。

二

余志成有过一段"刻骨铭心"的、在上海高桥化工厂工作的经历。他说"高化厂"各个部门都留下过他的足迹：生产车间，施工科、设备科、供应科、安全科……他还担任过高桥化工厂团总支书记。那时"高化厂"里还有一批志趣相投的文学爱好者。这批人因爱好相聚、结伴，没有因"影响工作，不务正业"的"罪名"而被打击。相反，"高化厂"领导、党委书记赵明朗很支持，还专门成立了文艺社团——"浅草诗社"，不仅给予时间供大家互相学习交流，还提供经费保障。因此,职工业余生活丰富多彩,还一起出过《浅草》诗集。

余志成说,他对诗歌的兴趣及天赋最早得益于父亲的教诲。小时候他爱吃糖,父亲就让他背唐诗。他以为背唐诗,口中就会有糖的味道,哪知道这是父亲因势利导,挟兴趣而施策,是一种家教方法,十分有效。古人说:"熟读唐诗三百首,不会做诗也会吟。"渐渐地,诗歌在余志成幼小的心里扎下根,小学、中学他都对诗歌情有独钟。在"高化厂"工作期间,他的诗歌天赋已崭露头角,成为高化"浅草诗社"的佼佼者。

后来,随着岁月的磨砺,余志成的诗人气质日渐显露,越来越受到大众读者的喜爱,还出版了个人诗集。二十世纪九十年代,他就已经被上海市作家协会吸纳为会员,后担任作协理事。

这里我摘几段他在"森林组诗"中,我认为有意境的几首诗:

从心灵走向森林 / 很远的星系告诉我 / 这里有座小屋。小屋离我很近 / 近似触手可及 / 而我却难以抵达小屋门前（《森林小屋》）。

没有理由拒绝歌唱 / 就像没有理由怀疑新时代构建 / 美丽深刻热情 / 如果有一种神秘的力量 / 在体内弹射出晨曦的彩虹 / 我离开公路走向森林 / 走进这触及原始的生命（《走向森林》）。

我不作无意义的解读,有兴致者可以从诗境里品出不同的心境。

三

退休后的余志成变得更加忙碌,开会、出游、聚会,都有新诗发表,一发表就获奖。正如他的诗《在路上》:

> 阳光惨烈的时候 / 在路上 / 月亮思圆的时候 / 在路上 / 雨打芭蕉的时候 / 在路上 / 微风拂面的时候 / 在路上。路一步一步 / 很远也很近 / 情一段一段 / 有深也有浅。在路上 / 舍与得如我的影子 / 不离也不弃。

还有《在高空的飞机上》《又见大雁塔》《留宿云居山》《布衣舞》《走进美食街》等,均可以从字里行间窥探诗人的足迹和思想。

其中有一首《北海道》我比较欣赏,因为 2013 年我去过一趟北海道,他的诗句令我感同身受。

> 有雪的北海道 / 是飘飞思想的北海道 / 冷冻的温暖 / 行进在小樽大道的北海道。我选无雪的北海道 / 也无艳丽樱花相伴的北海道 / 却有札幌钟楼的世纪音调 / 渡边淳一《失乐园》的消遣 / 以及日本神宫的缥缈。哦北海道北海道 / 白色恋人的北海道 / 灯火唱晚狸小路的北海道 / 更是远山呼唤的北海道 / 闲寂俳句的北海道。

历经风雨、岁月的人生洗礼,难能可贵的是,余志成那颗纯洁的心灵没有被"污染",仍散发出熠熠生辉的诗意。这与他的个性相关，热情，纯朴，简单。保持童心，回归森林，才能创作出细腻美好的诗句。

不可否认的是，成功的背后必有他另一半的影子。

余夫人贤惠、豁达，默默支持他的事业，并且终生追随丈夫的诗意人生。女儿从小在诗的氛围中长大，还擅长音乐。一家人其乐融融，各自为钟爱的艺术奋不顾身。

常言道："文如其人""诗如其人"，诗品就是人品的展现。

在我的认知里，余志成是一个纯朴又纯粹的人。他热情奔放，真实灵动，简单豁达，天生拥有诗人身上特有的浓郁气质。

2019 年 12 月 30 日

阅文阅人阅思想
——记我对邱根发的印象

　　年初，在"宅里厢"偶遇邱根发老师（人们习惯称他邱总），他一米八的个儿头，身材颀长，步履稳健，平视、柔和的目光，我俩第一次照面，一见如故心灵相吸。在握手的一瞬间，我立刻觉察他是个见过大世面、有内涵的人。

　　在见到他本人之前，从网上我已读过他很多篇个性率真的文章。例如：《听方毅同志谈"生意经"》《记龚心翰部长二三事》《平民市长谢丽娟的平凡事》等。散文的美在于真实，细品字里行间，可窥见一个人独特的经历、兴趣与为人做事的风格。一句话，要想了解一个人就看他写的文章，文如其人，八九不离十。

　　我大致了解，他与我是同时代的人，我俩年龄相仿。邱根发1974 年毕业于上海冶金机械专科学校，之后赴徐州沛县大屯煤矿工作。他酷爱学习，业余喜读报刊上的文艺作品，这期间的《朝霞》《学习与批判》他都读过，以此消遣寂寞，慰藉心灵，陶冶积极向上的情操。

　　1978 年，邱根发考入上海旅游专科学校。毕业后被分配到上海市委招待所下属的西郊宾馆（当时称 414 招待所），做接待服务工作。他从一名普通职工一直做到集团老总（2015 年从丁香花园总经理任上退休）。西郊宾馆、丁香花园是什么地方？那是党和国家领导人

（毛主席、邓小平、陈云、李先念等）来沪下榻的居住地！赫赫有名，警卫森严，能进去的都是有头有脸有一定级别或名望的人。可见，邱根发每天迎来送往的人层次相当高。因此他的见识不是一般人的俗见，他的眼界不是一般人的境界。然而，他无论对谁都诚恳和蔼、细微关照，没有功利性和目的性，不掺私心杂念，恭敬接待一视同仁，尽心尽职，哪怕是离休老干部家的保姆前来打饭，他都彬彬有礼。

近来，连续读了他几篇精彩的纪实散文，引发了我的思考，也增长了见识。在《怀念老革命周德馨、李林端夫妇》一文中，记录了新四军老战士周德馨的经历。1985 年军队第一次大裁军 100 万，当时周德馨才五十六岁，正师职，正是年富力强的时候。此时，周老的老首长张爱萍是国防部长，张震是副总长……周老的战友让他去北京找老首长帮帮忙，争取继续留在部队，但是被周老拒绝了。"周老一辈子顾全大局，一切服从组织分配安排，从不托关系走后门，那是他们那一辈人做事的原则，口碑、名声非常重要。"我从邱根发的这些朴素文字里，看到了一个正直无私、德高望重的解放军干部，一代无产阶级革命家的光辉形象跃然纸上。

在《我和作家王小鹰》一文中有一段叙述，"王小鹰为人热情、正直。有一次，王小鹰说她家里有些书籍要处理掉，问我要不要，我求之不得。她家住二楼，哪知道，我去取书的时候，只见楼下的小花园，违章搭建小棚笼，一楼的住户养狗、养猫，堆放杂物，连走路的地方都没有，有时稍不留神，都会磕磕碰碰。王小鹰告诉我说，在 30 多年前，为解决住房问题，这里临时居住了一家困难户，是在她妈妈（二十世纪八十年代初任长宁区区长，后任上海市司法局局长）帮助、协调下，才让他们住下来，还为他家安装了煤气，以后逐步发展到今天，反客为主，至今小花园连走路的地方也没有了，说到这里，她满脸无奈。一个大作家，碰到这样的事情，也'吃酸'，束手无策。我调侃王小鹰说，'这就是生活，大概不用去体验生活，就为你这个大作家增添了生活的体验、创作的素材了吧？'"如此鲜活、让人回味的生活细节，在邱根发笔下自然流淌，一句"反客为主"让我思绪翻滚，迸发出很多那个时代刻下的人间烙印。而"吃酸"是如今每个人生活中常见的"懊糟事"。邱总的调侃话，更让我看到了他的巧妙睿智，一般人的思想及不上他。

最近他的一篇《"有本事、没脾气"的金炳华》，更是让我读出了邱根发的人格魅力——帮人，不求回报。他常挂在嘴边的一句话，"职责所在"，既谦逊礼貌大气又使人温馨释怀。"平时老干部们中午来丁香花园就餐时，总要和我聊聊天，所以一到开饭时间，我蛮忙的，总是到餐厅，也从来没有缺席过。一则照顾他们吃饭；二则是见见面聊聊天，嘘寒问暖；三则有时候有什么问题，也可以现场解决。"其实，邱根发大多数时间都尽量不去聚餐。他在文章中写道："有一次，上海市委主要领导在东湖宾馆宴请北京领导吃饭，要我作陪，碰到别人，那是求之不得的事情，对我来讲，只是敷衍一下，开场先敬了一杯酒，就去游泳了，等游泳好了，正好他们吃好，我就顺便送他们离开，一举两得（工作健身），都不耽误，不亦乐乎。"此刻，令我想起慧能的一句话："无念为宗，无相为体，无往为本"。在邱总即将退休之时，老干部们都不舍得他走，有100多人联名写信恳求挽留他，说"让他再陪伴我们走完人生最后一程"。足见邱根发的为人深得人心，德高操守被公认。酷似"在曹溪弘化，与八方人士结缘"的六祖。邱根发的"弘化"结缘与精彩故事足可写成一本书！

我就不展开了。

由于邱根发得天独厚的工作环境，不仅常年接待政界、军界的离休老干部，而且还与沪上文化名人、著名大作家常有来往切磋交流，并且结下深厚友谊。很多年前，王小鹰、王安忆、叶辛、赵丽宏等，许多闻名遐迩的大作家都想介绍他入市作协，邱根发总是羞怯推却，一直觉得自己还不够资格，直至退休后作品频发，才于去年加入上海市作家协会，成为名副其实的作家。邱老师的人文精神与人格魅力令我敬仰。

每个作家都有属于自己的一片天地，这与他的个人经历、生活阅历、人事环境息息相关。以邱根发的特殊人际交往及独特的土壤滋养，只须辛勤耕耘，便能挖掘出更多耐人寻味的故事。我相信，他的文字一定会载入史册。

2023 年 9 月 15 日

一篇剖析人性的佳作
——读《人生终究还你真相》感悟

　　梁爱琴的新作《人生终究还你真相》在"初心活着"平台上一亮相，我立刻转发朋友圈。这是一篇特具时空冲击、心灵洗涤、震撼世人的论说文（梁称：杂文），顷刻间引来与我阅读口味相一致的友人点赞留评。

　　《人生终究还你真相》读第一遍，脑海里浮现形形色色"戴上厚厚的面具"的人。梁说这会"加重人心灵和精神的负担"，我认为不尽然。生活中这类人乐此不疲！"假亦真来真亦假"趋利求名混迹于世者多了去了，根本不觉得是负担。但对真实的人来说戴上假面具许是一种累赘，可一旦假面具能获真功名累垮也值呀！就如同舞女穿上"红舞鞋"不停地旋转，感觉魔幻轻松愉快乐此不疲。对旁观者来说，有样学样！既名利双收，人人羡慕，何不去觅这样一双"魔鞋"啊。于是，依葫芦画瓢、假冒伪劣的"魔鞋"普及之快令人咋舌。梁爱琴文中说"偶尔戴上了面具，最终也因为认识清楚自己而做最真实的自己"。我认为这话说得极客观，持唯物主义历史观。

　　我赞同梁爱琴文中分析的"内心虚弱卑微的人如果不能直面真实弱小的自己，那么就会拼命伪装，结果面具越来越厚，最后压垮自己；内心强大的人活得真实……做最真实的自己"。"内心虚弱"和"内心强大"区别仅仅在于一个人的文化底蕴和价值观。文脉厚价值观正具哲学思辨的人求真务实；文脉薄价值观随风飘摇的人常被假象蒙蔽。内心卑微（卑怯）的人看不透又着迷，以戴面具为荣，所谓"曲线救国"名利双收！这是他们安身立命的处世哲学。而内心强大的人不看人脸色行事，不愿寄人篱下替人作嫁，自力更生奋发图强。

举一对亲兄弟为例，他俩都是我好友（现都作古）。老大当过兵，在部队荣立过三等功，复员后自立自强自学成才，成了一名牙医；老二早年任支部书记，一直与人打交道；与物接触钻研技术，与人接触专研人道；技术，注重实际功效；人道，注重人情冷暖；做技术的人，说话耿直有一说一、有二说二从不虚夸，做思想的人，说话掌握分寸"看人下单"，不同人说不同话。实与虚，有人欢喜有人忧，不同的偏好，欣赏不同的人。但最终"生活会打回原形"。被打回原形有两个因素，一是对方认识提高了破译了伪装；二是退休后卸下了沉重的面具，（犹如假发或染发）复归原貌。

苏格拉底说"人活着的意义就是认识自己"。许多人活了一辈子认识不清自己是谁，明明"虚弱卑微"却要装"强大"。拿什么"强大"？不去刻苦认真求学提高自身素养，却想方设法戴上面具倚傍"强势"衬托自己。这种狐假虎威的做派，终究会露出破绽。

确实，认识他人去伪存真难，认识自己本来面目更难。"自己几斤几两"总难估摸称不准。于是便装腔作势，打肿了脸充胖子，学"川剧变脸""化装舞会""变性人表演"，似乎是一门新技还被人吹捧，何乐不为呢？

不论从哪个角度入手，认识自己、看清他人均要有实事求是的科学精神。如果失去科学信仰，去信玄学神学宗教就会使人神魂颠倒丧失自我！即便活着也找不到北。用梁爱琴的话说："人无法认识自己，不做真实的自己，总是要伪装，总要吹嘘，总要靠别人的夸奖寻找自信和存在感，那是极其可怜的、毫无自我的表现，活在别人的眼中，在乎别人的看法，活得不仅累而且虚伪。这样的人会活得越来越悲惨，因为生活不会可怜卑微的人，只会垂青强大的人；生活会还给每一个人真相：那就是强大的终究会强大，弱小的终究会弱小。打破这种魔咒的第一步就是面对真实的自己，无论多么尴尬、多么落魄，首先要面对、承认自己弱小才能逐渐战胜困难、突破自我！能面对自己的尴尬，需要勇气，更是一种淡定，是成长和境界的提高。"

　　我欣赏和认同她的阐述（观点），《人生终究还你真相》秉持唯物主义认识论，有哲学家视野，具理性思考，不失为一篇佳作！我为新时代产生这样优秀的杂文而喝彩。

2022 年 6 月 25 日

一蓑烟雨

▌跫音回响
——读王雅军《归程的跫音》札记

你已经使我永生，这样做是你的欢乐。这脆薄的杯儿，你不断地把它倒空，又不断地以新生命来充满。

——泰戈尔《吉檀迦利》

旅游度假时整个人呈空杯状，回来后就如饥似渴地捧读《归程的跫音》，仿佛身归山林与虫鸟对话。

"在你的心房里筑巢，白天像蜜蜂一样四处采集花粉，黄昏回来酿造你的蜜。"（《在你的心房里筑巢》)"世上的百花园，应该有自己的一席位置。要通过胼手胝足的劳顿，在茫茫人海中凫出自己的歌吟，尽管它很微弱，或被淹没，但它曾经存在。在生命蜿蜒的河床里，冲决出自己的一道激流，哪怕它就是乱石堆中的一条细流，汩汩的。"（《与"我"对话》)"人生是个无解。没有人会借你一片羽毛，你不是那只鹰，甚至连雀儿也不是，无法飞向天空，更无法飞得高高……你陷落在世俗之网里了，到处磕磕碰碰，就像孙悟空落入如来佛的魔掌，翻了无数个跟头，还在原地折腾。随处都有墙，不是回音壁，只让你随时碰得头破血流。"（《你不能退缩》）……哦，已经很久没有读到这样撞击心灵的文字了！畅快溢上心头，喜上眉梢。断断续续花了五天时间品读摘抄书中的佳句。呵，我为王雅军如此动人心魄的散文诗而心悦诚服。它恰似一道溪水汩汩流入心田，洗涤枯寂、久旱的灵魂。

　　7月18日那天我在嘉定"博乐广场"等候。只见王雅军老师款款而至，上穿白衬衫，下着黑色西装裤，戴着眼镜，手拿提包，从容、优雅。他与先到的文友一一打招呼，我因对不上号则闪躲到一旁。王老师在花坛边落座，从包里取出他的著作题词签名赠文友，而我则在边上观摩。年轻文友黄媛媛获赠王老师的书时激动无比，我也在这时主动上前靠近。王老师问我贵姓？我答："宇杨"。随即王老师又从包里取出一本，照例在扉页上题写："宇杨先生惠正，王雅军，二〇二〇夏。"接着赠予我。我非常感激，如获至宝，一路上书不离手。自从参加"嘉定文学协会"，这是我第二次获得赠书。前一次是朱超群老师托友送来的散文集《人文春秋》，这一次是王雅军老师的散文诗集《归程的跫音》。两位老师均为上海市作家协会会员，是名副其实的作家，也是我学习的榜样。我，一个无名小卒，能获两位作家的赠书，甚感荣幸。"以文会友，以书结谊"，平等相待，结伴同行，是"嘉定文学协会"的闪光点。因此吸引着全市各个角落的文友前来聚会，相谈甚欢。

　　回到家，因赶着写文章，就没有及时翻看王老师的这本著作。我想，书既已经到手，慢慢品也不迟。谁知此番一开卷就爱不释手。里面的精彩语句、哲人思考比比皆是，犀利的话语如画龙点睛，阅后余味甚浓，反复咀嚼后顿感精神升华。我在精彩之处用红、蓝、黄荧光笔分别画注，以便于下次再读。这样有品位的书，我已久违。《归程的跫音》的确是一本提升境界的好书。这样充满智慧、给人启迪的书，在书店里或书展上大多不起眼，也很难被发现。说句老实话，我已经很长时间不去书店和书展了。曾经我上街唯一的乐趣就是逛书店，一见好书"拉到篮里就是菜"。如今已没了兴致再不知疲倦地淘书了。人到了一定年龄，"烂书充数"的欲望逐渐淡薄，已初具洞察"真经伪书"的慧眼。从"人找书"到"书找人"，这个过程是一个人品位提高的标志。不过现在看来也有失偏颇。如果不结识王雅军老师，不读这本《归程的跫音》，就不会有如此的意外收获。所以好书总隐藏在隐秘处，有心淘书不一定如愿，反而是"无心插柳柳成荫"。

阅读美文使人心旷神怡，激发斗志，陶冶情操，为心驰神往也。然而，好书、庸书亦与阅读者本身的价值观相关联。

《归程的跫音》切合我的价值观。书中不少词句颇具辩证思维："我们改变不了世界，世界就改变不了我们。""一个人被别人忽视的另一面，所隐藏的，内蕴往往更深刻。""每个人的心中，都有另一个'我'。这是你的引航员，是照耀你今后的不竭的光源。""人生乃是灵魂与肉体的交战。""没有人蒙住你的眼睛，但你猜不透某种人的心思。""你可以有很多朋友，但未必称得上都是你的同道、知交。"呵，这些都是我内心的所思所想，被王老师准确、生动地表达了出来。散文诗最重要的是表现作者的灵魂，表达作者的主观意志、情绪。"散文诗无论是写人，还是叙事、状物、抒情、议论，都要有思想的底蕴。"王老师把这些真挚的感悟，似珍珠一般串联在一起。所以，每一篇文章都被赋予了灵性，每一篇诗作都激越昂扬，给人启迪与教诲。

已经很长时间没有读到这样赏心悦目的散文诗了。

记得二十世纪九十年代，我曾从报刊上读到一组散文诗，标题与作者现在已记不起来了。诗文描写兴凯湖一位少女在开山炸石时献出了生命，还写到她的红头巾随风起舞，令我印象深刻，读后许久仍感到那样的画面盘桓在我的脑海里。之后，我也尝试着用我的秃笔挥洒一篇，写出内心那久久不能排遣的惆怅——"夜幕渐渐降临，农家的炊烟袅袅升起；水牛在田埂上嚼草，主人却不知去了哪儿？"最后因不得要领，加上我更喜欢直白的表达方式，就放弃了对散文诗的研习。但从心底里我热爱散文诗。它是作者情绪、思想的宣泄，传递给读者的一定是精神享受。

今天读王雅军的《归程的跫音》，回味咀嚼如食佳肴。书里隐藏了许多人生秘籍和密码，也记录了王老师的人生经历，所见、所闻、所悟。一草一木、一石一鸟、一枝一叶都饱含深情、显现真谛，是耐人寻味，值得珍藏的一本好书。

用空杯心态虔诚地去读《归程的跫音》，那回音壁的声响犹如听教堂里的圣歌余音绕梁，使人陶醉其中，再体悟生活的种种艰辛坎坷，忽然像被点了穴，瞬间明了。这等神奇的感受只在《归程的跫音》中获得，且等着你亲自去寻觅遨游吧！

哟，子规啼血："布谷、快布谷！"声声滴血染红了漫山遍野的杜鹃花！而王雅军笔名：子规。我分明听他在鸣呼："布道、快布道！"那般凄苦辛酸！深情挚爱，泣血吟唱，在《归程的跫音》里均有回响。

2020 年 8 月 10 日

超乎寻常的一本书

一本书在我案头时读时放，搁下又捧起，反反复复持续了四个多月。这要放在以前我早把它藏到书橱里去了。可这本书不寻常，在我心里分量很重。作者是上海市作家协会会员、中国散文学会会员、"中国龙文学奖"组委会秘书长，现任《西桥东亭》杂志主编、新媒体《文笔精华》主编、嘉定文学协会秘书长朱超群，书名为《人文春秋》。这是我迄今为止收到的第一本赠书。上面还有朱超群的亲笔签名。因而我十分看重，视如珍宝。

这本散文集我翻了一遍又一遍，总想写点读后感、札记或书评类的文字。但在看了无数文人对《人文春秋》的精彩评论后，我放弃了。这几十篇文章把该说的内容都已说尽了，并且文辞隽永，凭我粗鄙的文学和思想水平，想要评论难免觉得羞愧难当，可不写搁在心里又堵得慌。几经思量，最后还是决定着手写一篇自己的所思所想，也算是对朱老师有个交代。感恩相遇，感怀帮扶，感谢关照。

我喜欢看书写作，却一直持着"玩票"心态，没有抱着太大的奢望去自我约束。常常有感而发时写一篇，除去自我欣赏和发给几个知交看看外，并不会四处投稿。尽管三十多年来不停地写作，可我清楚称得上有品味的没多少，大多昙花一现阅后会心一笑罢了。在读者心里留下深刻印象的佳作几乎为零。我也缺乏一边工作一边勤奋写作的毅力。直至 2017 年年底我彻底退休，2018 年才有了大量时间供我支配，使我能重拾写作的兴趣，并自由地书写我人生经历中的那些人、事、物。"写作是灵魂的涅槃"，我一直珍藏着此句话。

我抱着"玩票"心态的另一个原因，是一直未遇见一位文学上造诣深的老师，指导我的写作实践。2019 年某一天我邮箱里收到一封余志成的邮件（后确认是遭遇电脑病毒所致）。我俩已分别整整十年，互不通音信，"上帝"咋又回来了？回想咱俩曾经的合作，短暂又快乐，令人深感怀念。于是我与他在微信上重新联络，并渐渐成了忘年交。在余老师的推荐下我与《文笔精华》结识。今年 3 月余老师又推荐我加入"嘉定文学协会"，就这样我与朱超群主编有了联系。4 月收到余老师寄来的七八本书和杂志，其中就有朱超群签名的《人文春秋》和他主编的《嘉定文学》第一期。令我喜出望外。惊喜之余我轮换着捧读这两本书，那些文字犹如甘露滋润我的心田。正值这期间我身患带状疱疹，难受至极，幸有好书做伴，心情自然舒畅多了。

《人文春秋》对我的触动很大，尤其写到朱老师在文学这条道上的艰苦跋涉，努力拼搏，当读到他铆足劲撞开了上海市作家协会"厚厚的大宅门"时，我"玩票"的不恭心态被彻底打消了。承蒙余老师引荐，我进入嘉定文学圈，让我与榜样做伴，加快了学习的步伐，写作效率也因此提高。

读罢朱老师的《人文春秋》一书，有几点感想萦绕在我的心头。一是朱老师的执着与刚毅，以及对文学的虔诚激励了我。二是朱老师文笔有灵性，俗话说"听话听音，锣鼓听声"，看文学作品就看文字功底。三是朱老师广结善缘，人品高尚，愿提携他人，乐做他人的伯乐，并且全身心扑在他热爱的文学事业上。四是朱老师不仅文学创作水平高，还是个出色的组织者和社会活动家，具有天生的领导才干。

我与朱老师结识后，短短四个多月里在他的《文笔精华》上连续发了七八篇拙作，而且速度极快，基本上是今天发给他，明天就刊载。他经常对我扶持、鼓励，从此逐渐改变了我"玩世不恭"的心态。因怕对不住朱老师的一片真情，也对不起关注我的读者，因此我越来越认真地对待我的每一篇新作。然而，毕竟我的文学功底不及朱老师和嘉定文学社的众文友，各方面均需要循序渐进，慢慢提升。这里摘一段朱老师书中友人的寄语："总而言之，超群同志敬畏文学，寄情文字，三十年来笔耕不辍，且越撰越多、越写越好。但冀望您能在散文的结构、叙事的剪裁、语言的创新、意境的提炼等方面精雕细琢，砥砺奋进，做到旷达与知性、睿智与品味、细致与深厚、放飞与沉雄、神圣与奋进，并要把'我'（自己）的思想、识见、体悟、心语等家国情怀、人文历史、典故名言真实地畅怀地自然地流淌，酣然抒情、融然洽然，善用排比、抑扬顿挫，熔铸语言的力量。锤炼语言的魅力，在您迈入花甲时，让散文辞章进入更广阔的天地：天然、浪漫、蕴涵、磅礴。"这样精彩的文字在书中俯拾即是。这些精辟的文论点醒了我，因此我把它视作座右铭，不断提醒、鞭策自己。同时也使我意识到"票友"和作家之间的差距有多大，"瞎子点灯"的劳作是白费劲，找到引路人才能走上正道。所谓"近朱者赤，近墨者黑"，"进门"总比在"门外"偷窥好，欲想楼台探月，那需进一步努力。

从《人文春秋》这本书里，我还读到很多有趣的故事和有益的人文世相，这里就不一一展开说了。

总之，朱超群老师的这本书超乎寻常，常翻常新，犹如黑夜中的萤火虫，"引领人们前行方向的南北西东"（钱坤忠语），"有人对微弱的萤光无动于衷"，我却视它为生命之光、前行的动力。

感谢朱老师的知遇之恩。在当今友情匮乏的情况下还能得一师友，幸甚。这些天我在品读朱老师新赠的，由朱超群、吴开楠合著的《文笔精华》第四届中国龙文学奖征文小说散文诗歌作品集。厚厚一册，趣味无穷。又闻朱老师的新著《人文情思》即将问世，我表示热烈的祝贺。看来从今往后我不愁看书了，有读不完的好书，还都是文友的精心签赠。读这些书，心里会流淌出一份亲切与感动。我将在心底默默珍藏这份文缘，直至永远。

2020 年 8 月 17 日

一蓑烟雨

┃ 恒思善、书乐斋、知劲草

《三国志》有述："处大无患者恒多慢,处小有忧者恒思善。"意为:处于高地位而无堪忧的人常常松懈怠慢,处于弱势地位而有忧患的人往往不断思考改进。后一句用来描述周劲草的人生太合适不过了。

一个月前,作家周劲草赠予我一本他的自传体纪实文学《人在路上》。厚厚一册书拿在手里分量不轻。此书 2017 年由上海文艺出版社出版,稀罕且珍贵。我通读后有感悟。

鉴于周老师看得起我一个无名小辈,读后总得写点文字回敬他这番厚爱。可我笔拙,词不达意,怕辜负了他的一片诚意。

"言为心声。"对一个初次交往的人来说,听其言、察其行,即可大致了解其人。而对一个不熟悉的作家来说,只要看他的文字作品就能大概率了解他的品行、格调。一般而言,"文如其人"八九不离十。

读周劲草的书,我大致上已了解他的出生、家庭、求学、工作、交往及为人处世的风格。用他的话来说,他出生于都市"下只角",可求学、工作一直在"上只角"。他从小喜欢文学写作,一生从事区、街道党工委宣传工作。因而一开始我并不看好周劲草的作品,总觉得平淡无奇,缺乏跌宕起伏、激情澎湃的情节。通常,人生道路平坦、经历顺畅是写不出扣人心弦的好作品的。可是当看完《人在路上》的一篇篇纪实文后，我从平凡的小人物、细小的琐事中，窥见了隐含的真善美。能写出雅俗共赏，有灵性的文章不容易。难怪报界、文学界那些名家都愿意与周劲草结交。谓之"疾风知劲草，日久见人心"（章人英题词），那是历经岁月磨砺后的真挚友情，也概括了周劲草的作品和人品。他虽自称"小草""坐家"，但却以谦卑的心态与对文学事业的执着赢得了广泛的认可，且一路走到今天，在文学界脱颖而出。

著名作家丁法章夸他："读书与写作结合得好；人品与文品修炼得好。"

著名杂文大师丁锡满评价："他善写凡人小事，善抓住小人物身上的闪光点，进行深入挖掘……写得有血有肉、情深意切。"

迄今为止，周劲草已先后出版了《春风吹拂申城美》《那人那事那情》《浦江之歌》《文海拾贝》《人在路上》等文学作品集。他还是《红枫》读物的主编，红枫读书荟执行会长。现为上海市作家协会会员。

周劲草至死不渝追求他热爱的文学事业，那股子"俯首甘为孺子牛"的劲头实在可敬可叹。而他又常常诙谐地说："我花在书上的钱已不止购一栋房子。"他自费出书、自费办刊物，退休后仍兴致高涨。怪不得妻女对他这种痴迷劲颇多埋怨，而他依然痴心不改。一个人喜欢做的事，在旁人眼里难理解、遭讥讽，这都难免。现实中的人总是见物不见魂，区区一栋房怎抵得上高尚的灵魂？物质再丰富，精神萎靡，也会似行尸走肉。被鲁迅称作"看客"的人，代代仍层出不穷，那是为什么？因为个个都追求物质享受，忽略了人精神的净化。周劲草出版的那些书，在追求物质的人眼里也许一文不值，可在他及后世人看来，弥足珍贵。这就是人与人之间价值观的

一蓑烟雨

差异，想要改变极难。现在许多人幻想着不付出就有回报，或少付出多回报。世上哪有这等好事？天上永远不会掉下馅饼。常幻想不劳而获的人，往往最容易掉入陷阱，有的掉进去后还不醒悟，即使碰壁仍不反省、不回头，最多像祥林嫂喃喃自语怪自己命不好，而灵魂仍然缺失。那怎样提升人的灵魂呢？即好好读书，读古人、今人的书，汲取书中的营养，才能有辨别是非黑白的能力。

我在想，同为南昌中学毕业的那些家住陕南邨、淮海坊、思南路一带的同学怎么就没有周劲草这样的人生目标呢？也许真如本文开头引用的《三国志》所言，生活富裕的人常常容易松懈怠慢，生活贫苦的人常怀忧患意识，勤思善勉，督促自己不断进取。

周劲草广泛阅读，几十年里不曾让自己懈怠。他深知小草虽根不深，花叶不美，然吸露水、接地气、除不尽、春风吹又生。就是"不爱做装饰"，在"明与暗，生与死，过去与未来"之间挣扎，受挫又奋起，不断增强自信心，方才长出一片绿茵茵的芳草地。

我个人来看，周劲草不虚伪、不矫作，遇事直言不讳。尽管在作品里写负面的东西时有所隐晦，但在与人交谈时很干脆。那天，我说你爱人很贤惠吧。他说："她呀，刀子嘴豆腐心！家里事我多顺着她！"他书里也有写女儿的懂事与孝心。可他对我讲真言："有了第三代爱幼首要，敬老不够。"我喜欢并敬佩他的坦诚。我一向不喜欢那些虚情假意、言行不一的人。而与周劲草老师虽然仅仅只有三四次面对面交谈，却已感觉我们意气相投，文脉相通。若敞开心扉深入交往，一定能成为至交好友。

2021 年 4 月 16 日

▌《七彩人生》独一瓣

　　进入文学圈两年，收到的赠书看不完。因疫情足不出户，看书、写作，聚精会神，日子一天天过得挺充实，不觉得寂寞无聊，反倒有一种难得不受干扰的松弛感。

　　案头放着两本书轮流翻阅，一本是陆萍的《床上有棵树》，另一本是侯晨轶送的《七彩人生》。两本赠书都有一番来历。前一本书的来历我在《圣殿陶冶、灵魂洗尘》中有叙述。今天就说说《七彩人生》的故事及阅读体验。

　　今年春节过后文友侯晨轶约我喝茶。之前约过一次，因行程重叠我未能履约。这次我们提前约定在七宝见面。他将位置选在七宝老街塘桥南岸西侧的一间临水茶室。我特意提前而至，没想到他早已等候多时。我见茶几上放着一本《七彩人生》，正想去抚摸。他说，这正是我要赠予你的书。说着，他郑重其事双手把书交到我手上。我随即翻看，扉页上写着"敬赠宇杨老师　二〇二二年元月"，还盖有印章。他简单介绍了一下，说这本书由郑自华老师主编，是上海文艺出版社 2019 年出版的。我俩一边喝茶一边聊天，聊写作，聊各自的观点。我说，我不太爱看报纸上的短文，受字数局限，不及展开就收笔，像"蜻蜓点水""蜜蜂采花"，意犹未尽，读不出层次内涵。而他与我观点恰恰相反，认为报上的文章短小精悍，要写好发表不容易，字斟酌句锻造功力。一阵唇齿交锋，我感觉到侯晨轶观点独特，并坚持自己的认知，自信满满，难能可贵。

想了解一个人，需先观察他的言行，而文人则通过阅读他的文学作品。想深入了解一个人，需要通过坦诚交流，三观一致，会觉相见恨晚，三观不合，则话不投机半句多。那天我们聊得很欢快，时间在不知不觉中飞逝，茶客走了一拨又一拨，最后只剩下我俩。见天色近黄昏，想到他还要乘车回江桥，谈兴收止，握手分别。

侯晨轶是我嘉定文学协会的文友。两年前，我刚加入协会，就收到秘书长朱超群主编的《嘉定文学》第一卷。一卷在手如获至宝，细细品读每一篇文章，我为书里作者不同的写作风格、文字魅力而折服。随后，我在《嘉定缘》中为喜欢的文章和作者写了几句评论。那完全是"瞎子摸象"，凭自我感觉，也不怕得罪谁，因为我一个也不认识。那些文章中，我对侯晨轶的散文印象最深刻。因为我觉得他的散文与我风格相似，都注重写人物，以人物带动叙事，从中窥见真情实感。因而，当2020年7月嘉定文学协会第一次组织"采风"见面会时，我和他第一次相见，便有了一见如故的感觉。我俩都认可对方与自己"属同类风格散文写作者"。

侯晨轶长得人高马大，足有一米八的个儿头，前额光亮，一看是个极聪明的小伙。刚开始我把他的名字记颠倒了，叫他侯轶晨，他笑而不语，我还浑然不知，连赠给他书上的题名都弄错了。直至南翔"采风"再相聚，他陪着我去采购正宗的"南翔小笼包子"，一路攀谈才恍然醒悟。这类尴尬与我的马虎脱不开关系。他却诙谐地说："没关系，很多人叫错是因为上海电视台原先有个主持人叫娄一晨，'轶晨'便先入为主顺口而出了。"真是"不打不成交"，自从叫错名字被纠正后，我对侯晨轶更上心了。这"上心"在不仅阅读了他的几篇佳作，还有"采风"时的短暂交流。

这里先谈谈我比较偏爱的他的几篇作品。

《疫情过后是爱情》中，他与小婉相识于菲律宾马尼拉的圣奥古斯丁教堂外，当时教堂里正在举行一场婚礼。他俩都是独自旅行，邂逅于这种场景下，在各自心里都打上了深深的印记。在异国他乡遇异性同胞，擦出爱情的火花再自然不过了。他把这次"奇遇"经历写得如痴如醉，结尾那一句"疫情一过，我要去南通！"使渴望见到小婉的那种急迫心情跃然纸上，让我过目不忘。

《老挝行记》中开头第一句为"导游，打火机有吗"。这是飞机落地老挝万象瓦岱机场，安检出来后，几位烟民迫不及待问接地导游的一句话。我是个老烟民，因此对这种境况有深切体会，仿佛置身其中。接下来他在文中叙述了同团游的"七位来自闵行区七宝镇的爷叔，'七个宝'构成一道独特的'风景'"，令我捧腹大笑。因为我家就住七宝，而且跟七八个七宝老友也去过老挝，他文中描写的老挝景点我都去过，尤其他搭识一帮"七宝老爷叔"那种神情腔调姿态,被他写得活灵活现。其中写了"光头"没有辜负导游的口舌"给他老婆买了只大红酸枝首饰盒，折合人民币 5000 块"。七宝爷叔兜里有钱，有的人还相当阔气，自己不舍得买，为心爱女人花钱倒是很大方。这可能就是"一方水土养一方人"。

《二村那些事》对小区里小人物的刻画很细致到位，把底层民众的生活图景，通过简单几句话准确描述了出来："婆婆妈妈的队伍里有这么一位——身材矮胖，戴副眼镜。我们背后管她叫'韩红'，因为形似。""韩红"曾在他旧居隔壁公用电话间当过电话传呼员，原朱家湾每家每户的家长里短,她都一清二楚,甚至哪家小伙姑娘有对象了,她也了如指掌。侯晨轶写人物注重细节,寥寥几笔就能使人物的形象丰满起来,这一点上比我要强多了。

《尼泊尔人在江桥》写的是老外"阿蒂"在中国打拼的故事。通过个性特写,为人物赋予奇特灵性。这里就不展开了。

再来说说《七彩人生》。这本书是郑自华老师组织的"金色池塘"文友群的作品集。书里汇集了11位沪上作家、文学爱好者的作品。其中我熟悉的作家沈裕慎、朱超群、王妙瑞都有"花瓣"在其中。侯晨轶那一瓣(共12篇)短小精悍,贬丑扬善,是倡导社会好风尚的"花朵"。因为是他入行"瓣",我就不一一展开评价了。不过从文字里我能品出这个80后小伙情感丰富,为人正直,个性鲜明,有忠孝思想又藐视等级观念,但是缺少足够的勇气。

断断续续几个月,翻阅这本《七彩人生》,对书中几个不相识的作者的作品倒有些心灵感悟。现举两例。

郑清心一篇写她公爹——二十世纪六十年代上海著名劳动模范,受到毛主席亲自接见的朱富林师傅,写得既亲切又动情。确实,二十世纪五六十年代的劳动模范个个身手不凡,经过无数次不懈努力,用自己的辛勤付出做出了常人难以突破的功绩,展示出一代工人的思想觉悟及主人翁精神,同时也展现共和国前三十年奋发图强的真实历史画卷。

周伟民的《母亲》写得极具生活气息。他把母亲的善良勤劳,对子女、儿孙的慈爱,写得活灵活现。母亲乐于助人,乐当红娘,不辞辛劳一次次撮合男女婚配,虽有时吃力还不讨好,可母亲把撮成一桩婚姻当作"积德行善"。周伟民笔下的人物均有血有肉(如《外婆语录》《祖母的花袋》），记录了一代人的真善美，还原了一个历史时期的人文风貌。进入市场经济社会后，像"母亲"这样的人已成了"老古董"，不屑者多，欣赏者寥寥。

《七彩人生》内容精彩，篇篇纪实，有血有肉，是"金色池塘"里的荷花与莲藕。沁香盈立，出污泥而不染，是一本难得的市井书卷。

再回想那天，侯晨轶请我喝茶聊天，我对小侯有了进一步了解。知道了他家里一些情况：母亲已故，他与父亲相依为命。他喜欢足球、旅游，每次旅行他都会带上父亲一起。至今他仍单身，是个孝子。了解了他的文品和人品，我有了一丝怜爱之情，想学周伟民母亲"积德行善"，给他介绍个对象。正巧，我同村一友人的女儿与他年龄相仿，上海大学毕业，现在虹桥机场工作。本地人，家里三口人。经济条件嘛，至少住房不发愁。我发微信给他简单介绍了几句，详细情况让双方接触后再了解。不料侯晨轶一口回绝了我。我属一厢情愿，想"积德"也难"积"成啊！今天写此文，再阅他的《疫情过后是爱情》，确实绝非虚构。小婉在他心里已深深扎下根，别的女孩再漂亮、家境再好，也已进不去他的心。这就是文人"一根筋"品性。在看过他的新作《活成"老乌"》后一切又释然了。原来，他向电影《爱情神话》中的"老乌"看齐，心中有神圣的爱情，无所谓真假，只愿一辈子守候纯洁的初恋，活在半梦半醒的状态中。

侯晨轶，第一眼给人感觉粗犷浑厚，接触多了才知他爱恨分明，处事严谨公正，除此之外，还钟情纯爱文学。有此境界又合"三观"，故我"贫"他，相信无伤大雅吧。

2022 年 6 月 29 日

夕阳美
——读徐慧敏《晚霞夕照》随感

一口气读完九旬作家徐慧敏的新著《晚霞夕照》，起身活动一下身体，脑海里立即奔出三个字——"夕阳美"。

这本书的封面设计得极有诗意：夕阳下群燕飞舞，姿态各异，一株蜡梅伸枝招展，瞬间让我想起毛主席的诗句："俏也不争春，只把春来报。待到山花烂漫时，她在丛中笑"。晚霞夕照下的梅花、燕子，给人无限想象。

此书为"文笔精华研究会"成立当日徐慧敏老师赠予我的。那天，徐老师是坐着轮椅，让其小女儿推入场的。徐老师一到，全场欢呼雀跃，个个喜形于色，上前与这位"形象大使"握手，气氛似众星捧月般热烈。

我在《年味·说慧》一文中对未谋面的徐慧敏老师有几句赞美，见到真人后更是眼前一亮。很想多了解一些徐老师的过往经历，由于会场太喧闹，说话听不清，根本无法深聊。好在徐老师耳聪目明，待人随和谦逊，与我对话极坦诚，消除了我的唐突。她除了腿脚不能走太长的路，精神非常好。她告诉我自己膝下有三子女，大儿子留在新疆，现已是享受国务院特殊津贴的博士生导师；两个女儿在身边照顾自己，今天来的是小女儿，已退休，退休前是一所学校的校长。哦，父辈优秀，子女也个个出类拔萃。忽然，有人翻开《晚霞夕照》扉页，见徐老师年轻时的倩影，激动地喊道："徐老师年轻时暗恋和追求她的人足有一个排一个连。"这话虽有些夸张，也确使人相信。据说，徐老师收到的求爱信有成百上千封，可我忘了向她求证。诚然，貌美如花、秀外慧中的徐慧敏，受人簇拥一点也不奇怪。况且，人中凤凰千里挑一，确实难觅。

回家后，翻阅她的诗文，清新的文风，真诚的情感，冲击我的心灵。在诗歌方面我属门外汉。正如聚会间隙，我和林建明闲聊中不经意擦出共鸣的火花。他说："诗乃文学之祖，艺术之根，是一种阐述心灵的文学载体。而写诗，则需要掌握成熟的艺术技巧，用凝练的语言、充沛的情感以及丰富的意象来高度集中地表现社会生活和人类精神世界。我喜欢诗，但不敢写诗……"此言，与我想法完全一致。诗是精炼语言的结晶，诗词表达深刻意境、磅礴气势，我真写不了。但佶屈聱牙的诗句我也欣赏不来。而徐慧敏老师的诗我发自内心地喜欢，因为我读懂了隐含文字中的诗情画意。她思如泉涌，基本上每天一首，这样的效率使我暗自羞愧，令我迟迟不敢动笔。原本我是秉持"玩票"的心态，被邀参加"研究会"，实乃滥竽充数。欲奋起直追吧，怕光脚也赶不上，毕竟天赋有限。人呐，终究不能攀比，只要有一颗好学上进的心就可以了。

以我对散文的挚爱，说实话我更欣赏《晚霞夕照》一书中的散文篇章。在这些不多的散文篇幅里我读出了历史风貌、人生境遇，以及徐老师的家世渊源和个人经历。她写的关于奶奶、父亲、母亲、三叔等人的文章，寥寥数语，几个场景、几个细节就把人物写活了，而且不掩饰亲人的缺点，写优点也实事求是不拔高，呈现一个真实的人物。譬如写她的三叔，"我三叔可算是一个特别精明能干的机灵人，用奶奶的话来形容：说他是混世魔王投胎，孙悟空转世。从小就不肯安安分分的认真学戏。"后面写到一个细节：有一次三叔带"我"去电台唱"汾河湾"的丁三，说是陪电影明星玩票，"我"觉得上电台播音新鲜好玩，就高高兴兴随三叔去了。那天妈妈还刻意给"我"打扮了一番……准时到了电台。唱毕，"我"看到电台的一位叔叔给了三叔几张钞票，三叔带"我"出门去吃夜宵，三叔要了半斤花雕酒、一盘花生米、一点猪头肉、几块豆腐干，给"我"要一盘锅贴。回家后妈妈问"我"："今个挣了多少？""我"说没了。妈妈又问："怎么没了？""我"说："三叔带我吃锅贴了！"妈妈又问："他一定喝酒了？""我"说，当然，半斤花雕、一盘花生米、一点猪头肉……妈妈听"我"说完，生气地说："酒鬼，连孩子的钱也要揩油，真没治！下回还是跟你大爷去唱堂会吧。"赵丽宏老师说，"一个优秀散文家应该具备三个条件：一是情，二是知，三是文"，徐慧敏已具备。

徐慧敏生在旧社会，十二岁登台演娃娃生，至十六岁，早慧聪明的她开始领悟人生，观察世界；从给梅兰芳搭戏，到唱堂会受凌辱，至新社会人生转折；从"戏如人生，人生如戏"的梨园"戏子"，成长为一名共产党员，这中间的跨度和历练一般人无法体悟。从这些文字背后窥见社会发展史，悟出她为什么对新中国无比热爱，字里行间无一丝一毫"伤痕文学"的戾气。

徐慧敏老师1963年响应党的号召，支援新疆建设，从此改行当了一名人民教师，直至退休回沪定居。因深厚的戏曲功底，深厚的文学素养，诗兴勃发，佳作连连，人生又跃上了一个新台阶。用义薄云天的诗曰："夕阳不落红烂漫，只是近黄昏。"而徐老师心里很清楚"恰是春浓花开时，暖风吹拂舞柳枝"。聚会后第二天，她照例写了一首新诗《含蓄和从容》，特显冷静清醒。"我崇尚含蓄与淡泊 / 我讨厌轻狂与做作……只有谦卑处世的低调 / 才能去尽奢华保持纯朴……继续点燃那份黄昏的彩霞 / 让晚年有诗，有酒，有梦。"品读者可从中体会徐慧敏的精神世界、诗文意境、艺术魅力。如此"慧心巧思，灵心慧性"的作家，真让我由衷敬佩。

　　徐老师现已九十高龄，是我母亲辈的长者，不管是文学成就，还是个人修养，都是我的楷模。因而，我不敢大肆妄加评论，若有不敬、不妥之处，还请徐慧敏老师见谅。

2023 年 4 月 19 日

都一样又都不一样

退休后的人千姿百态，各领风骚。有的人喜爱跳广场舞，有的人迷恋麻将台，有的人喜欢结伴游玩凹造型拍照，更多的人宅家带孙子或外孙，嘴上还振振有词念叨着那句都市名言："若要好，老做小"——生活就是这样情趣盎然，"萝卜青菜各有所爱"，世界如此缤纷多彩。深刻与孤独，难得糊涂，快乐夕阳红，映照在每个人身上，组合成一幅幅绚丽多彩的风景画。

在这样的人群中，在公园的僻静一角，常见一个人支起画架，铺开颜料，坐在马夹凳上，全神贯注写生作画。那个人就是本文主人公，雅都。

雅都似乎与众不同。她的退休生活是人生的又一次冲刺。用她的话来说，是弥补缺憾，补救梦想。

雅都退休十多年，一直在老年大学"滋补"进修——学绘画、搞创作。有想法、有追求的人就不会随波逐流。

人名中带"都"字很特别。收藏家马未都就被赵忠祥称赞过名字特别，"我就托人去系统里查了，全国十三亿多人竟然没有人和我重名"。可见，带"都"不光名字特别，人也特别。带"都"字的人行事做派就与常人有别，尤其对艺术的追求矢志不渝。

雅都是我原来老厂的同事。二十世纪八十年代中期，我俩在一次全厂职工普选中一同被选入厂工会委员。那届工会领导班子都为精兵强将，个个身手不凡。雅都为人随和，又有绘画技艺，厂里每期黑板报都少不了她的粉笔画。"物随心转，境由心造"，绘画受人喜欢与她的人品也有很大关系。

二十世纪九十年代，雅都被上级工会借走，她的能力在更高一阶的平台上得以发挥。只是绘画爱好只能暂时搁置，毕竟在当时，梦想要合乎现实才叫"识时务者为俊杰"。其间的道路有阳光也有阴霾。但自始至终，她的美玉心境也没有被污染。不得不说，良好的家教，养育了她心静如水、随遇而安的品性。

雅都祖籍浙江湖州，出生于一个书香门第家庭。家教修养体现在她的言行举止中——说话不紧不慢，且很有分寸，看似漫不经心，却常常一语中的。

雅都从小学习优秀，可却因在小学升初中时患哮喘而停学一年，后来赶上"文革"，没能如愿上大学。而她的哥姐们上完大学一个个比她有成就。所以，雅都退休后一直坚持上老年大学，刚开始学《易经》保健，后专攻素描、油画。同期与她一起在老年大学的同学因坚持不下去而"逃学"。她却意志坚定，毅力倍增，如今"上了轨道""跋山涉水"已习以为常了。

做任何事都会有一道道门槛，攻破了就畅通无阻。"畏首畏尾，身其余几"，往往一无所获。所以，认准了的理想目标，就要一往无前、坚持到底，才会见到曙光。人云亦云，亦步亦趋，终究不会有收获。

对于绘画我没有专门研究。看过《徐悲鸿一生》，懵懂知晓一些。徐悲鸿先生在教学中对学生极其严格。他认为素描是一切造型艺术的基础，必须通过严格的素描训练，使学生能初步掌握写生的能力和造型的规律。他强调提炼、取舍、概括的过程，注重体积、结构、质感和空间感。要求学生们"但取简约，以求大和，不尚琐碎，失之微细"。既要"致广大"也要"尽精微"，以表现对象的特征和实质。

哦，大师的艺术观可谓通透灵秀。他还说，素描"宁方勿圆，宁拙勿巧，宁脏勿净"。乃是真经传导也。

徐悲鸿十分强调画作的明暗对比。他教导学生必须找出对象最亮的点、最暗的点，次亮的点、次暗的点，认真详细地反复比较。抓住明暗交接线，使体积感更强，增加中间色的层次，有利于刻画暗部的变化。

徐悲鸿的精句和教学风采，不仅对绘画艺术有注魂效果，对我写作的提升也有益，可借鉴。我想，对全身心浸润其中的雅都来说，感悟不会比我少吧！不过，我总觉得雅都比较拘谨慎微，不管是做人还是画作都有几分含蓄。去年，我出书前突然冒出一念想：求她画一幅画，来增添书页的色彩。结果被她拒绝了。她骨子里低调，或许与她成长过程中的坎坷经历有关。她说她自己申请入党，报告打上去经过十六年考察才获得批准。在职时特想去读"七二一大学"，领导就是不批准，掐灭了她深造的梦想。久而久之她养成了不怨天、不怨人只怨自己命运不好的心态，可听天由命却又不甘心认命，只能在夹缝中求生存。对画画乃是自幼真心喜爱。雅都说："打小懂事起，我就站在父亲写书法的桌子旁观摩，还帮父亲捻墨扶纸，神情怡然。"环境潜移默化塑造人，雅都在父亲的熏陶下，在艺术氛围里长大，骨子里滋生艺术细胞，这是遗传和家教注入的一种基因，很难改变。一遇到适宜的土壤和气候就会开花结果。雅都的前半生没有合适的机遇，后半生终于如愿以偿。在老年大学几任老师的精心栽培下，她的素描、水彩、油画均有很大进步。最近几年她的作品不断在"百花争艳"（这是一个全国书画作品评展观赏平台，已不定期出了二十四期，几乎每一期雅都的画作榜上有名）平台上展出，并且画作风格越来越高雅。而且，追求艺术的人，自身也会越来越有品位。现如今雅都像换了一个人，无论是组织操办聚会，还是在微信中点评人与事，行为举止，字里行间都有一种独特的艺术家气息。

上一个台阶和下一个台阶，给人的感觉截然不同。如今的社会不进则退，不思则衰。像雅都这样，退休后再上一个生命台阶的人着实不多，甚至可以说凤毛麟角。她的执着、勤勉已影响下一代——她的外孙女也特别喜欢静思作画。所谓"龙生龙，凤生凤"其实指的是家教传承和文化基因。

若想改造人的原始基因，唯有勤奋读书加强学习，为自己设定一个与众不同的奋斗目标。犹如平常烧菜，图方便，只求填饱肚子，这样炒出来的菜哪会有色香味？倘若把炒菜视作烹饪艺术，道道工序求细、求精，烧出来的菜肴就会完全不一样。粤菜、徽菜、鲁菜、川菜等，为什么世代受到大众喜爱，得以传承？就是细节出情结，让人回味无穷才被捧为佳肴。同理，人的一言一行，细节展露修养，有智慧者被捧为上等人。若想做人上人，必吃得苦中苦。而那些不想奋斗、贪图安逸、及时行乐、妄想"天上掉馅饼"的人，终究什么也得不到。

所谓梦想，就是不管什么时候，都有勇气去追逐的事，秉持这股韧劲儿，很难半途而废，也终将会取得成功。

退休人的闲适，自由支配自己，大家都一样；退休人的乐趣，追求情怀寄托，大家又都不一样。

雅都的油画，事实上是一幅耐人寻味的人生画。人生的阅历积淀到了一定程度，方能读懂这样的画作。

2021 年 2 月 23 日

字画里的艺术人生
——浅悟林文达的字画艺术

20 年别离再聚首，春华秋实画中游。

林文达，是我国有厂的老同事，又是分管生产的副厂长，是名副其实的老领导。

二十世纪八九十年代，国企还延续"工人阶级"的风貌，没有高低贵贱之分，所以也不用称呼"××厂长"之类的头衔客套，一般尊称加"老"即可。

老林没有官架子，平易近人，老厂上下人人皆知。他从技校老师起步，工人岗位做起，逐渐被提拔为动力科长、劳资科长，再被任命为电光厂副厂长。他在每个岗位上都挥洒过汗水，脚踏实地，一步一个脚印，得到全厂同仁的一致好评。

过去我只晓得，老林写得一手好字，厂里的大幅标语均出自他的手笔，并不知道他还会画画。20 年后看到他的山水国画、人物工笔画，着实令我惊讶。虽然我不怎么懂书画，只觉得一点也不逊色于我看过的名家字画。

什么是书法？我看过"嘉定文协"文友叶振环评书法的文章后深受启发。他罗列了对书法的几种解释："有说书法是中华民族文化之国粹；有说是汉字线条艺术；有说是情感表现艺术，等等。简而言之就是'书而有法'。'书'就是写的意思，'法'就是法度的意思。

'书'好理解，难就难在'法'。严格地说，字写得再好，尽管干净、统一、有一定的美感，然而没有字法、墨法、章法，因而仍构不成书法。"看，书法还有那么多奥秘，如果不潜心研学还真成不了书法家。学习书法是一件很辛苦的事，除非你对它很感兴趣，还要有持之以恒的毅力和恒心，否则很难坚持下去。写写玩玩作消遣，那另当别论。

什么是绘画？"诗是有声之画，画为无声之诗。""诗和画同是艺术，而艺术都是情趣的意象化或意象的情趣化。徒有情趣不能成诗，徒有意象不能成画，情趣与意象相契合融化，诗从此出，画也从此出。"这是美学大师朱光潜的原话。"诗是人生世相的返照"，画是物和神的融合体。我以为，诗画既是艺术，也是爱"美"之人的杰作。

尽管我评价起来可能显得班门弄斧，但是不得不说，老林的毛笔字确有"法度"。一手魏碑体苍劲有力，入木三分。这是他长期潜心苦学磨炼的结果。尤其在他退休后"不问东西""不闻窗外事"，一心扑在自己喜欢的字画艺术上。现在他的字画有口皆碑，远近闻名，实属不易。他目前是闵行区书法家协会会员。在我看来，老林的人物画栩栩如生，山水画气势不凡。也许在名家眼里还稍欠"火候"，有时被说比较拘谨，不够大胆。这或许是在"情趣与意象契合融化"上略微不足吧。但我相信他，随着深入的研究和练习，一定会厚积薄发，最终走向成功。

都说"艺如其人"。其实不尽然。有的人，艺和人是对不上号的。虽说观艺不必"对号入座"，只看精湛上品。但人的个性与风格仍能从艺术作品中窥探一二。

　　确实，每个人的人生都是一幅画。每一篇画作，开始时均需凝神、聚气、运势，然后一气呵成。是形似还是神韵，全看创作者功底。且欣赏人多少，又决定了画作的价值。是价值连城还是一钱不值，全赖欣赏者的心理诉求和艺术鉴赏力。很多时候，美感起于形象的直觉。观画、阅人第一直觉很重要！如果人画是分离的，相信欣赏的人会越来越稀少。

　　"人往高处走，水往低处流。"何为"高处"？应该是指高尚的处世精神和高质量的生活。

　　如今社会"不进则退"。若不向"高处走"，就易"往低处流"。苏格拉底说过，"最美的男子应该是他自己"。有时静心想想，人活一辈子，真不该去追求那些虚无缥缈、不切实际的身外之物。无穷的欲望会束缚一颗纯洁的心灵，还会阻碍人追求自己的兴趣爱好，生活过得不快乐，生命就会枯萎。

　　综观老林这一生，活得自在充实！老有所乐，老有所获，不也挺好吗？人缘好、不寂寞——就像他最擅长画的那幅牡丹，贫寒鲜艳"众香国最壮观"。

　　观老林察自己，见贤思齐。应该好好学习老林。

　　学习他患癌不惧，艺术追求无止境；学习他助人为乐，愿搭人梯不求谢；学习他两袖清风，豁达开朗奋有为；学习他壮志未酬，老骥伏枥志千里……

2020 年 11 月 28 日

云飘散了

风来了，云走了，美丽的云彩被雾霾覆盖了。

云游蓝天见灿烂，云散天地皆昏暗。

北方的云团，似锦缎，雪白高洁；宛如白牡丹、白菊，招人喜爱。

洛阳的牡丹，开封的菊展，我都曾观赏。

仰望天空，我常忆起十几年前郑凤云带我两次去观赏牡丹、菊花。身在异地他乡，有云花做伴，游石窟寺庙，寻名人足迹……温馨、惬意、难忘。那次际遇终究刻在我的生命维度里，尽管风吹云散，已嵌入骨髓的印记恐怕这辈子也难抹去了。

我和郑凤云可谓至交。

1999 年，我在一家电梯公司当培训师。某日，忽见我的办公桌上有一张《现代之声》企业报，便饶有兴趣地认真翻阅。内容为公司要闻，形式创新，很吸引我。因为在国企时我曾任过宣传职责，不定期出过黑板报，而这家公司创办报纸，属开时代之先河，故我对它情有独钟。主编郑凤云的名字第一次映入我的眼帘。不久后，我在《中国电梯》论述企业文化的篇章中，赞誉该公司重视企业文化，呼唤文化筑魂的重要意义。2003 年秋冬之际，机缘巧合下我第一次踏上中原大地，与郑凤云见面叙谈。

噢，原来郑凤云是这家公司老总的贤内助，负责电梯配件营销和企业文化策划。她擅长技术与文化，这一点与我很相似，因而我们很投缘。

郑凤云是中等身材，圆脸，宽额，短发，眼神里含着光和热，像是冷不丁会灼伤对方。一口地道的豫腔："中、中"，不徐不疾，娓娓动听。她被人称作女中豪杰，做事认真、仗义、厚道。在她身上有牡丹的妩媚，也具菊花的傲骨，可见其个性的超脱。庄子曰："不徐不疾，得之于手，而应于心。""后来乐声促奏，她便盘旋不已"，足以概括她的一生。

之后，我们之间交往就多了起来。会议、展会、访谈；许昌、苏州、上海等，均有缘相会。最神奇的一次是在北京相遇。那是2008年夏天，我们一行四人去北京电梯商会，途中接到郑凤云的电话，问我："你到北京啦？"我很震惊，她怎么知道我来北京？她说，自己和丈夫现就在北京电梯商会呢。噢，也许她无意中听说上海电梯协会的人要来，又不确定是谁来，就电话询问我。我也非常惊讶，郑州的云，上海的风，怎么就在同一时刻飘到了北京的上空？见面寒暄后我们坐在大厅沙发上闲聊。她的丈夫此时正在摆弄刚购买的一套价格不菲的高级相机，一副爱不释手的痴迷状。

十几年来，我在郑凤云主编的《现代电梯》杂志（《现代之声》后改版《现代电梯》）上用"易梵"作笔名发表的拙作至少有二三十篇。当时文笔稚嫩，因此很感激她提供这样一个平台，让我能提升写作能力。而且，每次我有新作，她都"中"，并精心编排，一字不改，全文刊登，还付我稿酬。

我和郑凤云，虽地分南北，可有一点是相通的，那就是对毛泽东思想的坚定信仰。我们始终如一，初心不变。这或许缘于她父母和我母亲都是毛泽东时代的纺织工人。父辈沐浴的阳光雨露,深深烙进幼苗的心理。不卑不亢,抵御浊浪。"我将无我",活出自我。生活中,无论是怎样的暴风骤雨,她都勇敢去面对。几经"盘旋"后又悄然隐退。恰似一片云,悄悄地来,又轻轻地飘走了。因为,云雾遮山障,云散显山壮。她深谙此道。

如今她和我一样,基本上已退出过去熟悉的电梯行业,去做了另一个职业——ISO 管理体系审核员,并且在 2019 年获得中国质量认证中心颁发的"标杆级审核员"证书。之前她还曾荣获"郑州市兴郑女标兵"称号。一个有能力且独立的人,在一个领域没能发光,那必定会在另一领域开花结果。

现在,没有郑凤云亲力亲为倾注心血的《现代电梯》,乏味无趣,仿佛失了魂。通讯报道干瘪,文字如白开水,除了时事和摄影,剩下尽是广告。虽然每期仍一如既往寄给我,可我实无兴趣阅读——已不见了让我动容的艺术佳作。

登黄山,去恩施,游张家界,发现那些山峰常被云雾缠绕,极难遇见白云朵朵、澄澈透明的蓝天。只有在内蒙古大草原上,才能看到那样辽阔的天空。低垂的片片云朵千姿百态,在你伸手快要触碰到时,好像与整个世界融为一体。那是因为广袤无垠的天地,敞开无私的胸怀,接纳被雷雨风暴摧残的云。牛羊在天地间悠然地吃草,云引领着骏马腾跃赛跑……一幅和谐、优美的画卷徐徐展开……

2021 年 11 月 22 日

┃　浔友诗侣

　　去年 12 月 28 日，我应邀参加了余志成诗歌《岁月的吟者》专场朗诵会。今年 12 月 18 日我邀请余志成一同前往南浔古镇去会友"吟唱"。

　　2020 是极不平凡的一年。都说庚子年多灾多难，可对于我来说，今年恰是个丰收年。因为我出版了自己的第一本散文集《足迹悟道》，那是我几十年笔耕结成的硕果。该书是由余志成一手策划、主编并亲自写跋。书中一些观点，倘不经过大灾大难的考验，一般读者还真难以接受。说明人的认识不经过困顿、实践、淬炼，就不会发生蜕变与质的提升。

　　此行南浔，得益于好友陆建龙的助力！他周到细致的接待让我无比舒心。尤其是在与南浔诗人林燕如夫妇等众友的聚会上，沪浔两地诗人同题诗朗诵，将宴会气氛推向高潮。

　　我与陆建龙相识于 2004 年，是在无锡召开的一次杂志编辑与作者的见面会上。之后，我们的友谊随着岁月的流逝更显深厚。虽然我俩观点常不一致，却丝毫不影响个人情谊。

　　陆建龙最早是南浔"巨人电梯"驻上海分公司的总经理。我 2006 年入职上海市电梯行业协会。一进门就耳闻"巨人电梯三剑客"的佳话。所谓"三剑客"是指钱江、陆建龙、胡秀林。三人撑起一片天，就如同三根柱子顶一张台面，稳固又牢靠。且三人分工各不同，各司其职，各尽所能。在相当一段时间内，三人配合默契，相得益彰。

陆建龙长驻上海，因此我俩交往多，无论各类会议，还是走访分公司，他都热情相待，我们也总能聊到一块儿。所以直至退休后我们仍保持联系。

我在电梯协会整整工作了十二年。期间结识了不少电梯界的同行，这些同僚对我的工作给予的支持和帮助，我都一一记在心里。当然，也有我做得不够、有亏欠的地方。此去南浔另一目的就是向胡秀林表达歉意。

想当年，我担任杂志编辑，组稿拉广告，秀林兄没少帮我，不仅出谋划策，还支持我完成广告业务。不料，遇上个"花拳绣腿"出尔反尔，白纸黑字的承诺原来是"画饼"，我也因此失信于秀林兄。

好在这次聚会胡秀林会参加。他现在是浙江省政协委员、湖州市作家协会会员、巨人通力电梯公司工会主席。他站得高、看得远、视野广。我俩虽有十多年未谋面，情义却一直未变，重见亦如故。他是个豁达之人，不愧名号为"胡秀才"。

其实，我和胡秀林 2005 年就认识。那会儿我在永大培训中心。他带领员工来参观永大电梯展示中心和维保远程监控中心。十多年过去了，他还记忆犹新。这次一见面重叙旧情，仍念叨我的接待。而在我的记忆里，秀林的睿智话语极其深刻，他的"秀才"功夫一直激励我努力前行。从开始他创办的《巨人报》到《巨人·空间》杂志，以及对几家电梯公司秉持的企业文化随口点评的犀利精句，都给我留下了无法磨灭的印象。

此游南浔，我还意外收获女诗人林燕如赠予的诗集《我活成了小镇的样子》。"诗是生活溶解在心灵中的秘密。行走人间，万物激荡着肉的渴望，碰撞，交流，凝望，拥抱。或静如明月出山，或烈若闪电迸溅，亲则水滴密不可分，疏则枝叶咫尺天涯。"序言里的这段充满诗意的话正契合我的心境。回沪后一篇篇仔细阅读，感觉回味无穷。选几首她的作品与大家一同分享。

等你来南浔
带着朝思的心，暮想的眼
你来，尽可能忘记你是谁
············
沿岸的名人故居，深宅大院敞开襟怀
邀你浏览人物经纬，家族兴衰
座座蕴含着儒家气象
南浔人的财富，首先是书香。

雨水
撑把伞，或披件雨衣。
在雨水里久行
仿佛哪里都能旁若无人
这样的浪漫，我乐此不疲。

惊蛰
雷声不在天空
来自远远的大地深处，闷闷的

一蓑烟雨

....

读这些诗句有一种身临其境的感受，结合现实更引人思考。诗与生活、情感互为交融。读林燕如的诗犹如浔溪潺流、青砖瓦砾、乌篷摇船，画面感极强。

哦，会友吟诗，咀嚼过往。从古浔丝商云集到今浔电梯集聚。真可谓：南浔访友添新朋，旧情今谊杯融丹。前生遗事谈笑付，时空转圜识人还。

2020 年 12 月 22 日

文化铸军魂
——观电视剧《绝密543》有感

　　最近山西卫视正在重播《绝密543》，这部36集的电视连续剧我百看不厌，"百看"当然是夸张，可我真真切切看了不下五六遍。为什么如此痴迷？一是自己有过一段军旅生涯体验；二是重悟"没有文化的军队是愚蠢的军队"的深刻内涵。

　　"八一"建军节将至，结合观看《绝密543》，心中涌现许多遐思，似红枫飘散，风卷起舞。那风就是社会文化之风，风展如画，诲人不倦。

　　这部片子是根据真人真事——原地空导弹二营营长岳振华的经历改编的。剧中的主人公名叫肖占武。整部影视作品，人物塑造有血有肉。

　　我们这一辈都清晰记得1962、1963年，空军地空导弹部队连续打下侵犯我国领空的美制U2高空侦察机。这支部队如今通过电视剧《绝密543》向全国观众揭开神秘的面纱，犹如公开"两弹一星"、核潜艇研制，让那些常年隐姓埋名的英雄将士一一亮相。这些传奇人物及曾经发生过的真实事件，不禁令人赞叹毛泽东时代的军民的崇高、伟大。《绝密543》的全体主创人员让我们重温了这段历史，展现了当时社会的人文风貌，即文化铸军魂，常备不懈的战斗精神。

　　反复观看，多次思考，学剧中司马东，我谈三点感悟。

一、二十世纪五六十年代的社会，风清气正，廉洁奉公。"群指"金主任的儿子金保尔，大学一毕业就去一线部队磨炼意志。金保尔的成长经历说明那个时代的特色：人不为己，天蓝地绿，上下同心。

二、一营二营之比较，印证了"兵熊熊一个，将熊熊一窝"的老话。治军方略，唯苏是瞻，还是立足本我？

三、等级制和教条主义，民主集中制和独立战法，泾渭分明。孰优孰劣？战果是硬道理。阐释了政治建军的丰富内涵。

这些都是该剧从大的方面给观众的思考和领悟。具体到一营长、二营长的领军风格，我想观众自有评判。

一营是"王牌"，由全空军精锐人才组建；待遇仅次于前苏联教官，吃得好，学优先，方方面面是一等；二营似"杂牌"，人员、装备、伙食等诸多方面次一等；跟一营比"像后娘养的"。可真正上战场杀敌，二营却士气高涨，不畏教令束缚，敢想、敢做、敢闯，一次次在野外机动设伏，立下赫赫战功。看一营骄纵，二营争气，及不同的学、操、练、备战状态，我飞思走神，禁不住唏嘘感慨。

文化的内核是精神；言行的内核是思想。骄奢与横断，昂扬与独创，原则与灵活，都属一种文化基因微光返照。

一支部队的将领是这支部队的灵魂，秉持什么样的精神，追求什么样的思想，就形成什么样的战斗力。吃得好，装备好，上级偏爱又青睐，灵魂会逐渐腐化，易迷失方向；相反，装备差，常施压，不待见，魂灵紧绷神不散，清醒昂扬斗志坚。

一支部队的灵魂和积极向上的精神是怎么建立起来的？是靠领军人的思想觉悟，以身作则带动，日月累积起来的。《绝密543》给观众铺垫了很多这方面的细节，细心的观众一定会悟到其中的奥妙。

如，是营长一人说了算，还是"全营一杆枪"？有问题找对策，是
听营长政委决策部署，还是集众人智慧？该剧把矛盾和问题展示出
来供观众思考：什么是正确的，什么是错误的？出了问题犯了错，
是上下推诿，还是主管主动担责？像出了泄密事件，政委自降军衔，
这类看似不起眼的小事，却能凝聚人心。处理得好得人心，处理不
好失人心。现实生活中，很多领导往往在细节上不重视，肆意妄为，
私欲膨胀，才渐渐失去了民心。

剧中有一段不经意的对话，意味深长。二营长肖占武问杨硕："三
匹马拉套车，轮子陷进沟里了，你这时挥鞭打哪匹马？"杨硕答："打
偷懒的那匹呗。"肖占武说："错！应该打老实的马。打偷懒的马没用，
它还是偷懒。只有打老实的那匹马，它会拼命使劲把车从沟里拉上
来。"据说这是老把式的秘籍。杨硕嗤之以鼻，却又不得不信服，肖
占武粗暴的练兵方法果真出奇迹。关键是，肖占武恩威并施，并不
欺负老实人。他将负责全营伙食的司务长尊为大哥。司务长因公牺
牲，营长和政委极力为他请功，并冒险滞留司务长家属。这样的肖
占武被罗明视为知己。尽管罗明也常被肖占武训斥，却依然固守"士
为知己者死"的情怀。原因是被肖占武正直的人品和顽强的意志所
打动。

《绝密 543》是一部军旅片，更是一部纪实电视剧。以往，这类
影片很少谈情说爱，为吸引观众编导设计了爱情戏，但不是主线。
经"添油加醋"使整部剧不觉枯燥乏味。其中肖占武和杨硕的爱情
没有牵强附会。肖占武是战斗英雄，杨硕是留苏工程师，两人因互
相崇拜而相互吸引。尽管两人成长环境不一样，学历悬殊，但肖占
武那颗炙热执着、爱憎分明的赤子之心，深深吸引着高知家庭出身

的杨硕。肖占武满脑子战士、兵器、打敌机，不懂风花雪月，不懂怎样谈恋爱，因此两人常常言语不合，闹得不愉快。肖占武甚至把杨硕送他的定情物——一块英纳格手表，当礼物送给了新婚的罗明。然而两人理想高度一致，心里都装着对方，又愿为彼此奉献，确实是天造地设的一对。相信这对革命夫妻，一定会白头偕老。

《绝密543》剧情真实，人物真实，情感真实，确为一部以工农兵为主题的新时代艺术佳作，因此我格外珍惜。每晚两集，我一集不落。虽说对剧情发展早了如指掌，但看了多遍仍津津有味，这就是艺术真实的魅力！荡人心旌，鼓舞民心，寓教于乐。可见，真实的艺术具有不朽的生命力。

虽说"南昌起义"这一日被定为建军节，其实"秋收起义""支部建在连上""党指挥枪"是毛泽东首创。毫无疑问，毛泽东思想对这支人民军队的锻造起关键作用。政治建军，使军营上下"团结、紧张、严肃、活泼"，"三大纪律八项注意"融入军魂。上战场，战士个个奋勇杀敌，前赴后继不怕牺牲；平日里，"提高警惕，保卫祖国""人不犯我，我不犯人；人若犯我，我必犯人"。用这样的文化培育的人民军队，是一座坚不可摧的钢铁长城。

事实证明，用毛泽东思想武装的军队战无不胜。

（补记：2022年7月27日，中央军委在"八一大楼"授予空军地空导弹某部二营"模范地空导弹营"荣誉称号。）

2022年7月28日

语言的边界

最近，刀郎的《罗刹海市》火爆全网。歌词最后一句提及奥地利哲学家维特根斯坦的名字，很多人不解其意。我认为这才是整首歌要表达的主题。

维特根斯坦的著名哲学观点是"语言的边界，就是世界的边界，以及，世界是事实的总和"。怎样理解这句话？里面包含了两层意思：语言不能脱离世界；世界是事实的总和。即语言表达不能脱离这个世界上的一切事实。"以事实为准绳"就是语言的边界。

而现实世界，往往人的语言会超出事实的边界，混淆是非，颠倒黑白，造谣中伤。

生活中人人都遭遇过，被歪曲事实的语言中伤，而沮丧、忧郁，甚至产生自杀的念头。可见语言的威力不可小觑。语言不逮事实，是最伤人的利器。平日里，有些人听风就是雨，不求证事实原委，就用语言攻击他人；与之相反的，脱离事实的吹捧、奉承，也是语言越界的一种表现。因此，语言不越界，是人类社会的共识（蒲松龄描绘的"罗刹国"是个特例）。如何坦然面对这种"马户又鸟"的社会现象？文友叶振环最近写了一篇《灯下漫笔：伤害者其实也在渡你》。他说："提及伤害自己的人，我们往往都是内心充满怨恨的，因为那些伤害我们的人给我们的人生带来了灾难与烦恼，让我们苦不堪言。但无论是谁,我们都应明白,任何出现在我们身边的人,都是命运最好的安排,他必然会教会我们一些什么。上天想要我们成长的时候,必会安排一些让我们不如意的人或事,来加速我们的蜕变。人这一生不经历点风雨,怎能有大成就?"语言是人类交流沟通的桥梁,是一种文化载体。关键是听者要有辨别区分的能力,是不是符合事实本身?是阿谀奉承,贬低打击,还是有理有据?

因而,寻找语言的边界,掌握和识别语言的边界,既是哲学命题,又是人际交往中一辈子要探讨与实践的问题。

2023 年 8 月 5 日

后记

  《一蓑烟雨》是我的第二本散文集。书中收集的大部分文章，是我在三年疫情中写的。疫情之下足不出户，是写作的最佳良机，既可静心不受外界干扰，又卸去了乱七杂八的琐事，一门心思把我脑海里积存的、欲想表达的意念，通过人物事件，用文字叙述呈现。书里每篇文章记述的都是真人真事（个别用化名），是我人生境遇中的结缘和感悟。

  喜欢我文章的人，分明能把握到我的思想脉搏。同事亦友高志明是我的忠实读者。他点评我的文章："文风既朴实无华，又不乏犀利自带锋芒！"虽抬爱夸许，却撞到了我的心坎。他说的"自带锋芒"，确实隐藏在我的字里行间，被他窥见了。而一般读者不一定能看出"锋芒"。乃大多数"雾里看花"，哪怕熟悉和了解我的人，也只见"足迹"，不识"悟道"。

  我退休后才步入文坛，且对名利已看淡，纯粹是爱好写作，把自己遭遇的皮肉之痛、冷嘲热讽的刺激，逆光中的倒影，亲情、友谊、师恩，用文字一一展现，这或许可供后人借鉴，采撷或摈弃。

  秉持这一理念，我孜孜写、默默书，常自我陶醉迷恋，却始终不见开花结果。终于有一天，我无意中闯入一座神秘宫殿，伫立观望之时，"阿里巴巴之门"突然开启，令我惊讶、目瞪口呆。

一蓑烟雨

那是 2019 年 12 月 28 日，我应邀参加了一场别开生面的余志成"诗歌朗诵会"。回到家，我赶写了一篇感遇抒情的文章，发给余老师审阅。经他稍作修改，在《文笔精华》上刊发。之后，余老师又引荐我加入"嘉定文学协会"。自此，我才步入文学圈。在文学新天地开启了我的新体验。

一开始我战战兢兢，如履薄冰。在与众师友交流学习后慢慢探索入行。"以文识友""以书会友"。群里文友如沈志强、殷博义、梅常青等，对我的文章给予了准确的评语，超乎我的想象。他们犀利、睿智、精湛的言辞，像一面镜子，让我照见了自己真实的模样。从而增强了我的写作自信心。

我六十岁学"吹打"，说实话确实有点晚。莫言说自己是个晚熟的人。我思量，我才是真正晚熟的人。然而，凡在江南水乡长大的人都知道，晚稻比早稻吃起来更香糯。

原本去年年底就酝酿设想出第二本书，只是觉得积累的文章还不够字数，故拖了半年仍迟迟确定不下来。眼看 6 月又过半，我情急中寻求沈老师帮忙。沈裕慎老师是中国作家协会会员、中国散文学会会员，现担任《上海散文》杂志社社长兼总编辑。每次文友聚会时，他总是关心我的新书出版情况，说有困难他愿意帮我。我求助后，沈老师马上为我联系出版社，并吩咐我把全部书稿发给他审阅。他足足花了两天时间阅读和整理我的所有文章，并分门别类分四辑，连辑名他都帮我拟定，既贴切又有内涵。以沈老师的资历和名望，又对我文章深度解读，做这件事，他是最恰当的。然而，在定书名时却碰上了难题。原先我起的书名为《沉淀》，沈老师觉得不合适，太沉闷，年轻人一看就不喜欢。后来又换了几个相似的书名，他认为没有跳出旧框，仍不满意。弄得我手足无措、冥思苦想，昼夜辗转难眠，想到一句就拿纸笔记下来，夜里躺下后又冒出一句，赶紧起身再做笔录。可是，第二天起床一看，连自己都不满意，全作废了。无奈之下，思忖自己灵感是否已枯竭，或一时堵塞不开窍了？那何不"发动群众，群策群力"呢？于是我向三位好友发了"书名征询函"，寻求帮助。家住河北廊坊的原《中国电梯》杂志编辑孙平老师很快回复我，她一连拟了五个有新意的书名，其中两个我和沈老师都很满意，最终二选一，正式确定"一蓑烟雨"为本集书名。唉，多亏沈老师坚持，幸亏孙老师助力，才使我的新书书名饱含新意。

"一蓑烟雨任平生"是一句苏轼的词。太契合我的书中之意了。隐喻一种超越时空的心灵状态。它充满了追求、思念、回忆、守护，表达了一种乐观积极向上的人生态度，也代表了一种强烈而特殊的情感。

当《一蓑烟雨》的目录和内容确定后，我欣喜告知周劲草老师，以他与著名作家、散文大师赵丽宏的"铁粉"因缘，特诚邀赵老师为我题写书名。看到周老师微信上转给我的"赵体书法"，一股暖意溢上心头，激动和喜悦无以言表。我真遇到贵人了！

还有，沈裕慎老师毅然不顾年迈体病、天气炎热，亲自为我作序。看到他呕心沥血，站位极高的评语，真是感慨万千。我何德何能？感激不尽！深感愧疚。

话说，"师傅领进门，修行靠自身"。可修行到何种境界？自己难以确定，则由师傅和读者来评判。我害怕"实力配不上荣誉"。即，我的文学素养配不上大师的笔墨。我深知，倘若没有这些文坛上的大师作家、师友贵人的提携、鼓励和帮助，我的文学修行之路依然漫长，在黑暗的隧道中爬行，不会这么快见到一丝光亮。

一蓑烟雨

　　在新书即将付梓之时，我要特别感谢赵丽宏、余志成、沈裕慎、朱超群、周劲草五位恩师，你们的帮扶、勉励我永生不忘！我还要感谢梁爱琴老师！虽从未谋面，但透过文字，你们对我的中肯评语，足见心灵相通。

　　《一蓑烟雨》遇知音、存知己，我三生有幸。

2023 年 7 月 22 日